U0530294

[芬]约翰娜·西尼萨洛 著
董晨 译

你是我的逃生之路

Johanna Sinisalo AURINGON YDIN

中信出版集团|北京

图书在版编目（CIP）数据

你是我的逃生之路 / (芬) 约翰娜·西尼萨洛著；董晨译. -- 北京：中信出版社, 2024.10. -- ISBN 978-7-5217-6855-8

I. I531.45

中国国家版本馆 CIP 数据核字第 202443TF10 号

The Core of the Sun (orig. *Auringon ydin*), by JOHANNA SINISALO
Copyright © Johanna Sinisalo, 2013
Original edition published by Teos, 2013
Simplified Chinese language edition published by agreement with Johanna Sinisalo and Elina Ahlback Literary Agency, Helsinki, Finland.
Simplified Chinese translation copyright ©2024 by CITIC Press Corporation
ALL RIGHTS RESERVED
本书仅限中国大陆地区发行销售

你是我的逃生之路
著者：　　[芬] 约翰娜·西尼萨洛
译者：　　董晨
出版发行：中信出版集团股份有限公司
（北京市朝阳区东三环北路 27 号嘉铭中心　邮编　100020）
承印者：　三河市中晟雅豪印务有限公司

开本：880mm×1230mm　1/32　　印张：11　　字数：229 千字
版次：2024 年 10 月第 1 版　　　　印次：2024 年 10 月第 1 次印刷
京权图字：01-2024-4289　　　　　书号：ISBN 978-7-5217-6855-8
定价：59.00 元

版权所有·侵权必究
如有印刷、装订问题，本公司负责调换。
服务热线：400-600-8099
投稿邮箱：author@citicpub.com

献给一个自由信托集团
（你们知道自己是谁）

辣椒,请赐予我火焰般的智慧。

辣椒,请接纳我,带我逃离这个世界。

辣椒,请让我的双目明朗。

吃更多的辣椒吧,朋友们!

我不知痛苦,辣椒指引我的方向。

我不知痛苦,辣椒接管我之凡躯。

我不知痛苦,辣椒赋予我以光明。

——《对抗痛苦之祷文》嗜辣椒素先验协会

吾舟,轻似燕,迅如蜂。

——楚科奇族萨满 乌库

第一部分
密室

万娜 / 薇拉

2016 年 10 月

  我提起裙摆，拉开内裤的松紧带，用食指把一小份试用品塞了进去。

  小贩瞪大了眼睛。枫树的枝杈和稀疏的叶片在他的脸上投下一片片阴影。他眼白闪烁，咽了咽口水。我看到他的喉结上下动了动。

  小贩身上飘散着一股酸浊的味道，混合了焦油的刺鼻和蔷薇的腥腐。恐惧，困惑，难以置信——这些情绪尽写在他脸上，仿佛向世人昭告着他的业余，一个刚刚染上辣瘾的药罐子，想做点小生意来赞助他的"爱好"。尽管他竭力地控制着自己的面部表情，但还是被我的一些习惯性的小动作吓得一惊一乍。菜鸟一个。怕是被我刚刚闪现的阴毛吓得不轻，他可能是第一次见到女人的阴毛。

  我把手收了回来，内裤的松紧带"啪嗒"一声弹在小腹上。我把裙摆放了下来，夹紧双腿，把试用品牢牢地固定好，然后脸上亮出一个放松的微笑。

  你的阴唇最了解你。

"得等一会儿。"我望了望天空,其实只是瞧了瞧头上悬着的那几根枝丫,"呀,不知道会不会下雨啊。"

小贩张了张嘴,但是没憋出一句话。我感受到了淡淡的敌意,那种来自些许紧张的、对场面失去掌控的敌意。这可以理解。这会儿已经后半夜了,谁也不想这个时候在一个墓园角落的花园里,碰到像我这样的"意外"。

"或许很快就可以期待初雪了。"我继续喃喃着。就在这时那东西开始起作用了。

一股灼烧感在下半身蔓延开,阴唇和阴道像火炭一般滚烫。汗珠渐渐从皮肤里钻出来,先是在眼圈周围,然后是发际,接着是脖颈。血液在耳朵里肆虐,像发怒的蜂群一般嗡嗡作响。那东西像一把低音贝斯,振动着、炙烤着,仿佛在发送次声波,那炙热的旋律里蕴藏着一种美妙绝伦又层次分明的暗棕色色调。

我深吸了一口气,接着缓缓地吐了出来,脸上不禁露出的笑容即将溢出脸颊。

"货我都要了。"

你的阴唇最了解你。

这是货真价实的好东西。阴唇是不会骗人的。

小贩原本一直把那包货攥在手里,现在才递给了我。一百克。如果它们都和塞在我私处里的玩意儿一样,那可真够烈的。我摆弄着手里的透明塑料袋,仔细检查着里面那被风干、打磨成碎片的商品,看看其中有没有掺杂塑料、丝纸，或者暗红色的干花花瓣之类的。我没有发现任何掺假的痕迹。

小贩声称这是一份娜迦毒蛇椒，不过也可能是一个我不认识的品种。据其效力来看，它的斯科维尔指数[1]至少有一百万。这是有史以来最高的辣度之一。

辣椒素在我耳朵的血管里如野马脱缰一般狂奔，我甚至没办法集中精神完成交易。我从胸罩的钩扣处抽出几张钞票，数额正好。小贩一直用余光偷偷盯着我的一举一动。这桩买卖对他的阴茎来说肯定是一顿折磨，先是瞥到了私处，接着又看到了胸。但只要这小贩曾经领教过这东西的滋味，只要他余下一丁点理智，就绝不可能把阴茎插进这样的阴道里。娜迦毒蛇还在里面，随时准备发动致命一击。女性阴道虽是敏感部位，那里的神经相比之下还是较少的——当然，试用时我也精准地避开了那些尤其敏感的地方，但若是换成男性尿道，辣椒素会带来一些不小的"震撼"。

小贩接过了钱，摊在手上，死气沉沉地点了两遍，才点了点头，把钞票塞进了胸前的口袋里。我歪了歪脑袋，说道："给我滚。"小贩眉毛一抬，上下打量了一下我的身体。他的身上散发着焦糖的味道，几乎有点烧焦的气味。小贩耸了耸肩，扒开树枝，沿着树间蜿蜒的石子小路离开了。他故意走得很慢，迈着慵懒的步伐，一直朝着墓园的大门踱去。

---

[1] 斯科维尔指数，1912年由美国化学家威尔伯·斯科维尔所制定的度量辣椒素含量的一项指数。——编者注（如无特殊说明，本书注均为编者注）

在确定他已经走得足够远之后,我把小袋子塞进裙子的腰带间,再将衬衫下摆拽下来遮掩着。袋子贴着略微紧身的衬衫,形成了一个小鼓包,但是在监控摄像里不可能看得出来。

我在原地等了几秒钟,从小树林里钻了出去,沿着石子小路,朝着同小贩相反的方向离开了。墓园里几乎没有什么监控摄像头。除非他们知道有什么可疑的事发生,否则他们根本不会检查这里的监控视频。也有传言说大部分的摄像头都是一个空壳子。但我还是尽量表现得神态自若:如果有人问起来,为什么我大半夜会出现在这个墓园里,我也有一个绝妙的答案。

询问笔录（摘录）

2016 年 10 月 9 日

监督询问官（以下简称"监询"）：依据法律程序，对 FN-140699-NLP（万娜·内乌拉帕，以下简称"万"）进行询问，陪同证人亚雷·瓦尔基宁。

主询问员（以下简称"主询"）：你们为什么会出现在这座墓园里？

亚雷·瓦尔基宁（以下简称"亚"）：我是跟着我的女朋友万娜·内乌拉帕来到那个墓园的。我知道她要去那儿扫墓。

主询：谁的墓？

万：我妹妹的。

主询：你为什么会去那里？

万：因为她不久前刚刚离世。这件事一直悬在我的脑袋里，我根本睡不着觉。（被害人开始哭泣。）

亚：妹妹的死对万娜来说是一个很大的打击。妹妹的墓地对她很重要，也很珍贵。

主询：你为什么跟着万娜？

亚：这些女孩儿要么太容易被拐走，要么太容易被欺负，最好小心些，所以就像你说的那样，我在后面跟着她。

主询：是的，小心为上。被害人现在可以说话了吗？

万：嗯，应该可以吧。

主询：你认识那个袭击你的男性吗？

万：完全不认识！

主询：你呢？瓦尔基宁？

亚：不认识。我怀疑那个男人一直远远地跟着万娜，一看她朝着墓园走来，就找到了下手的机会。

主询：被害人和袭击者都有几分钟处在监控摄像没有正常运转的地方。你是否做过任何挑逗或引诱行为？

万：我没有！我只是……（低声）我去小便了。因为我灌了六杯那种助眠饮料，但是一点用都没有，都变成了尿……不好意思。我翻来覆去睡不着，所以我去了墓园，但到了那儿又突然特别想上厕所。

主询：所以你故意躲藏起来，因为你想……方便？

万：那个袭击我的男人肯定在我小便的时候藏在了树丛里！我本应该找个厕所的，但当时实在是太急了！（被害人又一次开始哭泣。）

主询：所以袭击者在……目睹这些之后，开始跟踪被害人？

亚：我猜是这样的。

主询：而你一直藏在附近，是因为你想知道自己女朋友每晚出门究竟在干些什么？

亚：就是这样。当袭击者出现的时候，我本来以为他和万娜约好了要在这里见面，但是他开始攻击万娜，试图对她施加性暴力。

主询：是的。从监控来看，这位男性试图脱掉被害人身上的裙子。

亚：我立马冲了上去，一拳打在袭击者的脸上。我以为他挨了一拳之后便晕了过去，就转过身看万娜有没有受伤。就在这时他逃掉了。当我确定万娜并没有伤得很重之后，我就跑到了最近的维安报警亭报了警。抓到他了吗？如果你们抓到了，我可以帮你们指认犯人。

主询：为了案件顺利调查，我们暂时不能提供任何关于调查进展的信息。

万：我们现在可以走了吗？

主询：问你你再说话。我觉得已经差不多了，你们可以走了，但是两位都必须先在这份询问笔录上面签字。来来来，赶紧写下你的名字，女士，现在不是挨个检查每一个字的时候。等你的男朋友拿到一份副本，他自然会告诉你上面写了什么。

万娜 / 薇拉

2016 年 10 月

我在墓园边的小店里买了一束菊花。十月的晨光惨白得没有一丝血色。

在墓碑前,我慢慢地取下花束的包装纸。我的手止不住地颤抖着。薄薄的油纸像是脚下的碎冰一般,吱吱呀呀地响着。我装出一副随意的样子,将碎纸放在一个半掩在土里的石制花瓶旁边,再将菊花的根深深地插进瓶中,我的指尖触到了花瓶底。

一股寒意涌进我的胃里。

我努力让自己的动作显得自然,又从花束里取出几朵花,假装在插花一样,把它们放入瓶中。但是不管我的手指如何在花瓶冰凉、粗糙的内壁上摸索,都无法找到那只小塑料包。花瓶里什么都没有。

空的。

我的心开始怦怦直跳。仅仅是想到我可能会回到密室里,我的脉搏就开始狂跳不止。

几小时之前我还拥有着一包娜迦毒蛇椒。我的那一份足够我享受好几个星期。特别带劲的好东西。

令人崩溃。

我把剩下的菊花仔细地插在花瓶里，有紫色的，也有黄色的。都是曼娜喜欢的颜色。

我将包花的纸捡了起来，攥在手里，站了起身。我本打算把昨晚藏在花瓶里的东西裹在纸片中，当作要扔的垃圾带走。

我倚在亚雷身上，亚雷伸出右手搂住我。我把头靠在他的肩膀上，摆出悲痛欲绝的样子——就是悲痛欲绝，装都不用装。我张了张嘴：

"不见了。"

亚雷的身子僵住了。他缓缓地吐了一口气："他妈的。"

"肯定是那个贩子。"

"那个狡猾的浑蛋找到了你那巧妙的藏货之处。"

"我本来以为没人敢在夜里搜墓。只要警报一响，他们都会仔细检查夜晚的监控录像，甚至恨不得拿着放大镜一帧一帧检查。"

"但是货还是悄无声息地被拿走了。那家伙若是落在了他们手里，那我们不可能像现在这样在外面逍遥自在。"

确实。

我直勾勾地盯着他，双手交叉护在胸口。我静静地看着那墓碑，还有花瓶里的菊花。昨晚藏包裹的时候，我假装在整理花瓶里干掉的紫罗兰花。在那场小插曲之后，它们就散落在墓碑上。现在，花瓶周围只剩下几片小小的、零落的紫色花瓣。

"墓园清洁工,"亚雷低声说道,"有人跟在我们后面,打扫了墓地,带走了原本瓶中的花,还顺手带走了一些别的东西。"

我深深地叹了一口气。

"我们走吧。"

我轻轻地挣脱了亚雷的怀抱。手里紧紧攥着包花的纸片,攥得手指生疼。我在原地站了一会儿,看着墓碑上的铭文。

曼娜·尼西莱
(原姓内乌拉帕)
2001—2016

我的膝盖微微发颤。我不知道是因为什么——心里的疼痛还是对辣椒的渴求。它们混合为一体,都让人烦乱。黑水从密室涌了上来,在门槛处窥探着,伸出漆黑的、湿答答的手指,触及我的思绪。我本以为把曼娜的墓用作中转站是一个了不起的主意。别人会理解我为什么常常来这里,甚至是在最奇怪的时间来。当局对人的情感经历并不感兴趣。

每次去过墓地之后,我都会觉得十分沮丧。每次回来后我需要的剂量都比平常大很多。这是一个恶性循环。

我转过身来,眼睛已经湿润了。我从裙子的口袋里抽出一张纸巾,记起可能会有摄像头盯着我,于是便小心翼翼地用纸巾抹了抹眼角，以免弄花脸上的妆。任何时候都不能忘记这样的小动作。

在墓园门口，我把纸片扔进了垃圾箱里。坐上了亚雷的公司车后，我蜷起身子，浑身发抖，脑中已经涌起黑色的浪潮。密室之门业已敞开。

"你能坚持到回家吗？"亚雷听起来很担心。

我必须坚持。

亲爱的妹妹：

有些事很难向旁人开口。奥利基已经不在了。我是有一些朋友，但我也不可能把所有的事情都讲给她们听。除了你以外，只有一个人可以让我敞开心扉，可以认认真真地听我说的每一个字，但是他同我的记忆没有太多的共鸣。向"马斯科"倾诉困扰的时候，他们总是倾向于寻找解决方法，哪怕我的倾诉无非是希望分享自己的忧虑罢了。再说，我的问题也并不是这么轻轻松松地就可以找到方法解决。

于是我决定给你写信。

或许你永远都不会看到这封信，但我还是很想把自己的想法讲给你听。我不知道你还记得多少，也不知道你有多少记忆已经被扭曲了。也有很多事或许你并不知道，或者不明白。

我很担心你。我愿意接收任何糟糕的消息，只要能知道你究竟在哪里。毕竟，你所坠入的深渊，也是一个出发点。也许在很久之后，我能战胜这悲伤与痛苦，甚至可以忘却这一切。但现在不可能。在确切地知道你身上到底发生了什么之前，一切都不可能好转。

你曾失踪过一次。

我记得十分真切,虽然那时我只有六岁。那时奥利基在菜地里忙活,我们在秋千那儿玩耍。奥利基找了一块板子,挂在一棵大桦树的树干上给我们当秋千——你可喜欢荡秋千了。我在你背后推着,小心翼翼地加速。你浅金色的长发在空中飘扬着。秋千荡至最高处时,你总会乐得咯咯直笑。我记得当初自己多少有点懊恼,因为你还不会在后边推我,只会在我的帮助下自顾自地玩秋千。但这没什么关系,你是我的妹妹,奥利基奶奶把你交给我,让我来照顾你。

屋内传来电话铃声。奥利基拔萝卜拔到一半,停了下来,把萝卜放在一旁,在围裙上擦了擦手,匆匆地走进屋子里去了。菜地后边矗立着一棵云杉,一只鸟从空中掠过,停在了云杉树杈间,它身上鲜艳的羽毛勾起了我的好奇心。之后——很久之后,我在书上查到,那是一只松鸦。我之前从来没有见过这样的鸟,于是我轻手轻脚地朝着菜地边缘走去,想要看得更清楚些。

我走得很近,甚至看得清它翅膀上绿松石色的细条纹,灰红色的羽毛,还有鸟喙两侧小胡子似的黑斑。我站在原地观察了一分钟,看松鸦如何用鸟喙摆弄它放在枝丫间的橡子。我本想走到一个更适合观察的位置,但没留神脚下,脚底的树枝咔嗒一响,松鸦衔着橡子,扑棱一声飞走了。

我叹了一口气,转身往回走。

在桦树枝杈投映下的点点光影中,空荡荡的秋千慢慢悠悠地摇晃着。

你不见了。

屋子里依稀传来了说话声,奥利基应该还在打电话。我以为你偷偷溜进了房子。奥利基可不喜欢别人在她通电话的时候打搅她。我跑到门口,朝屋内望了几眼。你没有去打扰奥利基,她正跟人热火朝天地聊着土豆的收成。我又去看了一眼我们的房间。你也不在那里。

我回到了院子里,心怦怦直跳。你能去哪儿了呢?我不想让奥利基知道我是何等粗心大意。

内乌拉帕家的院子没有围栏,但两侧都长着茂密的云杉林,我想你多半不会去那林子里晃悠。如果你沿着院子前的砂石路离开的话,我一定还能看得到。唯一可能的是那条从桑拿屋后通往森林和泉水的小路。

你很喜欢那泉水。清亮的水流从两块石头的缝隙间咕嘟咕嘟地冒出来,形成一个小潭,潭底沉积着细细的沙砾。无论天气多么炎热,那泉水也总是冰凉的,你总是会把小手伸进其中,惊讶于那泉水形成的淙淙作响的狭窄小溪是如何流向远方……

里希沼泽。

我冲了出去。

转过几个弯之后,我听到了你的声音。那是一声尖叫。这意味着我没有工夫耽搁了。

我冲下小路,丝毫没有意识到自己的脚底已被地上的松果和树根磨出了血。跑了很远之后,里希沼泽终于出现在了树丛间。黄绿色的苔藓在阳光的照射下闪闪发光,洁白的羊胡子草在风中摇曳着。里希沼泽是一个大水塘。漂在水面的苔藓是它美丽的伪装，苔藓下是乌黑、浑浊且深不见底的泥沼。

一抹红色闪过，是你的裙子上做装饰的红色条带，然后我看到了你。只有脑袋和肩膀还露在苔藓之上，肩膀以下的部分都已经被吞进了沼泽里。你两只手紧紧拽着草梗，扯着嗓子尖叫。你的身体在体重的作用下裹着泥潭藓不断地向沼泽深处滑去。

我比你更重，但我在电视上看过冬天如何应付薄冰。我没有尝试在这危险的沼泽地上行走，而是整个人趴下来，肚子贴着浮浮沉沉的苔藓，朝着你爬去。我努力地让自己的声音听起来坚定可靠，来给予你安慰，但当我靠近你时，你开始奋力挣扎，使劲想接近我，接近获救的希望。你的手松开了本紧紧拽在手里的苔藓，很快你整个身体都陷入了暗棕色的泥水中。

那时我已经离你很近了。我把手伸进泥水里，用力地向下探，指尖似乎碰到了什么东西。于是我一边紧紧抓着，不敢松手，一边向后爬，竭尽全身的力气往外拉。我意识到——继而看到，自己抓着的是你的头发。接着，你的脑袋再次从水面上冒了出来，嘴巴张开，发出一声震耳欲聋的尖叫。我使出不知道是哪里来的力气，将你拉到了近旁，手伸到你的腋下，就这样拖着你，连滚带爬地回到沼泽的边缘。那里的苔藓已经很厚了，能够支撑得住我们两个人的重量。

我们两个都湿漉漉的，身上沾满了泥巴。我拉着你沿着小路走回家去，一路上你仍然像只受了惊的小兽一般吱吱呀呀地哭喊个不停。奥利基从小路的一个弯角冲了出来，脸上满是惊吓，浑身上下散发着极度忧虑的味道。

奥利基给我们洗了澡，把沾满泥巴的衣服泡到了洗衣盆里，检查你身上有没有伤口，又给我擦破的脚底上了药。她嘴上没有停，一直在唠叨着，不只是向你，也没有放过我。我现在知道，她这样只是因为受到了惊吓，但就是在那时我终于意识到，保护你是我的责任。

我会永远保护你。

你跑到沼泽那里去，我一点都不惊讶。你只是想到那个泉水边去。你本来不喜欢森林，但是你会愿意为了这个泉水在林间穿行。当你看到里希沼泽沐浴在阳光下，闪烁着童话般的色彩，宛如暗绿色森林中一处圆圆的草坪，你定是以为那便是童话故事里的金色草地，是精灵和公主的神秘舞池。

在你天真的世界里藏着巨大的秘密：藏在美丽外表下的，是欺骗，是邪恶，是毁灭。

所以，保护你是我的责任。

后来奥利基在房子和小路间搭了一道栅栏，但没有任何意义。你再也不愿意到那泉水边去了。

我再也不会让你孤身一人。

你的姐姐，

万娜（薇拉）

万娜 / 薇拉
2016 年 10 月

我关上了身后的公寓门，踢掉脚上的高跟鞋，然后跑——不，是冲到了睡觉的凹间边，然后像松鼠一样顺着衣橱的格子爬了上去——因为要把折叠梯翻出来还得好一会儿。我用拳头敲了敲顶层衣橱后面的墙壁，墙面滑了下来，露出了里面的暗格和我的应急储备。我取出一个玻璃罐，纵身一跳，落在了地上，小腿骨震得生疼。我用力拧了拧玻璃罐的金属盖。

盖子如死了一般，纹丝不动。

"干！"

我猛地栽在床上。哭声直接从密室里传了出去，我完全无法控制自己。我的身上没有闸门也没有开关，哭声就像呕吐一样，向外涌着。

亚雷走到我身边，从我麻木的手指间拿走了玻璃罐，用他那饱经磨炼的马斯科手指，拧了一圈。玻璃罐发出了一声微弱的"咔嗒"声。

我一把夺下他手里的玻璃罐，手指伸进盐水里，开始把瓶子里绿色的小切片往嘴里倒。瓶口很小，我的手伸不进去，所以只能把墨西哥辣椒直接倒进嘴里，让那汁液将悲伤流淌在脸颊上，胸膛上，粉红色的床罩上。我只管狼吞虎咽。我知道墨西哥辣椒的斯科维尔指数低得可怜，尝起来应该和腌黄瓜没什么两样。但仅是知道那些清脆的小切片里含有辣椒素，就足以让我颤抖的双手平静下来。两分钟后，密室里的黑水稍稍退去，将将落在大脑的洪线之下。墨西哥辣椒的微弱冲击是暗淡的，呈灰蓝色，它在我的听觉皮质边缘微弱地震动着，仿佛它的声音来自那点点繁星之间。

我将罐子扔在地上。罐子发出了清脆的响声，但并没有碎。它是外国制造的，质量很好。我站起身，走进厨房，打开了水龙头。我懒得去找玻璃杯，于是把脸凑到流淌的水柱边，半个脑袋埋进水池里，脖子别扭地歪着，大口大口地喝水。然后我抬起了头，用手背擦了擦嘴。口红在脸颊上留下两道血一般的痕迹。

"我的上帝啊，这东西也太咸了。"我对亚雷说。亚雷看着我，我看到他的嘴唇扭了一下，接着开始大笑，几乎腰都直不起来。

"哈哈哈哈哈……不……不好意思，这没什么好笑的，但……要是现在有个外人在这儿……如果他不笑出声，那可真是奇了怪了。"

现在的我"久旱逢甘霖"，哪怕遇见这种无聊又幼稚的行为，我也能在嘴边挤出一丝笑意。我刻意慵懒地走到了前厅的全身镜前。亚雷是对的，我看着像一个从纸里蹦出来的讽刺漫画角色。眼泪和辣椒汁把我脸上的妆弄花了,早上精心卷好的头发现在像两条海藻一样湿漉漉地贴在脸颊上。残留的口红印显得我的嘴巴周围像是得了什么可怕的皮肤病。就连底妆也已经花了,此刻我的脸和卡列万坎加巷战的断壁残垣没什么两样,太阳穴和颧骨上满是斑斑点点的妆痕。

亚雷从凹间那边走了过来,手里拿着罐子和被我打湿的床罩。"要擦地板吗?"

我把洒在地板上的盐水擦干净。亚雷把床罩塞进洗衣机。我讨厌床罩那既精致又花哨的颜色,但是家里的内饰必须看上去是正常的。我帮亚雷打开了洗衣机,然后指了指罐子。

"这个该怎么办?"

我看了下标签,貌似是土耳其出产的。亚雷打开水龙头,调成了温水。我点了点头,把玻璃瓶在水流里淋了一会儿,然后将标签一点一点抠了下来,再仔细地混进厨余垃圾中。

我把清理干净的瓶子塞到了亚雷手里。亚雷从衣架上拿来一只帆布购物袋,把瓶子放了进去,拉上了拉链,然后拿着袋子用力地朝着桌腿敲了上去。瓶子"咔嚓"一声碎掉了。瓶子碎裂的声音被我们的说话声盖了过去。

"弄到这瓶子的人,我认识他吗?"

"那时候你还没来。他前段时间死了。"

"人越来越少了。"

"所以我昨天才去见了那个人。市面上太久没有新鲜血液了。"

"他如果被抓到该怎么办?"

"如果被当场抓到,又被认出是同一个人,这才会有麻烦。如果没有,那么这只是一个强奸未遂,没有人会为了调查这种事而浪费社会的治安力量。"

咔嗒。咔嗒。亚雷继续在桌腿上敲着袋子:"他们说,出于调查的原因,不能告诉我们有没有抓到袭击者,这就是他们对案件不感兴趣的标准话术。这件事情并不涉及其他任何犯罪行为,对警察来说只算是一件普通案子罢了。不过是一个愚蠢的爱洛伊在错误的时间来到了一个错误的地点而已,幸运的是她勇敢的男朋友及时出现。"

我做了一个"卫生部"的口型,然后用手指在空中画了一个问号。

亚雷摇了摇头:"肯定有人想分一块蛋糕私吞了。"

袋子里已经听不到咔嗒声了,只剩下碎末的沙沙声。但是亚雷还在不停地奋力敲打着。每打一下,嘴里就发出一声闷哼。

事实上,这样的事之前没有发生过已经是个奇迹了。最近形势一直很紧张,这我十分清楚。很明显,是有人开始不守规矩了,把同一批货一次又一次地卖给不同的人。因为"商品"实在是太有限了。

密室里的黑水不停地涌动着,水面又高出了几分。它在后脑的深处翻动着,舔舐着密室的门槛。我身子一软,差一点跌坐在厨房椅子绣着花的坐垫上。

"我觉得我们有麻烦了。"

这批货有一部分应该是亚雷的,他本来能卖很多钱。

有一部分应该是我的,供我自己使用。

亚雷点了点头。他把一份《国家新闻》摊开在桌面上,然后把袋子里的玻璃碎倒在上面,堆成一座亮闪闪的小丘,然后用报纸把玻璃碎紧紧地包了起来。

爱洛伊（eloi）。通用但非官方用词，20世纪40年代进入芬兰语，现官方用语为"**女性人**"（feminainen）。指女性群体中的子群体，通常在婚配市场上十分活跃，其典型特征是为男性全方位谋福利。该词源自社会学作家**赫伯特·乔治·威尔斯**的预言。他认为，人类社会将进化产生不同的社会结构，诞生出剥削与被剥削的子群体。

复数形式 eloiset。
复数属格 eloisten。
复数与格 eloisille。
例句："典型的爱洛伊是浅色头发、圆脑袋的。"
"爱洛伊可以合法地生殖繁衍。"

——《现代芬兰语词典》

曼娜：

  我记得。

  我的妹妹和我不一样。我的妹妹有金色的血液，有甜美的灵魂。

  铂金色的卷发，圆圆的脑袋，尖尖的鼻子和窄窄的肩膀，饱满的胸部，纤细的腰肢，蜜桃一般的臀部。

  小时候我们总是一起玩耍。"啊。"我手里拿着一块小木板，上面写着字母"A"。你也跟着我说"啊"，然后把小木板抱在怀里，轻轻地贴在胸前。

  我把梳子拿在手里，像乐器一般拨弄它的梳齿。你拽着它，像大人一样梳起头发。我用红水彩画夕阳，你用朱砂抹双唇。我把玩具桶套在脑袋上当头盔，你把它抢来盛自己做的"杂草沙拉"。一支笔被我拿来当作指挥家的指挥棒，被你拿来当作教鞭，惩罚"不守规矩"的布娃娃，你还把笔芯摘走了。

  噢，我可爱又善良的妹妹。你的心如巧克力一样甜美，手里装着满满的仁爱，大脑像粉色泡沫一样梦幻。

  你还记得我们小时候玩的游戏吗？

  "我是公主。"

"我是牧羊女。"

"王子来向公主求婚。"

"牧羊女扮上男装,用石头为自己做了一把宝剑。她驯服了野狼,骑乘着它驰骋战场,为自己赢下一座王国,然后……"

你开始号啕大哭。

"我怕狼。"

"这儿没有狼啊,并不是真的有狼。这只是个故事,我自己编的故事。"

"好吧,我要做公主。"

"你已经是公主了。"

"现在公主去参加舞会,她是全场最美丽的女人,所有男人都想和她结婚。"

"王子不是已经向公主求婚了吗?"

"又出现了另一位王子,他更英俊,而且更加富有。"

"然后牧羊女出现了,她拿着石剑,要求和王子决斗!她要夺走他的王国!"

"我不喜欢这把剑。"

"现在该轮到我了!"

"我不想要这把剑,我觉得它很别扭。这是你编的故事。"

"你的公主也没好到哪里去。"

"奥利基奶奶!万娜又在欺负我!"

你哭哭啼啼地扑到奶奶的怀里,奶奶的目光越过你亚麻色的发际，带着责备与悲伤，直直地戳在我的身上。她安慰着你，我亲爱的妹妹，摸了摸你的脑袋，抱了抱你，亲了亲你的脸蛋，然后松开手，意味深长地看着我。我知道她想说什么。我们天生不一样，这并不是你的错。

你回到我身边，脸上又再一次挂着笑容，我也就愿意继续当帅气的王子，把我的石剑当作礼物送给公主。

我们玩耍，打闹，一起跳婚礼华尔兹。你是公主，我是王子。傍晚的时候，夕阳透过窗户照在你的头发上，仿佛你的头上燃起了金色的火焰。

我很想你。

万娜（薇拉）

万娜 / 薇拉
2016 年 11 月

　　密室的门一直敞开着，随时准备着将我整个吞入血盆大口中。在墓园事件发生之后，货源基本上已经完全干了。
　　我们听说有很多人被抓了，甚至还开了枪。
　　亚雷总能时不时地搞来一瓶叁巴酱，或者某种印度温达卢咖喱酱，但是真正的好东西全都石沉大海。不过我不能打开这些罐子，因为它们必须完完整整地交到买家手上，更不能缺斤少两。
　　我不能就这样死了。
　　但是密室一直用巨大的吸引力，拉扯着我走向黑暗，那嗡鸣般的呼吸如夜色一般深邃。

　　密室诞生于爆炸。
　　耀眼、炽热的核爆炸以摧枯拉朽之势，顷刻间在我的大脑灰质中熔化出一片虚无。这片虚无有着光洁的四壁，回荡着诡秘的回声。在虚无里是更深邃的虚无，像是宇宙中两颗行星之间的虚空。

密室的黑暗有自己的呼吸和脉搏，因为它能从死亡中攫取能量。潜藏在密室里的，是妹妹的反面，是环绕盘旋着的木炭、焦油、黑炭和煤尘。

通向密室的门就在我的后脑。

有时，密室的门是一扇厚实的铁门，上面装着叮当作响的门闩，生锈的、沉重的、吱吱呀呀的合页。有时，它是腐朽的木门，有时，又像纱布一般在风中摇摆。而有时，这扇门压根不存在，只有从深处吹来的刺骨寒风。

随着寒风到来的，是一只无形的大手。它由一团黑雾形成，强劲有力，似乎能捏碎一切。它紧紧地攥着我的意识，像是个被宠坏的小孩，放肆地蹂躏着怀里的橡胶玩具，只为了一次又一次地听到它痛苦的呻吟。

在密室的地板上涌动着可怖的浑浊液体。它通过分子大小的空洞穿过核反应堆的围阻体一般密闭的墙壁。黑色的风，无情的雾，这些我尚且经受得住，但是当那液体涌上来，深不见底，海浪一般冲刷着密室的门槛，仿佛下一秒就要像洪水一般吞噬整个大脑，我就知道自己离溺毙只差一步之遥。漆黑的水面逐渐上涨，像熔化的金属一样闪烁着光泽。很快，一缕细流漫了进来，宛如一条在地板上蜿蜒爬行的蛇。

我只有一个方法，或者说一个沙袋来支撑我熬过这洪灾，只有一个方法帮我关上这扇铁门，帮我在腐烂的缝隙中填上一些木块。

辣椒,请赐予我火焰般的智慧。

辣椒,请接纳我,带我逃离这个世界。

辣椒,请让我的双目明朗。

吃更多的辣椒吧,朋友们!

我不知痛苦,辣椒指引我的方向。

我不知痛苦,辣椒接管我之凡躯。

我不知痛苦,辣椒赋予我以光明。

亲爱的妹妹：

今天我特别想你。

你应该没有任何关于西班牙的记忆，因为你那时还太小了。我记得的也并没有多少，却还有一些。有一天，爸爸和妈妈没有回家。所有人都乱成一团，交头接耳，哭哭啼啼。一个喝醉酒的卡车司机在十字路口超速驾驶，把我们的父母压在了车底下。只有在享乐主义国家才可能发生这样的事。因为我们在西班牙没有任何亲戚，于是就被送回了芬兰。我那时候四岁，而你还是个可爱的两岁小孩。

我记得很清楚，我们在内乌拉帕的第一天，你觉得一切都很陌生。空气中有奇怪的味道，屋子里放着奇怪的家具，亮着和家里不一样的灯光，还有院子里的那棵奇怪的大树。你哭个不停，要么总是闷闷不乐。我努力地安慰你，虽然我自己也被思念、旅途的疲惫、周遭的新鲜和可怕，这一切的一切裹挟着。离开马德里，搬到特伊斯科郊外的一座小农场里，并不是说起来这么简单。

奥利基那时候应该已经快70岁了。她是我们唯一的近亲。我们的亲族并不大，因为我们的父亲是独生子。奥利基一直没有结婚。也许是因为我们的爷爷是"米努斯"，或者其他什么可疑的人，这样很多事情都说得通。我从来没有勇气去问奥利基关于爷爷的事。

很多事奥利基过了很久之后才告诉了我，她或许从来就没有和你提起过。奥利基是 20 世纪 40 年代被送到瑞典的战争儿童，所以当性别法案生效的时候她不在芬兰。她的生理意义上的父母，都在二十几岁的时候得了很严重的病。她的父亲得了肾病，母亲得了癌症。他们最后都病死了，因为卫生部认为二人的疾病是由于错误且有害的生活方式导致的，所以他们无法进入国家医疗体系接受治疗，也没有钱去找私人医生。1954 年，奥利基回到芬兰照顾他们。我不理解她为什么要回来。她的父母不管怎样都会死。

但是奥利基还是回来了。她除了芬兰国籍以外还有瑞典国籍，所以当她决定留下来照顾父母的时候，她仿佛生活在一个泡泡里，拥有着完整的国民权利，两个国家的政策都无法触碰她。奥利基甚至还当过雇主，每年夏天都能招募一个刚刚拿到农业研究学位的马斯科来内乌拉帕干活。就这样，奥利基把内乌拉帕的农田经营得越来越好，每年的收成不光能塞满自家的地下粮仓，甚至还能把多余的土豆和蔬菜卖给特伊斯科的地主，地主再把它们和自己种的梅子和苹果一起运到坦梅拉的集市上卖掉。我们也侥幸熬过来了，因为奥利基从国家那里为我们弄到了儿童补助，她每逢冬天也会做一些针线活补贴家用。

关于内乌拉帕最早的记忆里，最深刻的应该是我们刚到那里的时候。那时我们刚开始适应我们的新家，过分明亮的夜晚，还有大自然里奇奇怪怪的声音。有一天，我们正在院子里玩，奥利基走了过来，把我们领到了围栏边，在我们快靠近的时候，奥利基伸出一根手指放在嘴唇上，示意我们不要出声，她冲我们比了个手势，让我们蹲下来看围栏下面。当看到围栏下的几双闪闪发光的大眼睛时，我们高兴得不得了。流浪猫在围栏下面生了一窝小猫。奥利基告诉我们，她之前看到一只无家可归的猫在内乌拉帕附近游荡，她觉得正好可以治一治附近的田鼠，但没有想到流浪猫居然生了一窝小猫。在这之前猫妈妈一直都把小猫崽藏得很好，但是现在小猫们已经睁开了眼睛，开始学着走路了。奥利基注意到围栏下传出来的沙沙声，还有细细的叫声。猫妈妈不在，一定是去觅食了。一只勇敢的小猫朝我们走了过来。这勇敢的毛团团，迈着摇摇晃晃的脚步，天线一样的小尾巴像受到惊吓一样竖在空中，圆圆的脑袋甚至有些装不下大大的耳朵和眼睛。它看上去脆弱又柔软，但又满是热情和活力。一股甜蜜、深刻的痛苦深深地戳在我的心里。

后来，每当我看着你的时候，或是想起你的时候，同样的痛苦会出现在我的心里。

本来奥利基说我们可以把其中一只小猫带回家去，但是仅仅几天之后，猫妈妈和小猫就从围栏下消失了。奥利基认为猫妈妈受了惊吓，就把小猫都转移到了别的地方。

长大了我才知道，内乌拉帕的森林里还有很多狐狸。另一段深刻的记忆是我们刚来芬兰的时候，他们必须确认我们的最终性别。现在确定已经太晚了，因为西班牙没有这样的规定。卫生部派来了两个儿童检察员,给我们做了测试。

他们先检查了我们的外观。圆脑袋,小鼻子,大眼睛,浅色的头发,一切都非常清楚。他们给我们拍了照片,然后就开始了真正的测试。

他们给我们展示了一对一对的图片。有拖拉机和婴儿,或者花朵和飞机,再或者是锯子和汤锅,我们必须从两张图片里面选择更喜欢的一张。我记得很清楚,你抓着婴儿的图片,然后用更柔软、更天真的声音咿咿呀呀地说:"哎哎,娃娃,哎哎。"你还时不时地瞅我一眼。在你的鼓励下,我也选了婴儿的图片。"可爱的娃娃,漂亮的娃娃。"我也咿咿呀呀地说,似乎是对你的回应,而不是对检察员的回答。我以为这些题目是在测试我们是不是好姐妹。如果我们表现得特别不一样,想法截然不同,或许一些很可怕的事就会发生。所以有的时候我会猜你更喜欢哪个图片,然后比你还先做出选择。那时候的我还不知道,这一切是多么关键。

然后检察员从大箱子里拿出了几个玩具。玩具里有一辆红色木制消防车,上面打了一层蜡,看上去闪闪发亮,我一眼就喜欢上了;一个真人般大小、穿着粉色裙子的娃娃,一只软软的小猫玩偶,一个锡制的火车头,还有一些木块,上面刻着字母和数字;旁边还有一些亮闪闪的图片,上面画着一些红心,还有几对新郎新娘。玩具里还有一把精致的木制扳手,一个画着玫瑰花的可爱的小勺子。还有列车长的尖顶帽子和褶边围裙。里面还散落着几只五颜六色的小长方形，可以把它们一个个地叠起来，检察员向我们演示了该怎么做。我们可以把它们随意地搭成自己喜欢的模样，可以是城堡，也可以是起重机、飞机。

他们让我们两个都从这些玩具里面选出自己最喜欢的一个。你马上就站了起来，摇摇晃晃地走上前，一把抱住了小猫玩偶，因为它让你想起了栏杆下面的那一窝可爱的小猫咪。接着你就用小胖手抓着玩偶，抱到了布娃娃的前边，把它塞到了布娃娃的怀里。你看上去特别高兴，因为你觉得布娃娃特别喜欢这只小猫。而我却被消防车吸引了注意力。我先是跑到消防车旁边，把它拿在手上，开始摆弄、研究。我注意到了检察员的眼神，就好像周遭的空气里飘来了一股焦油般的味道，又或是浓烟似的味道，仿佛远处的森林里燃起了野火，传来了一阵刺鼻的焦湖味。

不对劲。

我的手松开了，消防车掉在了地板上。我还踢了它一脚，仿佛我刚刚发现，虽然它的外表亮闪闪的，实际却是一个可怕又冰冷的物件。烟味立刻散去了一些，开始变成了温暖桑拿的味道，其中混着松油香皂和桦木拂子的气味。我注意到，当我撇开工具和小车，穿上了围裙、抓起勺子时，检察员身上散发的好闻的气味逐渐变浓并稳定了下来。我用几个刻着字母的小方块搭了一个小圆圈，在圆圈中央放了一些五颜六色的小木块，然后用小勺子在里面搅拌着，告诉他们我在熬一锅粥。我舀了一勺木块，然后走到你身边，把它喂给你怀里的布娃娃，让她乖乖地吃下去。

我看到两个检察员交换了一个眼神，空气中飘荡着淡淡的金属味。其中一个检察员收起了所有的布娃娃和毛绒玩具。你当时大声地哭闹着，表示抗议。他只留下了消防车，木头扳手，小木块，还有列车长的帽子。

你马上就知道自己该做什么。你像一只小猴子一样擅于模仿。你把双手拢起来，将小木块放到了列车长的帽子里，然后用扳手搅拌这碗"木块粥"。而留给我的只有消防车。消防车上有折叠梯，还有轮子，它们甚至还能旋转。我再一次把消防车拿到手上。

奥利基奶奶深深地吐出一口气。我在空气中闻到了一丝清新的味道，像柠檬汁一样。

儿童检察员的眼神冰冷，站在那里。

这时我知道了自己该做什么。

我把消防车抱在怀里，摇晃起来，嘴上说着"哎呀哎呀"。

我看到了检察员的表情，看到了奶奶的表情，空气中弥漫着两种截然不同的味道。在检察员们周围是一股甜味，像是几乎熟透的水果的味道。而奶奶身边，是洗得干干净净的、晾晒在阳光里的衣服一般清新的味道。

那时是我第一次听到"女性人"这个词语。另一个检察员提到了"爱洛伊"，但他们说的都是我们。

检察员再也没有看向我们。而是低着头在纸上写下一个个字。他们告诉奥利基，我们需要新的名字，为了方便，就保留我们原名的首字母。你一定已经不记得了，你曾经叫

"米拉"（Mira），我叫"薇拉"（Vera）。从那时起，我们就是曼娜（Manna）和万娜（Vanna）。

奶奶身边散发出一种新的味道，似乎是厕所清洗剂的味道。但是她点了点头，笑了笑，低声应付着说新名字很适合我们。

检察员开始收拾玩具。我本来很担心，他们是否也记得那个已经滑到桌子底下的锡制小火车头。但他们还记得。我很失望，失望极了，我甚至害怕他们会注意到我身上散发出的阴郁的、泥潭一般的味道。

从那以后，奥利基就开始叫我们"万娜"和"曼娜"。那天，我给你的两个布娃娃取名"薇拉"和"米拉"，这样我们的名字还会以其他的方式在世间继续存在。

我问过奥利基，该怎么当好一个爱洛伊，但是她一个字都不愿意说。直到很久之后我才明白其中的原委。在我满七岁的时候，我就该去学校上学了。奥利基为我们弄来了居家学习许可。从内乌拉帕到特伊斯科最近的小学都有很长的一段路。奥利基没有车，而且我们社区里也没有别的学龄儿童，所以如果国有校车为我们单独开一条路线，会给社会带来过于昂贵的负担。于是奥利基很容易就申请到了许可证。

就在检察员再一次来内乌拉帕之前，奥利基让我换下了身上打着补丁的连体衣和衬衫，换上了裙子和锃亮的皮鞋。她把我垒的小房子，我的书，我的木头做的玩具铁路都扔进桶里，藏在了柴火堆后面。因为我那时已经七岁了，所以奥利基没有像之前那样告诉我说这只是一个游戏，而是让我坐在餐桌边,看着我的眼睛。

这段对话我记得每一个字:"万娜,我现在求你做一件事。我希望你不要告诉叔叔们你会读书和数数。他们来的时候,我想让你在院子里和曼娜一起乖乖地玩耍,记得微笑,表现得天真、善良和惹人爱。曼娜怎么做你就怎么做。"

"为什么?"

奶奶笑出了声。她身上散发着一丝愉悦的梨味,其中夹杂着担忧的柠檬味。"他们在旁边的时候永远不要问'为什么',无论任何事情。现在的事情是这样的,因为那些叔叔不喜欢勇敢和聪明的小女孩。你还记得那个穿得破破烂烂的牧羊女吗?在她破烂的衣服下面其实是一个公主对吧?"

"对,我记得。"

"你也可以这样想。你现在也是一个聪明的牧羊女,你只是穿上了华丽的衣服,努力地想让所有人相信你是一个被娇惯的、无忧无虑的小公主。这样没有人能猜到在这衣服下面的你,是一个身手矫健、擅长爬树,用木杖驱赶狼群的勇敢牧羊女。"

这游戏很难,也很有趣。我激动地点了点头。

"我知道你做得到,亲爱的。故事里的小女孩能够当一个优雅的公主,也能当一个聪敏的牧羊女,这一定让她受益匪浅。在牧羊人里,她一定是个最优秀的牧羊人,在国王的城堡里,她也一定是个要铺十层床垫才愿意在豌豆上睡觉的公主。"

检察员见了两个金色头发的粉衣小女孩。他们瞅了瞅我们装玩具的盒子，看了一会儿我们的过家家，我当妈妈，你当孩子，布娃娃是另一个孩子，泰迪熊是第三个孩子，沙发靠枕是家里的父亲，他在沙发上"上班"。他们满意地点点头，散发着像蜂蜜一样香甜的气味。他们给了奥利基厚厚的一沓书籍和册子，是爱洛伊的早期教育指南。

等他们走了以后，奥利基把那一堆书和册子放在角落里，从口袋里掏出一把钥匙。她走到了橱柜边。橱柜上面的玻璃窗里还展示着家里在节日才用的瓷器。她打开了下面的橱柜的锁，把所有的书都放了进去。她允许我碰别的书，也允许我阅读它们。但那些我最喜欢的玩具，从此以后我必须把它们藏在柴房的阁楼里，只在你看不到的时候我才能玩它们。

起初我十分惊讶，但接着就明白了。"如果曼娜不小心把这些事告诉了别人，那么所有人都会怀疑我是一个穿着公主裙的牧羊女。"奶奶的脸上展开了一抹微笑，她的眼睛闪着光："万娜，你可能是芬兰最聪明的小女孩。我真的这样认为。"

她的眼泪闻起来像温暖的桑拿。

我不想隐瞒任何事，我不想伤害任何人。我相信奥利基知道什么是正确的。

我是如此想你。

你的姐姐，
万娜（薇拉）

莫洛克(morlokki)。通用但非官方用词，20世纪40年代进入芬兰语，现官方用语为**中性人**(neutrinainen)。指女性群体中的子群体，通常由于身体机能受限（如不孕不育），而被排除在婚配市场之外。词语源自社会学作家**赫伯特·乔治·威尔斯**的预言。他认为，人类社会将进化产生出不同的社会结构，诞生出剥削与被剥削的子群体。莫洛克是子群体中的奉献者、被剥削者。她们被限制在近乎程序性的工作中，作为储备劳动力为社会进行服务。

——《现代芬兰语词典》

亲爱的妹妹：

你还记得那些考试吗？在佳纳村那所小小的学校里每年有两次这样的考试。

我们俩的座位挨在一起。课桌上打着一层亮亮的蜡。桌面是倾斜的，一旁可以掀开，每天来校的学生就可以把自己的笔和本子都放在里面。

考试很难，但也很好玩。我可以假装自己是公主，刻意把字写得歪歪扭扭的，有时还会少几个字母，或是假装没弄懂问题。我们要把购物清单写下来，大声地朗读。我们要对着画册认识不同的蔬菜、蘑菇和鱼。我们要记住什么温度的水里可以洗毛衣，什么温度可以洗纯棉衣服。我们要计算如何把四人份的晚餐食谱变成六人份。我听说有些爱洛伊一辈子都不识字，但好在有做成录音带的食谱供她们使用。你学得很快，是个很聪明的爱洛伊。当我看到你把头埋在笔记本里写着数字，有时还会拿橡皮擦好几遍，把笔记本的纸页磨得薄薄的，我总会不由得想起那些弱不禁风又活蹦乱跳的小猫咪。有时我还会偷偷瞄一眼你的笔记本，模仿你写错的地方。

爱洛伊的教室旁边还有一个练习室，我们可以在里面向别人展示我们怎样收拾床铺、擦窗户。我们煮土豆，熬肉汁，和面粉，洗掉衣服上的青草污渍。我们学会了补袜子，学会了缝扣子。因为我年纪大一些，所以我也学会了如何给男人熨烫衣服。虽然实际上我学的这些在内乌拉帕根本用不上，但如果要从班级里毕业，就必须学会这些东西。那些更高级的课程，比如婴儿护理，我们需要在爱洛伊大学，也就是国家家务管理学院里学习。

奥利基手把手地给我们教一些基础的农活，翻土、灌溉、疏苗、除草，我们还学会了如何摘土豆，怎么给豌豆苗搭支架，怎样把刚刚摘下的洋葱晾干。你还记得你当时多么讨厌这些东西吗？有时候必须把手插到泥土里时，你都会犹犹豫豫，像是土里藏着什么危险的东西会咬你的手似的。

我却很喜欢这些农活，比如嫁接苹果树。只要我们愿意，我们就可以让一棵苹果树上长出很多不同品种的苹果，简直像是魔法一样。

学习和家务活并没有占据我们所有的时间。当奥利基不需要我们在厨房或者田里帮忙的时候，或者当我们保证说已经把考试的内容都已经学会了的时候，我们就可以自由地安排自己的时间。你还记得那一小套陶瓷餐具吗？就是盘子上画着玫瑰和百合的那套餐具？你总是喜欢用它给你的娃娃盛饭，一点都不会厌烦。冬天的时候我们会去附近的小山丘上滑雪橇。我还用雪做了一个灯罩，晚上奥利基就会把蜡烛放在里面。

我记得十分清楚。在一个秋天的晚上，我们互相挨着坐在客厅的沙发上,奥利基坐在她最喜欢的扶手椅上听着音乐。奥利基有一小套唱片,几乎都是古典乐和从瑞典带来的爵士乐。她对芬兰的民族音乐并不感冒。

那时我已经十岁了,到八月份你也就该八岁了。奥利基听着莫扎特的《安魂曲》。

我手里拿着一本厚厚的百科全书。

这本大部头是我最喜欢读的书之一,虽然我的爸爸和爷爷在内乌拉帕留下了很多书,几乎所有的知识领域都有一本书,但是我还是最喜欢这一本。我对生物学和植物学最感兴趣,但是我也会读一读物理学、地理学和世界历史。有时候我也会拿一本法语或英语基础语法书当消遣,或是背一背元素周期表。奥利基在来内乌拉帕的时候还带了一些欧洲和美洲的小说,里面描绘的世界对我来说十分新奇,就像爸爸留下的科幻小说里陌生的文化一样。

我坐在那里,怀里抱着厚厚的百科全书,里面包含着从字母 M 到 P 的所有词条。房间里飘荡着的响亮的音乐声让我想多了解一些莫扎特的故事。

你的手里捧着一本《真女孩》杂志。

当每个爱洛伊长到六岁的时候,她的家里每个月都会收到一本《真女孩》。杂志里用简单的语言写着不同的浪漫故事,两个爱洛伊为了同一个马斯科竞争,其中一位利用自己的女性优势获胜,把这位马斯科占为己有。杂志里还有详细的指导,教读者如何举止端庄,打扮得体。你也在一旁读着书,嘴巴一张一合。你看得特别慢,一页页地读了一遍又一遍。

我第一次明白了你和我之间究竟多么不同。这是一个痛苦又哀伤的事实。

我不禁注意到,从很久以前开始,你最喜欢的游戏就是结婚。

在我们的游戏里,我不再是王子或者骑士,而是新郎。你头戴枕头套做的头纱,手捧蒲公英和峨参花做的花球,但你眼中闪烁的光芒说明这一切于你是多么真实。在你的世界里,你身旁的不再是姐姐,而是你的未来,在那未来里你有所依赖,有所寄托,无所忧虑,无所惶恐,享受着至死不渝的爱。

请原谅我,我无法给你这些。

你的姐姐,
万娜(薇拉)

小红帽

选自《爱洛伊女孩们最喜欢的童话故事》

国家出版社（1951）

在很久很久以前，有一个可爱又美丽的小女孩。她总是很听话，对每一个人都很友好，很热情。她喜欢穿漂亮的衣服，特别是红色的衣帽。所以人们就叫她小红帽。

有一天，小红帽的妈妈让小红帽送药给生病的外婆。小红帽接过药，开开心心地出门了。在去外婆家的路上，小红帽遇到了一只大灰狼。大灰狼对小红帽说，小红帽是他见过的最美丽的女孩，大灰狼想让小红帽做他的妻子。

小红帽不同意，因为她很爱她的外婆，她希望外婆能拿到她的药。小红帽继续向前走，一直走到了外婆家门口。但是大灰狼沿着另一条路来到了外婆家，已经把外婆吞进了肚子里，穿上了外婆的睡衣，躺在床上等小红帽来敲门。

小红帽把药递给了外婆，这时她才发现，外婆看上去有些奇怪。

"外婆，外婆，为什么你的眼睛这么大呀？"小红帽问道。

"因为这样我就可以看清楚你的样子呀。"大灰狼回答道。

"外婆,外婆,为什么你的耳朵这么大呀?"小红帽又问道。

"因为这样我就可以听清楚你的声音。"大灰狼回答道。

"外婆,外婆,为什么你的嘴巴这么大呀?"小红帽再一次问道。

"因为这样我就可以把你一口吞进肚子里,让你成为我身体的一部分,永远陪在我身边呀。"

这时大灰狼从床上跳了起来,扯下了身上的狼皮。小红帽发现,她面前的根本不是什么大灰狼,而是一位英俊的王子。

"但是因为你没有听我的话,也不同意和我结婚,而是一心想给你的外婆送药,所以你不能成为我的王妃。"就这样,英俊的王子从此离开了,再也没有出现在小红帽面前,而小红帽再也没能和任何人结婚。

全文终。

亲爱的曼娜：

渐渐地，我们都不可避免地和这些游戏疏远了。

你不会记得这件事，因为这件事发生的时候你并不在现场。我那时 12 岁，天气很热，我穿着一身比基尼在花园里忙活。我发现奥利基在旁边时不时地看一眼我的下半身，很显然她注意到了什么东西。"你为什么总是在看我呀？"我终于忍不住有些不耐烦地问道。

"嗯……那个。"

我弯下腰，好奇地看向我的胯部。

奥利基指着我的裆部，几根卷曲的淡金色阴毛探了出来，

它们居然是卷曲的，这让我很惊讶，因为我的头发是直的。

奥利基说必须把它们刮掉。阴毛会对身体不好吗？我问她。我和奥利基一起蒸桑拿的时候，我看到她自己的一点都没有剃掉。奥利基看上去很窘迫，支支吾吾地说，必须小心谨慎，以防有人在炎热的夏天突然上门来，不小心看到它们。

起初我并不理解，接着我就明白了，翻了个白眼。这又是做一个爱洛伊的注意事项。随着我渐渐长大，这样的事情便多了起来。但是这全新的"毛发管理"充满矛盾。头上

的毛发我必须留得很长，这样就不会有人怀疑我是莫洛克。但夏天我又必须穿比基尼，因为爱洛伊喜欢在夏天穿比基尼。为什么上面的毛发对于爱洛伊是神圣的，但是下边的毛发就不能给人看呢？既然不能给人看，为什么又必须穿这样免不了被人看到的衣服呢？

奥利基还说我腋下的毛也需要剃掉。我问她，我的眉毛是不是也需要刮掉。我本来只是开个玩笑，但奥利基却点了点头，说我确实需要开始修眉毛了，而且还得仔仔细细地刮掉腿上的毛。

我跑去在书里查这件事。某个理论认为，人类的体味在寻找伴侣的过程中扮演着重要的角色。在腋下和私处的毛发携带着特殊的气味，它们会飘散在人周围。看来剃毛这件事比我想的还要更加愚蠢：如果这一部分身体本就是为了人类繁衍而存在的，那么为什么要刻意除掉它呢？

我观察了见到的马斯科，还研究了马斯科的图片。我发现男性只会刮胡子和剪头发，根本不会在意别的毛发。就算是胡子和头发，他们也并不是很上心。

接着我又读到，腋下和私处的毛发是性成熟的标志。在原始社会中可以通过它们辨别一个人是否到了婚配年龄。如果人们要求爱洛伊把这些毛都刮掉，那么这是不是意味着马斯科们实际上已经把女孩看作成年女人呢？

我在另一本书里读到，私处和腋下的毛发旺盛是身体十分健康的标志。它们可以在运动时有效地防止这些部位的摩擦，削弱受到的冲击，形成一个保护层。

即使是这样，我们还是需要刮掉它们。

这世界上还有很多很多奇怪的事情，奇怪到难以想象。我发现我也很愚笨。现在仅仅是穿着公主的外衣做一个勇敢的牧羊女已经不够了。我的身体已经背叛了我，开始违背我自己的意愿，想要把我变成一个公主。

我们俩都会长成丰乳长腿且细腰的爱洛伊，但是后来我注意到，只有你勇敢又殷切地适应了这些变化。你开始不停地念叨着进入婚配市场，念叨着14岁的成年礼。

那时我很嫉妒你，曼娜。你像一棵小树苗一样自然地生长在舒适圈中，但是我在其中感受到的，只有未知的恐惧和焦虑。

幸好奥利基注意到了这一切。

在我正式成年时，奥利基已经快80岁了。她以自己的高龄和虚弱的身体状况作为理由，为我申请到了两年的延迟许可证，这样我就可以和你一起进入婚配市场。就这样，我得以在内乌拉帕再度过美好的两年。我从来没有对你说过，在我的生命里，能有你这样的妹妹在我身边，对我是多么重要。如果没有你在身边，我不可能学会在陌生人面前如何表现，如何说话。

永恒的感激。

你的姐姐，
万娜（薇拉）

马斯科。通用但非官方用词,指大部分男性群体。该词将此部分男性和社会中另一部分的男性少数群体区分开来。该少数群体便是所谓的**"米努斯"(劣等男性)**。米努斯因为受限(如慢性疾病、严重的身体缺陷等)而通常被排斥在婚配市场之外。

——《现代芬兰语词典》

亲爱的曼娜：

有时，我会自责，我会徒劳地去思考，究竟是从什么时候开始，所有的一切都渐渐朝着错误的方向发展。如果我能让时钟逆行、时光倒流，我当然不会让我们的父母死掉。但是如果要做这样的白日梦，那么我也许会选择回到2011年的那个春天。

那时我已经成年了，但是我的成年礼推迟了两年，所以那一年本不该有什么特别的。冰雪消融，春耕开始，以及如往年四月那样，又要雇用一个暑期帮工。

奥利基让我们把干净的亚麻床单拿到栅栏边。你记得吗？我们在水沟边的树丛里折了带花的柳枝，然后插在花瓶里，摆在床头柜上。这是你的主意。过不了多久，家里就会像以前那样出现一个陌生人，真让人激动。我们一起猜这位新帮工将会是一个什么样的人。他会是一个暴脾气又唠唠叨叨的人，还是一个整天开玩笑打趣的人？他会不会喜欢运动，整天在院子里的桦树干上做引体向上？又或许，他是个书虫，每天在干完活之后，就坐在篱笆边埋头读着教科书？他会喜欢我们做的饭吗？他会和之前的那位帮工一样细心吗？他也会自作主张地拿着钓鱼竿到奈西湖边区，把钓到的鱼拿给奥利基去做烤鱼吗？

帮工是一个 17 岁的食品科学专业的学生。奥利基带着他熟悉了内乌拉帕：他睡在栅栏边的小屋里，在桑拿房洗澡，在正房的餐厅里吃饭。奥利基也向他介绍了我们。我们向他打了招呼，告诉他我们的名字。他问我们，他注意到了床头的那一束柳花，他该向谁表示感谢。你咯咯地笑了出声，告诉他那是你的主意，你的脸蛋也红了起来。

每年的春天和初夏，内乌拉帕总是有很多工作要做，所以我们都努力为奥利基帮忙。奥利基不能在这些事情上面花太多心思，因为她需要监督、指导帮工，而那些繁重的体力活她已经没有精力去料理了。我那时已经 14 岁了，主要负责给大家做饭。那时候你的做饭技能还有很大的提升空间，但是你会在我身边帮我择菜，也会用小木棍戳一下土豆看看有没有煮熟。你会布置餐桌，还会把盘子端到餐桌上去。帮工只会在吃饭的时候走进房子里，除了厨房也不会进入别的房间，因为我们两个还没有正式地进入婚配市场，所以任何形式的配对行为，比如近距离的接触在那时都是被禁止的。

但每当你看到那位帮工的时候，你的周身会飘散着刚刚修剪过的草坪的味道。你的脸颊开始变红，你更加热切地阅读《真女孩》杂志上的故事。

我把这件事告诉了奥利基。她叹了一口气说，每一个爱洛伊都会在婚配年龄之前陷入爱情，而你显然已经将这些想象中的情感寄托在了帮工的身上。奥利基还说——这些话我听来有一点残忍——如果你的感情没有得到回应，那就太好了。因为每一位爱洛伊在未来都将面对一场旷日持久的竞争，以赢得一位马斯科的青睐。如果你这时经历了挫折，那么你就能更好地面对未来的竞争。但或许最好的选择是让你不要再给帮工送餐。

你哭得很伤心，嘤嘤地让奶奶想一个别的办法，但是奥利基没有改变她的主意。

你还记得那一天吗？

那一天傍晚，我独自一个人把晚饭带给了帮工。他甚至没有注意到有什么不同。他吃完了晚饭，对我表示了感谢，然后就离开了。我洗完了盘子，回到了自己的房间。路过门口时，我停下了脚步。

地板上放着一本我最喜欢的书，《北欧自然植物图鉴》。这本书装订得很精致，里面还有许多彩色插图，现在它被人用剪刀这儿一道那儿一道剪得稀烂，扔在地上。我放声大哭。我原本就觉得我的书很少，一本都不想失去。虽然所有的书我都已经读过很多遍，但它们还是能给我带来很多快乐。况且我也没有什么好办法弄到我感兴趣的新的书。奥利基的确可以从邮局那里订到很多护理植株和纺织相关的书，因为这些书和她的职业相关，但她也很难以"个人兴趣"为借口，突然去订几本关于自然科学或者社会历史的书，而不引起别人注意。虽然她作为一个独立的成年人，实际上并没有人禁止她买这些书，但她还是认为小心谨慎些总不会错。

我当然知道是你剪坏了我的书,但是我不能理解为什么。我走到你的房间,你并不在那里,但是你的桌子上有一些碎纸屑,一把剪刀,还有几张残存的书页。旁边散落着几张纸,上面画着一对新郎新娘,线条歪歪扭扭的,笨拙幼稚得很。你把一撮从书上剪下来的花朵图片粘在新娘胸前做她的捧花。你选择了一朵蔷薇、一朵林奈花、一朵铃兰,还有其他几朵美丽的夏花。在新娘下面写着"曼娜",在新郎下面写着"亚雷"。

我从你的房间里走了出来。你或许还记着,我从没有向你提及那本书,或是那幅画。我不想责备你什么,我很清楚你为什么会这样做。

有时我希望,我可以找到你,这样亚雷就可以亲口告诉你到底发生了什么。或许你会相信他。

我希望你不会太恨我。

        甚是想念你的姐姐,
        万娜(薇拉)

亚雷

2013 年 7 月

我收回手掌，看到了手心被豌豆支架划破的伤口。伤口并不深，我希望它没有什么危险，但是伤口还是不停地流血，滴在我的衣服上，滴在地上。我必须先把伤口包扎好才能继续完成手头的工作。我身边没有急救包，只有桑拿房里的洗浴用品。于是我脱下上衣，找到一块干净些的位置对准伤口，把手掌绑了起来，这样能稍稍止血，然后朝着正房跑去。我敲着客厅的门，希望老夫人还醒着。她中午有时会小憩一会儿。我没有听到任何回应，于是我把门拉开一条缝，朝客厅里望去。突然手掌传来一阵刺痛，我不禁咧了咧嘴。血透过衣服渐渐渗出来。我必须找到卫生间，如果在那里找不到急救包，我或许可以先借用他们的毛巾暂时当作绷带，这毕竟是一个紧急情况。我伸手拉开了屋里的第一扇门。

那个大一些的爱洛伊，万娜，独自一人坐在屋子里。很明显这是万娜自己的房间，因为屋里有一张床，还有一些年轻爱洛伊的衣服，但是桌子上摆着一沓一沓的书，靠着墙的小书架也几乎摆得满满当当的。万娜抬起头看到了我，匆忙站起身,一本书从她的手里滑了下来,掉在地板上。如果说很少能看得到抱着书本的爱洛伊,那么这个场景就更少见了:这本书居然是《当代天文学与其世界观》。万娜慌慌张张地把书踢到了椅子下面。

爱洛伊当然可以读书消遣,特别是那些里面有好看图片的书,但是我觉得这本书并不是其中之一。更奇怪的是,这个爱洛伊被人发现她在读书时会如此害怕。如果读这本书是出于爱洛伊们典型的、天真的好奇心,那么她更没有理由这样手忙脚乱。

接着,万娜的样子变了:适才尖锐的眼神消失不见,蒙眬取而代之。她挺起胸脯,翘起胯部,一只手仿佛受了惊吓一般掩在下巴上,可爱地嘟下嘴唇,眨了眨眼睛说:"哦天哪,你不能到这里来。我要去找奶奶。"她嘟嘟囔囔地说道。

她注意到了我的手,外面绑着的衣服已经血迹斑斑。顷刻间她爱洛伊式的举止神态消失不见了,双眼亮了起来,站起身冲到我身边。"天哪,你受伤了。"她抓着我的手腕走到门口,领我穿过客厅,走到了房子的另一边,找到了卫生间。万娜开了灯,让我坐在马桶上,把受伤的手举在空中,然后转身在药柜里四处翻找。她找到了一瓶消毒剂和一包棉花,然后让我解开了手上绑着的衣服,麻利地为我清洗了伤口。她拿出纱布和绷带,轻巧地沿着弧线将手掌包裹起来,然后用绷带固定结实。"伤口应该不会再流血了。如果把需要的东西都给你,你能自己每天换纱布吗?或者你也可以每天到屋子里来,这样我们也可以帮你。"

我没有回答。她的睫毛又开始忽闪,嘴唇又嘟了起来。我摸了摸她的手。"不用装了。"

她把手抽了回去。"哎呀呀,可爱的男孩子。"她咯咯地笑着,歪着脑袋,眼神害羞地盯着地面。"不能因为我这么贴心地照顾了你这个小傻瓜,你就这么快去乱想哦。"

我又摸了一下她的手,这让她抬起了头,看向我。"很明显你不是一个爱洛伊,起码不是一个普通的爱洛伊,虽然你看上去很像。但是如果你不想让别人知道你是一个——"

"莫洛克。"万娜所有调情般的轻浮语气瞬间无影无踪。这个词语像是一块冰冷的石头砸在我们中间。

"对。我不会告诉任何人。这不关我的事。也不关其他人的事。把这告诉别人我又能获得什么好处呢?你和你的家人没对我做过什么坏事。"

万娜紧紧地抿着嘴唇。

"奥利基会怎么看这件事?"

过了一会儿,我们两个人站在刚刚睡醒午觉的老夫人面前。万娜支支吾吾地把事情给她解释清楚。

我听着她们的对话,心里夹杂着害怕与好奇。她们像是两只鹦鹉,之前只会重复主人教的只言片语,但现在突然开始讨论起了相对论。

"我们要杀了他吗?"万娜问道。她的语气仿佛在问需不需要把窗帘换掉。

老夫人撇着嘴,显然是在严肃地思考这个主意,我的身上开始发凉。"唉,我不知道。你认为呢?"奥利基夫人直勾勾地看着我的眼睛,我顿时明白了,虽然她们一个是老家伙,一个是未成年的——爱洛伊也好,莫洛克也好,但是我还是有理由害怕。她们有无法放弃的东西,为了保护它,她们愿意去做任何事。这足以让人不寒而栗。

我双手一摊说:"我没有任何东西来担保我说的话,但是如果我去告密,那么我只会失去一张不错的暑期工工作证明。检举性别欺诈拿不到一分钱奖金。"

老夫人和万娜看了看对方,她们之间似乎闪烁了一点认同的火花。

"对他确实没有什么好处。"奥利基夫人说道。我对她的敬仰又增添了几分,因为她甚至并不在乎被她们讨论的人正局促地站在半米之外。"如果他尝试举报,你又能很好地假装爱洛伊,那么告发者只会被当作开了一个拙劣的玩笑,然后因为浪费当局的时间吃一笔罚款。我们可以辩解说,这个帮工对你图谋不轨,碰了一鼻子灰之后编了这个故事。"

万娜点了点头。"但是,如果他把这件事烂在肚子里,但我之后又因什么事暴露了怎么办?他是不是也会被找麻烦,会有人认为他也参与了这个谎言?"

"不会的,如果他自己没有注意到你有什么不同,那么就不会有人找他的麻烦。"

我在一旁看着她们,听着她们的对话,我第一次体会到了听别人谈论自己是什么感觉。她们左右着你的命运,把它放在唇齿间玩弄，决定你对她们是否还有利用价值，或者把你甩在一旁，离你而去。

我在脑子里思考着各种可能性。我需要逃跑吗？但是我该怎么逃跑呢？用院子里的那辆老旧的女式自行车吗？我又该逃去哪里呢？

进攻会是最好的防守吗？

不。周围没有任何邻居，她们有人数优势，而且在看到了这一切之后，即使这个可怕的老夫人从床垫下掏出一把手枪我也并不会感到惊讶。如果我失踪了，也不会有人去怀疑一个老妪还有两个可爱的爱洛伊。

最好还是安分守己，静观其变。

"我为我的冒昧道歉，但是我还是很好奇，怎么会是这样？"

"我出生的时候就是这样，中了'基因彩票'。就像是在一个家族里，曾曾祖父是白人，但是从他之后族人只和黑皮肤的人结合。这样家族里的所有人身上都带有黑人的特征，但还是会偶尔生下一两个长着红头发、雀斑脸的小孩。"万娜像一个上了很多年学的马斯科一样，抛出一个又一个科学术语。

"留给莫洛克的，只有世界最狭窄、最黑暗的角落。而爱洛伊的生活虽然也有很多条条框框、规矩教条，但是和莫洛克比起来，完全是无忧无虑、幸福自在。"奥利基说。

"我不相信亚雷会想要毁掉我们的生活。"万娜喃喃道。她说这话时的神情，让我忍不住想将她搂进怀里。

奥利基夫人的眼神在我身上停了片刻。

我点了点头，吞了一口唾沫，又点了点头。

奥利基脸上露出一抹微笑，但是从她的眼神中看得出来，她还在认真地思考。"我们先来想一想，向他暴露这件事对我们有什么好处。"

她的眼神变了。现在她看着我，是把我当作一个人，一个活生生的人，而不是一块在案板上待她摆布的鱼肉。

"你有没有想过，亚雷，你可以在你的暑期工作地点这里订几本书？就是那些和你自己的课业相关的书？"

我皱了皱眉头，我看到万娜高兴地拽着她奶奶的胳膊，咯咯地笑出了声。她们看着对方，激动地拍了拍大腿。

我也明白了。

芬兰关于性别欺诈的法律

第八节：任何个人，若自行或委托他人通过整形手术、化妆等手段改变先天中性人的外表以符合女性特征，影响国家机关对性别认定的官方判断，其行为将构成性别欺诈罪及侮辱国家罪，且该行为的实施者和被实施者均应承担相应的法律责任。针对被实施者的处罚措施包括在国家娱乐局强制劳役，情节严重的将没收全部家庭财产。针对实施者的处罚措施适用于刑法危害社会治安相关款项，《刑法》第220节第6条。

第九节：任何个人，若自行或委托他人通过整形手术、化妆等手段改变先天中性人的外表以符合女性特征，影响国家机关对性别认定的官方判断，其行为将构成性别欺诈罪及侮辱国家罪，且该行为的实施者和被实施者均应承担相应的法律责任。针对实施者的处罚措施适用于刑法危害社会治安相关款项，《刑法》第220节第6条。针对自行实施性别欺诈的女性人，由于该类型犯罪行为极少出现，因此对于惩罚措施不予规定，只指导其到相关心理健康机构接受治疗。

亲爱的曼娜：

亚雷和我只是同谋，仅此而已。

你明白吗？我们仅仅是同谋。

虽然向亚雷暴露我的身份或许是一个不可避免的意外，虽然这给我带来了很多的好处，但是它带走了我最重要的东西：在你心里，这件事啃噬了我们姐妹的纽带。我那时甚至没有意识到我们之间的情谊正在一点一点地破碎。对于我来说，你一直是我的亲爱的、可爱的妹妹。你永远都是。

因为站在了一条船上，所以亚雷和我走得比预想中更近。这些都是无意间发生的。虽然亚雷还在守着规矩，睡在篱笆边，在桑拿房里洗澡，在厨房吃饭，但他每周都会收到一批新书，这对我来说简直就是平安夜。亚雷把书从邮车上拿下来，把包裹放在正房的门前，然后一旦有了空闲时间，我们就会一起读书。其中的一些书也会引起亚雷的兴趣，特别是和他专业相关的植物学和生物学的手册。我发现，每次我们一起看书的时候，亚雷的周身就会飘散着一股奇异的、新鲜的味道，像薰衣草，像太阳里晒得暖暖的迷迭香，还夹杂着树脂微微刺鼻的清香。

当然，你注意到了我们。

当然，你误会了我们。

当然，你定是发现了，即使我尽可能地小心，不让你觉察。我对亚雷很冷淡，特别是在你面前的时候，但是你对某些事情总是特别地敏锐。你的聪慧几乎全在于社交，在于敏捷地捕捉配对仪式和其他人际关系中的微妙变化，在于读取那些不言之言和弦外之音。

我也有爱洛伊们的这些典型能力。我会感知那些蕴藏在潜意识中的情感、期望和其他的心理活动，只是方式与你不同。或许我能做出比你更加准确的判断，虽然我根本不是一个爱洛伊（或许恰好是这个原因），因为我会将我观察到的东西整合、分析，将那些模糊的直觉构建成一个真正的感知。

你的理解草率、冲动、粗略。你追踪的是错误的气味。你在亚雷与我之间建立了爱情。

这是说得通的，因为在你的逻辑里，世界上只有爱情、人际交往和接踵而至的婚礼。马斯科和爱洛伊之间也可以有友谊，也可以有普通人之间的关系。这个念头在你的心里根本不会存在。为什么会呢？它在任何人的眼里都是不可能存在的。

你经历了第一次心痛。

当你看着我时，你的周身萦绕着怨恨的刺鼻恶臭。

我的心被撕裂得血肉模糊。

那是第一次。自那之后我又曾多少次让你失望，我已然数不清了。

对不起。

> 你的姐姐,
> 万娜(薇拉)

爱情小说（节选）

摘自《真女孩》杂志

国家出版社（1958）

"不，我永远不可能娶爱拉娜。"托尔斯蒂坚定地说，然后一把将南娜搂进怀里。南娜被托尔斯蒂结实有力的臂膀怀抱着，身子不禁微微颤抖。"你比她更加善良，更加美丽。而爱拉娜……她不在乎自己身上的味道。"

"唉！"南娜叹了一口气，"可怜的爱拉娜！我真心疼她。每一个女性人都应该知道，身上的味道是多么重要。"

"当我第一次闻到你身上的香味时，就在那一瞬间，我深深地爱上了你，南娜。"托尔斯蒂说。他俯下身，深情地吻在南娜的双唇之上。这深沉又热切的一吻，让南娜再一次禁不住浑身颤抖。

在他们的双唇分开的片刻，托尔斯蒂凝视着南娜的双眸。"你愿意嫁给我吗，南娜？"

"我愿意！"南娜用颤抖的声音激动地喊道，"天哪，托尔斯蒂，我真的太幸福了！我觉得，我得好好谢谢那瓶沁香！"

托尔斯蒂对南娜微笑道："最重要的，是你有一颗甜美而单纯的心。但是我承认，沁香确实也帮了很大的忙！"

公告
你是真正的女人，
你知道怎么讨人欢心。
但是爱情呢？
只有香水才能帮你！
伴郎之侧
佳人当以芳香沁郎心脾。

青春何其珍贵，
但用沁香来保持青春，绝对值得！
购买沁香此刻犹豫不决，
找寻伴侣终将遥遥无期。

属于快乐的爱洛伊们的品牌——沁香
沁香为国家美妆注册商标。各大化学制品商店均有销售。

万娜 / 薇拉
2016 年 10 月

　　我朝着亚雷怒吼着，大叫着。肾上腺素短暂地发挥了一些作用。
　　接着我瘫在地上，开始哭泣。密室里冰冷的黑水冲刷着我的双脚，双膝，大腿，肚子和心脏。
　　尤其是心脏。那黑水从四面八方涌来，彻底冻结我的心脏。

　　我对着亚雷怒吼着，大叫着：你为什么就在旁边看着什么都不做？你为什么不帮我？你为什么不想办法？为什么所有东西都没有进展？你至少可以做点什么！
　　其实我知道，他也是束手无策。
　　曼娜，曼娜，曼娜。
　　要是我知道该怎么做就好了！
　　哪怕不知道该怎么做，从哪里能弄到辣椒也好啊！

　　我对着亚雷怒吼着，大叫着，宣示着我的无助与虚弱。

我想调动我所有的智慧和才略来搞清楚曼娜的下落。或者搞到一批货。但是我生活在一个玻璃盒子里。

盒子的墙是透明的，外面的世界看上去似乎近在咫尺，几乎触手可及。太阳在空中闪耀，树叶在风中飘摇，甚至还能望到那遥远的地平线。但每当我向前迈步，我的额头都会撞在玻璃上。任凭我如何敲打、踢踹或者抓挠，它永远在那里，没有一丝裂痕。这是对她们的保护，玻璃盒子的建造者这样说道，她们不会感到寒冷，不会被风侵袭，不会走失在这危险的世界。需要她们的时候，她们就在身边。

只有我不顾疼痛地把鼻子和手掌紧紧地贴在那光滑的透明玻璃上，只有我用拳头去捶打那坚不可摧的墙面，只有我用脚猛踢那如冰面一般的玻璃，只有我大喊、怒吼、诅咒、尖叫、哭号、痛骂那令人窒息的温室。

一部分在玻璃盒子里的住客根本没有注意其存在，甚至无法想象玻璃盒子外面的世界。

我努力地把鼻孔露在黑色的水面上，这消耗了我太多的精力，因为每一个微小的困难都会让我崩溃。如果早餐喝粥时勺子掉落在地上，我的眼眶就会禁不住湿润。如果睫毛膏再一次弄脏我的下眼睑，我会把那无辜的睫毛刷扔在桌子上。我很容易烦躁。身边同学的表现让我止不住地发抖，成堆严苛的要求压得我喘不过气。尽管我在爱洛伊大学待了一年，本应该已经适应了这些事情，但是它们还是会极度地刺激我的神经。

首先是化妆。我当然明白，生活里需要不停地重复这些无聊的事情，就像不管前一天吃了多少东西，人每天都必须吃饭。这可以理解，因为身体需要不停地补充能量。

但是爱洛伊每天都必须涂睫毛画眉毛，抹上各式各样的面霜，在鼻子和额头上擦粉来遮盖油光，再给嘴唇涂上颜色。到了晚上又需要把这些全部清洗干净。就像神话里的西西弗斯，在冥界里努力地将巨石推上山顶，但巨石总是会滚回山下。

我计算了一下，如果我每天都要在这件事上浪费一个小时，那么两年内我会浪费一个月的生命。

如果这样做只是为了迷惑那些马斯科，那就更没有逻辑了。马斯科们肯定从报纸上、广播里或者电视上知道有化妆品这样的东西存在，他们也会看到同样的广告。马斯科肯定知道我的睫毛并不是又黑又密，我的眼皮并不是天生就是蓝色。他们能看到，爱洛伊去卫生间回来以后嘴唇就会变红，她们的杯子边缘也能看得到亮闪闪的印记。头发也是同理，那些卷曲、蓬松、闪亮的头发，没有一个是真实的。

爱洛伊究竟在欺骗谁呢？彼此吗？

国家的化妆品产业自然在这闹剧里受益匪浅，但我还是难以想象马斯科们会真的以为这就是爱洛伊们真实的样貌。不会的，哪怕这化妆骗局已经编造得接近完美，甚至几乎每一件爱洛伊的衣服都会在腰带上或者褶边里缝一个小暗包，这样即使没有手提包，也可以把必需的化妆品时时刻刻带在身边。

我曾试图从人类进化的视角理解化妆这件事：即便这一切显然是虚假的，但或许马斯科会认为，一个爱洛伊越努力去营造这番假象，她就越值得追求。这和鸟类的习性有些类似，它们向异性求爱需要做很大的努力，比如不同的鸣叫声，被求爱的对象会以此认定另一方一心一意地投入交配之中。或者像另一些鸟类一样，依靠艳丽的外观和明显的性别特征，比如茂盛的冠羽或者鲜艳的羽毛选择交配对象，虽然这些特点和它具体的生存能力，比如抓虫子喂雏鸟，并没有任何关系。

或许我不应该把人和动物作比较。人是具有理性的生物，而非仅由本能和性欲驱使的、没有任何责任意识的动物。爱洛伊大学的老师也曾这样教过我们。他们说人类是自然王国的君主，我们依靠自己的智慧和有计划的行动走上自然界的顶端，支配整个世界。但是当人们说某些事情是某些人的"天性"，某些东西是"自然规律"，就没有人会提起这个有趣的理论了。不知怎的，这些条条框框几乎只与爱洛伊有关。

优生主义（Eusistokratia）。芬兰社会制度，即"福祉国家"。词语源于拉丁语词语 eu（好）与 sistere（保持静止），字面意思为"保持良好的状态"。

例句："在治理优生主义社会的过程中最重要的任务，就是要时刻代表国民各方面的福祉和健康。"

——摘自《现代芬兰语词典》

主题写作

社会学基础 1

1B 班万娜·内乌拉帕

2016 年 10 月 15 日

为什么芬兰是世界上最好的国家

我们生活在优生主义社会中。只有生活在优生主义社会中的人们才拥有真正的幸福。芬兰的社会秩序是优生主义。芬兰优生主义社会的最高机构是卫生部。优生主义认为，人们并不总是知道什么是真正对他们自己好的东西，并不总是知道如何才能生活得健康、长寿，因此必须由卫生部来告诉他们如何健康地饮食、健康地生活。

同优生主义相反的是享乐民主主义，其理念包含诸多谬误。人们可以做出对他们的生活不好的，甚至是危险的决定。例如，即使酒精是有毒的，颓废民主国家仍允许人民饮用酒精，也允许人们在商店购买酒精。其他含有毒素的物质也是一样，包括咖啡因和尼古丁。因此，如果没有卫生部，人们就不知道如何维护自身健康，因此就会染上各种疾病。

而对于国家来说，人民的身体是社会最重要的生产力。如果我们不照顾自己的身体，整个世界就会腐烂，我们就会像没有削尖的铅笔一样，画不出精美的图案，只能抹出一团乱糟糟的线条。

在优生主义社会中，每一个人都会持续地为社会做出贡献。因此优生主义是世界上最优越的生活方式，因此芬兰是世界上最适合生活的国家。

教师评语：精彩的内容，但请注意词语拼写和语法。那个铅笔的比喻似曾相识。谨记，一个爱洛伊不应该把别人的智慧成果据为己有！

得分：8/10

万娜 / 薇拉
2016 年 10 月

每当我想要出去散步的时候,爱洛伊们生活的现实便会紧紧扼住我的咽喉。我从学校回来之后就会卸掉所有的妆,擦掉头发上的定型喷雾。如果我想出门,那我就得重新准备好整套伪装。

但是我懒得把所有的妆都化完。我总是尽可能地化最少的妆:把黄色的头发简简单单地绾成丸子头,脸上只描一下眉毛,简单地涂一点儿口红,也不会穿那令人喘不上气的束腰。

我不记得以前有过如此干燥的季节。

亚雷有一个蛮不错且靠得住的顾客网。他特别擅长定位那些马上送到卖家手里的货,他知道从哪儿能找到那些愿意冒险的货船水手,那些即将去往国外的人或是来到芬兰的外国旅客。他们往往有足够的外交特权,或者同政府有别的什么特殊的关系,这样海关就不会过于严格地查验他们的行李。但是现在他们收紧了某些网络,追得更紧了。卫生部一直在研究使用者的习惯，调查走私渠道和贩卖方式。就在不久之前还有靠谱的传言说，那些海关的工作人员根本分辨不出那些没有标签的玻璃瓶里装的是圣女果还是卡宴辣椒。但是现在感觉似乎什么货都穿不过那道屏障了。

亚雷听说一周前的突击检查时又死了一个卖家。就是那个抢了我已经付了钱的货的那个小贩。听到这个消息，我不知道我该害怕还是开心。

爱洛伊的鞋子穿着很不舒服，但我还是尽可能轻松地走着路，尽力控制着自己的步幅规律，让我看上去有事要做，是要去购物，或者去约会。哪怕只是停下一会儿，都是在对其他马斯科发出暗示：我是一个单身爱洛伊。

我离开了海梅街，走到了科斯基公园，又在基塔拉的木头房子街区漫无目的地转了转。他们计划拆掉一部分老木头房子，在同样的位置上建几栋新时代的三层混凝土建筑。在蓉安街上，我停了下来，仿佛被人用钉子固定住了双脚。

公告牌。

一种很原始的交流方式，但或许正因为它原始，所以如此有效。

这幢房子很快就要被拆掉了。房子的墙面上满是涂鸦，典型的青春期马斯科的手笔，满是性器官、粗话和签名。在这些乱糟糟的涂鸦中间，淹没着一些看上去并不起眼的信息，它们往往暗含着别的意义。

我的目光立刻锁定了一个图案。它看上去很幼稚，像是小孩子随手画的一只小刺猬，刺猬的脑袋上戴着一顶帽子，帽檐上用一个飘忽的字体写着一个词语"纨绔子弟"和"2016年10月18日"。

能辨别得出来，这个图案是几天前画上去的。雨水已经染开了记号笔的线条轮廓，笔迹淡化了些许。

今天就是10月18日。

我不可能联系上亚雷，他在某个省里出差。

这是我这么久以来第一次得到货的消息，我的嘴里几乎已经感觉到了那惬意的灼烧。仅仅是一个念头，我的唾液腺就开始疯狂地运转。

我迅速地检查了一下自己身上带着多少钱。太少了，甚至一克都买不到。但是或许能和他建立联系，跟他预订一份辣椒，并且向他保证绝对会出一个好价钱。

但我并不熟悉这些。我很害怕。

如果我走了过来并且对上了暗号，把小贩吓到了该怎么办？每次和卖家交易的时候亚雷都会在场，提前告诉卖家我是他的爱洛伊助理。

但是小贩能干什么？向警察大叫求助吗？

这一想法让我几乎笑了出来。另一个想法出现在了我的脑海：或许我可以拿到一份试用品。

不管多少都可以。

刺猬茶点吧就在几个街区外。

刺猬。

戴着帽子的刺猬。

我走进了茶点吧,快速地扫了一眼所有的顾客。大多数马斯科都已经把帽子摘了下来放在了桌子上,只有几个人单独坐着,其他的马斯科身边都有一个爱洛伊。我点了一杯蔓越莓汁,然后环绕四周,装作在找座位。这时又有两个马斯科客人走了进来,坐在吧台边的一个戴着帽子的男人若有所思地用手指挠了挠帽檐。

接头暗号。

我走到吧台边,用爱洛伊惯用的调情语气低声说:"你好呀,这顶帽子真不错。你可真像一个纨绔子弟呢。"最后一句话的语气很轻,像是性感诱惑的耳语。

马斯科的眼睛突然瞪大了。我被他的反应吓了一跳。他腾的一下坐直了身子,恐惧的气味嘶嘶地向外冒。但是他的目光并没有落在我的身上,而是越过我的肩膀,看向我的身后,背后忽然伸出一只手,一把抓住我的手臂,将我用力地拽到一边,我手里的蔓越莓汁也洒了出来。

他从椅子上滑了下来,似坐非坐地倚着椅子边缘,双眼满是害怕地环顾着四周,似乎在寻找逃跑的路线,但那是徒劳。那两个刚刚走进门的马斯科利落地堵住了他的去路,其中一个人从胸前的口袋里掏出一张蓝色的卡片,几乎贴在了他的脸上。

卫生部。

卫生部。

我的膝盖止不住地发抖,身子一软,差一点跌坐在旁边的椅子上。一个马斯科已经拿出了手铐,另一个人瞅了一眼我,冲我猥琐地眨了眨眼。

"抱歉。这个家伙已经离开婚配市场了。"

在吧台边坐了好几分钟之后,我的心跳才渐渐平稳下来。

我的大脑飞速运转着。

那个卖家一定,不,是绝对以为我说出的暗号只是一个离谱的意外。但是即使是这样,如果他在审问的时候提到了这件事,那么我现在没有化平时的妆容或许也是一件幸运的事情。或许他们并不会把我现在的样子和我平时的样子联系起来。

但风险依旧存在。我不能把这件事抛在一边,不能把它忘记。

供应网收得越来越紧了。

这件事我不能告诉亚雷。

亚雷

2016 年 11 月

编织袋里的种子已经被我用筛子筛过，打湿，然后放在两片砂纸中间摩擦，去掉了坚硬的外壳，然后埋在了花盆里，摆在窗台上一个能晒得着太阳的地方。现在那些种子已经生根发芽。有几次它成功地开了花，有一回我甚至激动地发现花瓣脱落，花托上已经开始膨胀成豌豆大小的绿色小球。但也就到此为止了。

或许是因为我浇水的方法不对。有的时候土壤水分太多会让种子发霉，有时候又会明显地发现过度缺水，土壤都结了块。我猜也可能是因为光照。我公寓里只有向东和向西的小窗户，即便是仲夏，屋子里也没有充足的阳光。我也不可能把花盆放在屋外，哪怕小阳台上都不行。每次有朋友来串门的时候，我都得把花盆塞到衣柜里，遮上一些旧衣服，还得时时刻刻留心，以防有人不经意之间拉开那扇不应该打开的门。

我还是不会种辣椒。我的经验还是不够。我试着种了一些茄科植物，比如西红柿和土豆这些我比较熟悉的植物。

但我并不总是知道它们的确切品种,因此不可避免地在控制温度、土壤和光照的时候犯一些错误。辣椒更不是简单的植物。有的品种能在几乎荒芜的土地上生长,有的品种喜欢潮湿的河谷,有的品种则只会出现在海拔极高、温度接近零摄氏度的高山上。

但最近这种时候,自己动手种辣椒就成了弄到辣椒素的唯一办法。

从单位回到家,我发现我的房门大敞着。

屋里有人。

幸好现在是"旱季",他们不会在公寓里找到任何东西。但是在窗台上的花盆里还耷拉着一株蔫了的辣椒。

如果是卫生部的人,那么我就彻底玩完了。哪怕我现在转身逃走,跳上下一班火车,我也不可能在他们抓到我之前把自己弄到东部边境的森林里去。

我听到了一声金属碰撞的声音,接着传来了水流声。

我小心翼翼地把门拉开一条缝,朝门里瞄了一眼。我看了一眼厨房。水槽旁边,一个穿着连体衣的男人在来回踱着步。我认了出来,他是这栋公寓的物业维修工。

情况还是很危险。

我摆出房间主人的派头,大踏步走了进来,在门口就大声地同他打招呼。维修工转过身来,认出了我,应了一声,然后在随身带着的抹布上擦了擦手。

"楼上的下水道堵了,我来检查一下看看你这里的管道是不是也堵了。"

"哦。我家的下水道好像没事。"

我一边脱着鞋子,一边思索着如何把那盆辣椒藏起来,但是现在已经太晚了。维修工提着他的工具箱走到了客厅,一点儿都不拿自己当外人。

"你家还真是舍得用水,甚至还拿来浇花。"他看着窗台,目光意味深长。

我的天,我甚至不能说那只是一个盆栽。只有米努斯才有种花的习惯。

"那是罗勒。很不错的调味品。"

我掐了一片辣椒叶给他看了看,然后把叶子塞到嘴里嚼了起来。唾液差一点流了出来。我又摘下一片叶子递给了他。此时我心跳的声音像是狂奔的马蹄。"你也来尝一下吧!"

幸好维修工大叔是一个老派的人,在他们眼里莳萝和香菜都是最异域不过的调味品。"我就算了……为什么瓦尔基宁家的小子会对这种做饭的东西感兴趣?"

这很好回答。我对他说我的工作需要和植物打交道。食品局正在做研究,希望增加芬兰的调味品出口。这个解释足够了。

辣椒叶尝起来意外地不错,我本来以为它就是普通的草叶。它很有嚼劲。

就像失败一样富有嚼劲。

帮助 V 时的失败。

供货网收得越来越紧了。

我本以为，我能更快地赚到钱。

我本想，在哈里·尼西莱获得假释之前，我们还有机会离开这个国家。他随时可能出来。按照以往的惯例，他很有可能因为表现优异或者什么别的原因而获得减刑。在牢房里面，尼西莱有充足的时间去思考，去筹划。在他入狱之前的那段时间里，他就已经有机会想清楚很多事了。等尼西莱获得自由之后，他一定会想方设法报复。如果他把调查的注意力引到我们的身上，那我们绝对会被抓。就像他被抓那样。

对我来说无所谓，但 V。

这件事我不能告诉 V，她身上的担子已经够重了。

万娜 / 薇拉

2016 年 11 月

他们像是故意捉弄我一样,爱洛伊大学安排了不同的课程,教我们辨认对身体健康有害的东西。

我已经开始发抖了。

爱洛伊大学教学录像
社会责任基础课 102

画面里有一张桌子，桌子边坐着一位中年的马斯科。他脸色苍白，双颊凹陷，浑身冒着虚汗。他的头发是乱糟糟的一团，剪得很粗糙，野蛮地生长着。身上穿着一件不合身的西服，看上去不像是他自己的；衬衫的领子又宽又大，肩膀也松松垮垮地耷拉着。画面外的一个人给他做了一个手势，马斯科点了点头，舔了舔嘴唇，开始说话。

马斯科：最开始的时候只是因为好奇。市面上流传着一些错误的传言，说辣椒只是一个调味品、一种食品。食用味道强劲的东西是男人之间的较量，试探自己的极限。吃辣椒是一种竞争，就好像在互相比较，谁敢从更高的地方跳到水里，或者谁敢爬到更高的树上。但是我完全不了解辣椒带来的隐藏危害。

马斯科的目光在桌面上停了一秒钟，深深地吸了一口气，再次把头抬了起来。

马斯科：以前，各种辣椒还可以几乎畅通无阻地进入芬兰，情况和在禁酒令之前的酒水市场差不多。只要想找，就可以找到不同品质和辣度的辣椒。我有一个朋友去过西班牙——一个颓废民主国家，他在那里玩了一个叫"西班牙轮盘赌"的游戏。游戏里需要使用一种绿色的，名叫帕德龙的辣椒。把辣椒放在平底锅上用油迅速煎一下，稍微煎出一点颜色，然后放在盐巴里蘸一蘸，放在盘子上。每一个参加游戏的人依次拿起一个辣椒，在几口之内吃完。游戏的意义在于，帕德龙的辣度差异很大，有的辣椒尝起来和刚摘下来的豌豆荚没什么两样，但另一个可能会尤其可怕，吃了之后就会让人无比地疼痛，不停地喘气，陷入持久的痛苦之中。辣度各不相同，从最微弱的灼烧到超过忍耐能力极限的爆辣。八个辣椒里大概只有一个特别辣。那个时候在很多食品市场里都能买得到帕德龙，都是从西班牙进口的，大多数是马斯科的单身派对的订单。

马斯科闭上了眼睛，仿佛在努力地回忆着一个什么重要的人生转折点。

马斯科：在我规律地服用过不同种类的辣椒制品之后，我终于认清了现实。我又参加了一次西班牙轮盘赌。每一次我拿到的帕德龙的味道都很淡，只能尝得出咸味，还有青椒的味道。最初我以为我的运气很好，那些最辣的辣椒总是会落在我旁边的人手中。然后我就意识到我的运气并不是好，而是差。当然，能吃到真正的辣椒会让人从大脑到身体都不由得兴奋。我开始羡慕那些被辣椒呛得满脸通红、喘着粗气、拼命地灌冷水来缓解灼烧感的朋友。有一次，出于好奇，我买了一整包的帕德龙，把它们都准备妥当，给自己一个人吃。我都吃完了，没有一个是辣的，只有一个只能带来一些轻微的灼烧，像是之前的体验中留下的渐渐消散的残影。我开始怀疑是不是进口到芬兰的帕德龙都要比一般的更柔和些。差不多过了一个月，在这个月我又参加了几次轮盘赌，但都只拿到了几个微辣的辣椒。于是我又给自己买了一包，还是同样的结果，甚至一点辣度都尝不到了。接下来的那次轮盘赌，我仔细地观察了我的朋友们。他们其中的一位在咬了半个辣椒之后就开始脸色涨红，大口大口地喘气。我开玩笑似的伸手抓起他盘子上剩下的半个辣椒，扔进了嘴里。我仔细地咀嚼着，期待着那热浪在我的上颌和舌苔上扩散。但是什么都没有发生，什么都没有。那只是一个普通的青椒。

马斯科的眼睛直直地盯着摄像机。

马斯科： 现在我一切都明白了。我对小剂量的辣椒素已经免疫了。那时候我甚至不知道什么是辣椒素，但是我现在知道了。我真想早一点知道它其实是能上瘾的，每一次摄入之后，只有再摄取更大的剂量才能满足。

他张望着周围,仿佛在找一个可以倚靠的地方。

马斯科:我开始尽可能地在市面上寻找不同的辣椒制品。新鲜的,冷藏的,风干的,或者是做成酱汁的。我甚至都不知道这可怕的东西竟然还分这么多种。我几乎尝遍了所有的辣椒,把它们添加到食物里,或是把不同的品种混合在一起,或者在浓汤里加上新鲜的鸟眼辣椒,然后再滴上几滴塔瓦斯科辣酱……

一位穿着卫生部制服的人出现在镜头里,他拍了拍马斯科的肩膀。虽然画面里看不见他的头部,但我还是能听到一个低沉的声音说道:"你分享的细节太多了。"马斯科慌张地点了点头,然后那位工作人员走到了画面外。

马斯科:一直以来,我都以为这是在挑战我的极限,是在追求刺激和极端体验。我以为我会平安无事,因为我还很年轻,很健康,我以为我能控制自己。但是它已经深入我的血液里,在我的身体内部造成了损害。辣椒素像魔鬼一样在我的体内低语,催促着我时刻去寻找那些更强的辣椒。只要我一想到辣椒,我的唾液腺就会开始工作,那灼烧感就会如潮水一般从我的全身喷涌到我的嘴里。

画面外传来一个声音:"副作用。"
马斯科点了点头,停顿了一会儿。

马斯科：我们在学校里学过酒精的危害，所以我知道，酒精毒素最严重的副作用——如果中毒不深不至于丢了性命的话——就是所谓的"宿醉"，也就是说在饮酒之后一定会出现这样的后遗症：强烈的头痛、四肢无力、颤抖和恶心。如果你们听了我讲述的关于辣椒的事情，觉得好奇、有趣，那么我也许应该向你们揭示这个可怕的真相。

马斯科看上去在鼓起勇气，做了一次深呼吸。

马斯科：食用辣椒会导致消化系统进入严重的危机状态，出现明显的胃痛、胃痉挛，还有严重的腹泻。嗜辣人群会失去肠道管理能力。他们在第二天会躺倒在自己的粪便当中！

画面外传来了观众惊恐的喘息声。这很明显是故事的高潮。

马斯科：吃辣椒并不是什么英雄的举动，和男子气概更没有任何关系。吃辣椒的人只是在亵渎自己的身体。嗜辣者的症状就像最令人厌恶的性病一样，比如排便时有刺痛感，或者排便困难。如果有人请你们吃辣椒，一定要记得我说过的话。如果你们在某一个亲戚家的橱柜里发现了之前所说的辣椒制品，一定要把它们直接上交给官方人员。

马斯科瞄了一眼画面的左后方，显然得到了停止的指令，点了点头，又把目光转回到了摄像头上。

马斯科：我会永远对卫生部心存感激，因为他们抓到了我，治好了我。我也会永远感激他们终于禁止了这比魔鬼还邪恶的东西。嗜辣反应是永久的，我永远不能彻底摆脱它，但是现在的我终于有了生活——

他很明显地停顿了一下。

马斯科：我可以穿着干净的裤子享受这生活了。

影片结束。

万娜 / 薇拉

2016 年 11 月

从周围爱洛伊们惊恐的声音可以听出来,影片的信息传递得很成功。

亚雷从客户那里听说,差不多在禁辣椒令刚刚生效的时候,连那些最受人尊敬的家庭都开始鼓起勇气,时不时地违反规定。一个晚宴的秘密高潮,就是那些用藏在橱柜深处的泰式甜辣酱装点的菜品。这种勇敢的娱乐行为就好像在几十年前,人们会在晚餐结束后围在餐桌边一起分享一支不知从哪里弄来的万宝路淡烟。但是如今转换期早已过去,而那些看过教学视频的年轻的准新娘绝不可能允许任何辣椒靠近她们至爱的丈夫和美好的家庭。

如果这个被用来当作案例的嗜辣者表现得更自然些,那这视频还会更加有效。当然他们找的人确实是一个嗜辣者,这没什么值得怀疑的。他清楚自己在说什么,卫生部的政治宣传员不可能会想到用西班牙轮盘赌来当分享案例。

强调腹泻这个副作用也是一招妙棋。我从自己的经验中也知道,对于那些刚入行的人来说,用一次好货足以在第二天把他们的胃搞得一团糟。但是如果规律地服用,再加上逐渐增强的忍耐力,就能明显地减轻肠胃的反应,而视频里却引导人们认为服用辣椒会通过某种方式麻痹人的括约肌。有人也会真的相信他们,毕竟哪怕他们在看完视频之后还明知故犯地去尝试辣椒素,那么第二天也会有一个惊喜在厕所里等着他们——第一次食用辣椒素,他们的屁股后面喷涌着"泥浆",而且还伴随着剧痛。

狡猾,卫生部,真是狡猾。

家庭作业
社会责任基础课 2
1B 班万娜·内乌拉帕
2016 年 11 月 9 日

为什么辣椒素是有危害的？

吃辣交素之后，总会需要吃更多的辣交素，然后就会拉肚子。辣交素和性病有些像。如果看到有人吃了辣交素，那么就要立刻告诉卫生部。

教师评语： 内容描述过于简短，但抓住了事情的核心思想。需要注意行文中的错别字。我希望能看到更多的思考，特别是爱洛伊同辣椒素斗争的可能性，因为爱洛伊需要对整个家庭的饮食习惯负责。

得分：7/10

亲爱的曼娜：

这些信，其实也是写给我自己的。这些信我一封都没有寄出去。我该寄到哪里呢？即使你还活着，我也不知道你的地址。

我写这些信，是因为当密室里一片黑暗，黑水开始上涌的时候，它能让我保持片刻的理智。

回忆这些事，是痛苦，也是洗涤。所有的事情不再像一团乱麻一样纠结在我的脑子里。把它们写下来，就好像把它们理成一个利落的线团。哪怕这毛线又丑又脏。

我想过太多次，如果我足够努力，如果我克制住了那些危险又错误的想法，或许一切会变成另外一个样子。

我或许可以试着真正地做一位爱洛伊。开始坚定地去喜欢那些爱洛伊喜欢的东西，不断地去学习，去适应。并不是所有人在尝试一种新食物的时候都会喜欢它的味道，但是可以学着去喜欢上它。

有很多次，我以为我已经学会了。我像所有的爱洛伊那样喜欢美的东西。我很清楚，花瓶里的花束能给环境带来舒适感，能为世界增添颜色。但是我却不是很喜欢这些装饰。不过对于爱洛伊来说，美丽和装饰是同一件事。

小的时候，我对化妆这件事也曾感兴趣过。在脸上的不同部分上涂抹不同颜色来改变外貌，很有意思。当你许了愿，并且成功地在生日的时候收到了《真女孩》的"初妆"礼包，你告诉我，我可以借用它们。我在脸上画不同的面具，或者在额头上描出猎豹的花纹，来娱乐这个世界。你看到了之后十分恼火。我玩的方式不对。很多游戏我玩得都不对，哪怕我已经尽可能努力地遵守你的规则。

　　我和你一起看电视剧，一部又一部都是以婚礼收尾，一直看到身心俱疲。那些穿着漂亮的裙子在镜头前表演的爱洛伊，其实是化着浓妆、戴着假发套，在合适的地方垫着垫子的马斯科。拍戏的时候不能用真正的爱洛伊，因为演戏是一份需要付出很多的辛苦工作，需要把学到的台词一字不落地背出来，还要承受其他无穷尽的压力。节目里的爱洛伊尖声细语地讲话，咯咯地笑，扭着胯，嘟着嘴，用漫画一样夸张的方式展示着爱洛伊的举止言谈。我在奥利基的一本书上读到，在一些美国的老电影里面，会把白人演员的皮肤涂黑来演黑人。或许有的黑人在看了那些电影之后，也会相信他们讲话时必须像电影里一样挤眉弄眼，使用粗俗原始的语言，讲究那些幼稚的迷信。

　　我并不是一个真正的爱洛伊，因为我的身体里有一个可恶又自私的叛逆灵魂，在我之后的人生中，它为我带来的只有悲伤和痛苦。虽然我知道那些堕落腐朽的颓废民主国家并不值得羡慕，可有时我也会发现自己在幻想，那些国家里一定不会有人像我这样需要思考这样的事情。

我每天都在想着你,每一天。我一定会弄明白你身上到底发生了什么。在发生了这一切之后,我起码还能为你做这件事。

你的姐姐,
万娜(薇拉)

婚配市场召集令
内乌拉帕—万娜
FN-140699-NLP

自此令寄送之日起,被召集人需依照以下指示进入婚配市场。

婚配市场区域:北皮尔卡区
开始日期:2015 年 6 月 1 日
地点:坦佩雷,海梅街 30 号,婚配宫

此令有效期内,可凭此令免费乘坐国家铁路或国家公交所运营之交通工具从所在地前往规定地点。

凡在规定截止日期前未能及时报到者,将依法处罚。经济条件困难的应召人可申请国家服装资助。

亲爱的曼娜：

这段回忆总是一次又一次地浮现在我的脑海。当它出现在我的梦里时，是那么鲜活，仿佛是昨天发生的事。然后我就会惊醒，身上挂满冰冷的汗珠。

奥利基带我们来到了内乌拉帕的屋子外。我记得，那春日的阳光投射在屋后，落在那扇挂满灰尘的小窗子上。我还记得那老旧橡木的味道，尘埃的味道，还有那被晒热的屋顶毡的味道。

五月。

成年礼总是在六月一日举行。每个参加成年礼的爱洛伊都需要穿礼服。成年礼的礼服有很多规矩，虽然是不成文的，但是在漫长的岁月里已经成了铁律。

礼服胸前必须开得很低，必须露小腿、露胳膊。如果天气很冷，那么也可以有一些薄纱或者蕾丝。

所有的这些都和一句广为流传的话有关："在婚配市场上男人必须看得清自己买到的是什么东西。"但这当然没有阻止她们在裙子下面特定位置塞一些垫子，这里垫一点儿，那里收一点儿。哪怕最穷的人家也不会让他们的爱洛伊小女孩穿国家服装资助的礼服。那些裙子总是落后潮流好些年，还带着一股浓烈的工业洗洁精的味道。人们把这些衣服叫作"铁衣",因为这些衣服是用最耐用的布料做的。这些衣服也不能随意裁剪、修改,在穿过之后需要原样归还到当地的服装仓库去。

奥利基把我们带到了屋后,那里堆着一卷卷闲置的毯子,毯子上放着一排排叠起来的冬衣。她给我们指了指几排深蓝色的、打着结的装衣包,对我们说,这是她年轻时穿过的衣服,我们可以省点钱,把这些衣服改成你我的成人礼礼服。

你还记得吗?你当时恨极了这个主意,气得直跺脚。你说你不想穿那些一百多年的老破布,比起这些你更愿意去穿国家发的裙子!但是当奥利基打开一个积满灰尘的装衣包,你改变了主意。包里有一条红色的缎面连衣裙,像圣诞节用来装饰的玻璃球一样闪闪发光。裙子略显宽松的胸前装点着一团叫不上名字的柔软的红色羽毛。"那是鸵鸟羽。"奥利基说。腰部收得紧紧,被裙摆上一圈圈明晃晃的亮片衬托得愈加纤细。奥利基用几近道歉的语气羞涩地告诉我们她在瑞典的时候跳过几年国标舞,从那之后一直没忍心扔掉这条裙子。你的眼睛里闪烁着热烈与痴迷。

我也冲上前去翻腾那些装衣包。我一件件地拆开那些包袱,找到一个个新的宝藏:翡翠绿、电光蓝、暗金色、紫罗兰色。珠饰、褶边、花结、鹅羽、银丝。这些裙子一条比一条华丽。你被看到的第一条裙子深深地迷住了,其他裙子都只是匆匆看一眼。你向来独爱红色,还有亮片。你用手指不停地抚摸那簇鸵鸟羽。

我打开了最后一个包裹。里面是一件到小腿的白裙子。它并不是纯白色的，中间游离着一丝丝的银色。布料带点重量，又柔软得像流动的丝绸。裙子剪裁十分简洁。上身没有肩带，宛如束胸，上面低调地绣着一层蕾丝。

白色，简约，自然，似乎可以直接和朴素的墙面融为一体。它和我刚刚见到的所有裙子都截然不同。

就在这时我的脑子里冒出一个想法。

我总该为我的妹妹做一些事情。我根本不在乎成年礼上人们会如何看我，但是这对你重要至极。在你的心里，我是把亚雷从你的身边夺走的恶人。这就是你复仇的机会。

在典礼那天，你会成为最耀眼的天堂鸟，而我则是你身侧的一只平平无奇的海鸥。

我看着奥利基，问她，我可不可以穿这条裙子。奥利基抿着嘴，看着这条裙子。她的身上散发着淡淡的松节油的味道，混着些许泥土的气味。她叹了一口气，对我说，终于有人可以穿上这件裙子，这是一件好事。这本是一件婚纱，却没能等到属于它的婚礼。

听到婚礼，你登时就来了兴趣，冲过来摆弄着这件裙子。你说它看上去压根不像一件婚纱。你用手比画着，描述着真正的婚纱裙摆上会带着大大的波浪似的裙摆，上面还有薄纱、锦缎刺绣，还有小小的布玫瑰，长长的拖尾。奥利基的这条裙子连头纱都没有。它只是单纯地无聊、丑陋。

这让我的想法更加坚定，计划十分完美。

我把头发梳成光滑的发髻，头发紧紧地贴在头皮上，简朴，冷淡。没有一根卷发顽皮地探出头来，也没有扭曲成螺旋一样的鬓角。每一根浅金色的头发都仿佛用胶水粘在了我的脑袋上，绑成一个结结实实的包。

我没戴首饰，穿着一双从商店里淘来的白色低跟鞋。足够低调，之后也可以在夏天当作日常穿的鞋子。你选了一双12厘米高的高跟鞋，当然你从小就开始练习穿高跟鞋走路。你知道如何迈开腿，扭着胯部踏着小碎步走路，仿佛一辈子都穿着迈不开步的及膝窄裙。

你梳着一头卷发，上边装点着几只假花，绑着一只洛可可风格的绸缎发带，散发着紫丁香、铃兰还有麝香的味道。你精心呵护的手指甲上涂着和裙子一样颜色的指甲油，上面画着装饰图案（这是我画的，画得很不错，虽然是我自卖自夸）。你的脸上化着烟熏妆，妆容很浓，嘴唇上像是抹了红漆。

就像他们说的那样，可赖（爱）的新人。

我用的唇膏几乎没有颜色，睫毛膏的颜色也很淡。我本来都不想化妆的，但是奥利基提醒我说，真正的爱洛伊对自己的妆容一定会上心，任何时候都是这样。在奥利基的帮助下，我脸上的妆看上去很自然，仿佛是我自己尝试着亲手化妆，但是因为经验不足所以只化了一半。这只会引起人们的怜爱，而不是怀疑。

当我们一起出现在镜子里的时候，像是一条巴洛克式的床帷与一团浓浓的白烟肩并肩。

简直再令人满意不过。

在家里时,你珠玉满身,极尽光彩与绚丽。
可走进礼堂时,我看到你的表情凝固了。
在你的成长过程中,你还从未意识到这竞争有多么疯狂。你从没有想象过,在这场比赛里,"多"意味着更多,多到几乎让人犯恶心的地步。她们的裙子,胸口宽阔到弯腰的时候几乎看得到乳头;她们的裙子,侧边的开衩几乎已经到了腰际;她们的鞋子高得像是芭蕾舞鞋,走路得踮着脚;她们的眼皮上盖着浓浓的眼影,或是金色或是绿松石色的,厚重到眨眼的动作都变得僵硬。我看到了一拃长的假睫毛,一指长的假指甲,还有用束胸紧紧勒出来的、极不自然的杨柳腰。空气混杂着浓烈的香水味,呛得我眼泪直流,不停地打着喷嚏。

行走在这场孔雀、布娃娃与怪胎的嘉年华里的,正是一切我不喜欢的东西。我站在人群中间,与她们格格不入。我像一只洁白的海鸥,优雅地滑翔在这群扑腾着翅膀、叽叽喳喳、互相抓挠、身上挂着细密羽毛的天堂鸟中间。

虽然我跳得很糟糕,但我还是一直待在舞池里。奥利基在这项爱洛伊的艺术上是一个很好的老师,但我就是对跳舞提不起兴趣。比起跟着节奏动,我还是更喜欢静静地欣赏音乐。即便是要动,我也只会在独自一个人的时候跳舞。就算是这样,每当一支曲子结束,总会有几个马斯科穿过人群走到我面前,互相推搡着,叫嚷着,打趣着,想让我选择他们其中的一个一起跳下一曲。跳舞的时候，他们就会把嘴唇贴在我的耳朵边，悄声地称呼我为"冰公主""雪女王""白月光"，一边恭维我大胆、独特、令人着迷的穿着。越过他们的肩头，我时不时地看到你。

在我的人生中从未经历过如此沮丧，如此悲伤，如此地无力与无助。

这一幕让痛楚散布我的全身：你同那些没人来邀请共舞的女孩站在一起，竭力地挺着自己的胸部，扑闪着睫毛，仿佛想在舞厅里扇起旋风；你扭动着臀部，尽可能地发送着诱惑。当我的目光遇到了你的眼睛，里面尽是燃烧着的情感。

怨恨。

嫉妒。

痛苦。

自卑。

悲伤。

恐惧。

每当密室里的黑水奔涌上来时，我都会忆起你的眼神。

或者说：每当忆起你的眼神，那黑水就会席卷而来，漆黑，黏稠，淹没一切。

现在我不能继续写下去了。

万娜（薇拉）

万娜 / 薇拉
2016 年 11 月

我用了整整两罐先前藏起来的墨西哥辣椒才关上了密室的门。幸好在爱洛伊大学混到毕业证并不是很难。当黑水在我的后脑勺肆虐的时候,我计算食品成分表里热量、胆固醇含量和盐分的能力和一个智力平庸的爱洛伊差不多。不过这样也就不用故意在考卷里犯错了。

现在我脑中充斥着一堆不同的问题,实在是很难集中注意力去听这个"婴儿哭泣与夫妻和睦"讲座。

为什么货源干涸了?

是因为卫生部加大了搜查力度吗?还是因为走私犯在竞争市场?如果是后者的话,为什么我们一点儿消息都没有听到?

是不是某个大组织控制了整个辣椒素市场?

最重要的是:该怎么弄到下一批货?

"万娜,如果小孩因为腹绞痛或者耳炎不停地哭闹,你该怎么做?"

我被导师的提问吓了一跳。导师是一个家庭型马斯科,大概四十多岁。他很喜欢他的工作。每个他教出来的爱洛伊开始筹备婚礼，对于他来说都是莫大的成就。

他前面到底说了什么？我一个字都没有听进去。

把小孩扔到窗边？

"嗯，那个，想办法让伴侣不要被噪声打扰？"

"再说得详细些。"

"唔，比如说，把小孩从伴侣睡觉的地方抱到别的地方去，或者给伴侣戴耳塞。"

导师惊讶地看着我。"哟，万娜，你还是在听课的嘛。"

我没有在听，我是在推测。

亲爱的曼娜：

你恨我，这或许也是件幸事吧。

当成年礼舞会上我无心地占据了属于你的舞池，你憎恨的火焰燃烧得越发猛烈了。但给你带来最大折磨的，是亚雷。

你总是会坠入爱情。这是你的天性。不需要理由。

在爱洛伊的世界里有属于她们的规则与思维方式，我至今都没能全部了解。当我在坦佩雷认识了其他的爱洛伊之后，它们像是冰冷的海潮般从四面八方涌来。

如果两个爱洛伊争抢同一个男人，胜利的总是那个更迷人的，或者那个更会操纵人心的。

友情与同情只会是绊脚石。如果身边的男人被更会诱惑人的爱洛伊拐去跳舞，那落单那个爱洛伊就只能怪她自己。有时候爱洛伊把马斯科从另一个人身边抢走，只是为了展现自己的优越，并不是因为她对这个马斯科真的有什么感情，只是因为强烈的胜负欲罢了。

在你的眼里，那时发生的就是这样的事情。我故意吸引亚雷的注意力，但是当他在秋天离职返回城里的时候，我没有把脸埋在枕头里大哭。我并不想得到他，但我也无法让你得到他，所以才会表现得稀松平常。

所以对你来说，靠生闷气和冲我发脾气已经不足以表达对我的怨恨。但你还是藏不住自己的心思。

这让我心痛。但是或许你如此肆无忌惮地恨我，正是因为你清楚地知道我一定还爱你，我会无条件地宠爱你，愿意为你做任何事情。就像小孩子会肆无忌惮地冲父母叫嚷、咒骂，希望他们赶紧去死，又仍然坚信父母永远不会离开他。

我永远不会离开你。

在成年礼上有太多需要注意的繁文缛节，充斥着混乱与嘈杂，有那么一瞬间，我们完全忘记了它究竟意味着什么。

这意味着我们要搬到城市里。这意味着我们要离开内乌拉帕。

这意味着同奥利基分别。

这意味着到爱洛伊大学去学习。

对你来说，成年意味着冒险之旅的开始，意味着正式踏入婚配市场。而对我来说，成年意味着进入一个陌生而又充满恶意的世界。

在我们收拾好自己为数不多的行李时，奥利基的脸上毫无表情。我嗅到了她的忧伤和疑虑。我问她，除了我们要离开之外，是否还有什么别的让她心事重重。奥利基像是生气一般重重地吐了一口气，对我说，她并不知道是不是在我身上犯下了一个可怕的错误。如果她当初能够一点一点地将这些"社会期许"传递在我身上，或许可以把我培养成一个以假乱真的爱洛伊，或许我自己也会在某一阶段开始相信自己真的是一个爱洛伊。

我攥着奥利基的手说道，我并不想我们之间的任何事有所改变。这句话说起来很轻松，因为这是事实。

奥利基笑了笑，她的身上传来一缕轻松的味道。但我还是注意到，她并没有完全地放心。我又试着疏解她的不安，对她说，如果奥利基将我培养成了一个爱洛伊，那么最终我在大学里只会像是一只混在狗群中的猫。但是我现在很准确地知道什么事我需要藏起来，什么事我需要高调地展示给所有人看。"狗会摇尾巴表示友好，但这是猫即将发起攻击的信号。如果我不能完全明白自己究竟是什么，那么总有一天我会在危险的情形下摇错尾巴。"

奥利基紧紧地握着我的手，不愿放开。她告诉我，在厨房的大橱柜下面，有两块可以拆开的地板。那里距离房子的地基还有很大的空间。之前为了保险起见，奥利基在亚雷的帮助下把我的书都藏在了那里。除了她和亚雷，没有任何人知道这件事。我可以在假期回到内乌拉帕，把这些书带走。我微笑着点了点头，虽然情况比奥利基理解的，或者说想要理解的，要复杂得多。

你不愿意同我一起住公寓。独居能够最有效地宣告自己已进入婚配状态，但还是有很多爱洛伊希望和另一个爱洛伊住在一起，共同承担家务，互相借用衣服和首饰，在紧急时刻相互支持，还有，勾引另一个人的马斯科。

我对你说，你可以做任何决定，我都会支持你，都会永远在你身边，在你需要我的地方。你耸了耸瘦弱的肩膀。这冷漠的回应让我的心一阵刺痛。我从没意识到自己竟对你造成了如此大的伤害。

奥利基花钱雇了一辆货车。我们各自有几个行李箱，还有奥利基塞给我们的窗帘、台灯、毯子，以及其他花花绿绿的装饰品，甚至都没能填满货车车厢。

你的嘴撇得像深海里的幽灵鱼，早早地就已经钻到了车里，系上了安全带。奥利基从车窗外抓着我的手腕，让我要经常给她通电话。我向她保证说，只要我可以，我每一天都会打给她。

奥利基把手收了回来，伸进了围裙的口袋里。你还记得吗？你以前总是很讨厌穿围裙。即便这是爱洛伊在家中最常见的穿着，是爱洛伊勤俭持家最直接的标志。围裙能在做家务时提供保护，它的裙摆可以擦手，它的口袋是一个无穷尽的必需品仓库，只有在有客人在场的时候才可以脱下它。无论是寻求安慰或者分享快乐，我都会把脸贴在奥利基的围裙上，我已数不清有多少次了。

现在从口袋里出现的是一张纸，奥利基把它递给我。"如果有一天，你觉得孤独或者无助……"

我翻开叠好的纸片。里面只有两个字，还有一串电话号码。

"他知道你的身份,而且保证一定保守秘密。但你自己一定要想清楚,要时刻小心。"

我点了点头,把纸片放到了手提包里。

我们进了城之后,你一刻也不愿意耽搁。

我不知道你哪里来的力气,你为何一直如此有活力。

在大学里,你在我的隔壁班级,我每天都能在院子里或是走廊里看到你和同龄的朋友们在一起。每次看见我,你都会高兴地朝我挥手,但接着就会转过身去,背对着我,从来不会走过来同我说话。我也交了几个普通朋友,汉娜、亚娜、桑娜、列娜和我总是一起去咖啡馆,一起去跳舞,一起去看电影,轮番在每一个人的宿舍里过夜。我们在背后谈论另一个人,说人家的悄悄话。我们聊化妆、聊衣服、聊减肥、聊马斯科。马斯科,马斯科,以及马斯科。

你没有满足于谈论马斯科。

你也确实有顶着一头美丽卷发的圆脑袋,尖尖的鼻子,窄窄的肩膀,丰满的胸部,曲线优美的腰身,蜜桃一般的臀部,以及积攒了太多太多的、蠢蠢欲动的欲望。

在城市里生活了两周之后,你打来电话通知我,你订婚了,婚礼的日子也选好了。

一切都发生得太快。

每当密室里的水冒上来的时候,我都会回忆起当时的感觉。

或者说,每当回忆起当时的感觉,那黑水就会席卷而来，漆黑，黏稠，淹没一切。

我们通电话的第二天，我就见到了你的未婚夫哈里。

哈里·尼西莱是一个典型的马斯科，中等个子、身材结实、算不上聪明的混血，从事室内装潢。一眼看上去就是一个刚刚二十出头，就在激素驱使下准备结婚的小伙子。哈里正是那种没什么魅力、不怎么帅气、没有个性和幽默感的马斯科，所以他选择了第一个对他感兴趣的爱洛伊，这没什么奇怪的。

你本可以找到更好的，但是你很着急。你有一个舞台。

唉，亲爱的，亲爱的曼娜啊。

你手指上的钻石戒指大得吓人，特别是在了解了哈里真实的存款状况之后。钻石雕琢得十分典雅、绚丽，周围镶着一圈细碎的蓝宝石。你一眨眼之间就掌握了一个订婚的爱洛伊特有的肢体语言——无论是走路，做手势，还是喝清茶，日常的一言一行，你都会尽可能地将左手举起来，展示在众人面前。我甚至可以想象着你坐在马桶上也会一边用右手擦着屁股，一边把左手，特别是那根无名指高高地举起来，供那些看不见的观众欣赏。

这有些让人莫名地感动。你真切地以为手上的戒指有魔法，它可以用纯粹且无穷尽的幸福填满你的人生。

你已经等不及了。

"奥利基奶奶一定还有些钱，哈里说老处女们都会像存果酱一样存很多钱。"你头上的浅色卷发随着脑袋晃动着，"奥利基拿那些钱什么用都没有，她活不了多长时间了。"这是你的原话。每一个字都是。

你问我，我可不可以问奥利基要些钱，筹备婚礼。

我的惊讶一定是明晃晃地挂在了脸上，哪怕我很明白，婚礼的支出会落在新娘的父母或者亲人的头上。但奥利基得靠自己的养老金和国家的儿童补助，加上内乌拉帕种的蔬菜收成和她额外做的零活才能勉强维持生计。现在我们已经是成年人了，所以我们失去了儿童补助，奥利基也没有力气做什么针线活了。她的视力也开始衰弱，她的青光眼恶化得很严重（你一定不知道这件事），卫生部也不会为已过生育年龄的女性承担什么昂贵的治疗措施。我最讶异的是，你为什么会偏偏来问我？你为什么不自己去求奥利基呢？

"因为奥利基最喜欢你。"

这句话拳头一般猛捶在我的心头。你的身上散发着游泳馆一般的味道，憎恨的味道。我没有想到你会说出这样的话。

奥利基总是平等地对待我们两个人，不管是饭菜、零食、衣服，或者是拥抱。唯一不同的，是奥利基会单独教我别的东西，留出时间同我聊天，帮助我建立双重身份。对于你来说这是阴谋、是秘密，是两个人的私密时光，是一个隔绝第三者的小圈子。

在你看来，我夺走了奥利基的那一份属于你的爱。

我，你的亲姐姐，是你短暂的生命里最残忍、最邪恶的坏人。

一直以来，我把自己对你的牵挂当作不言自明的事实，却没能将这情感倾诉给你。我们是一窝生出来的小猫，这个联结，永远都不会被斩断。

哈里站在旁边，所以有很多话我没有说出口。我沮丧地说我会尽力，但无法保证什么。

你皱了皱你那漂亮的鼻子，说奥利基送的裙子只卖了可怜的几百块。你给奥利基打了电话，让她把所有的舞会礼服都寄给了你，毕竟这些裙子她再也用不到了。这句话像一把尖刀，在我的心头划开一道血淋淋的伤口。它们都是奥利基的过去。幸好至少我把成年礼上穿的那件白色裙子打包在行李里带走了。

我不想让奥利基使尽最后的力气，四处搜刮出足够的钱来举办婚礼。如果她知道了你的心愿，她就一定会这样做。她或许会卖掉内乌拉帕所有能卖的东西，甚至卖掉田产。我在你错误的念头之中看到了一丝曙光，因为你还没有把订婚的消息告诉奥利基，而是先让我探探口风。这也给了我一些时间去思考，一个年轻可爱、天真幼稚（或者至少看上去如此）的爱洛伊，该如何筹措到这么一大笔钱呢？要是有了钱，我自然会承担你婚礼的费用，除了我，你又能找谁帮忙呢？

我知道国有妓院里也在雇用员工，但是我完全不知道该如何去应聘，我甚至不清楚那里到底会不会支付薪水。有一次我小心翼翼地向一个同学问了这个问题。她们有人听到谣言，说那里的员工都是堕落的爱洛伊，她们做这样的社会服务工作是她们犯下了严重的罪行。谁都有可能堕落——忽视家庭，或者暴力反抗伴侣，甚至出轨，或者在国家商店里偷东西。

没有薪水的工作行不通。

我找出了那个旧饼干盒。我把从内乌拉帕带来的所有纪念品和小物件都放在里面，还有奥利基塞给我的那张纸片。

我写不下去了。

万娜（薇拉）

想住别墅吗?

想开豪车吗?

想给自己的妻子或者意中人

送珠宝、鲜花、高档化妆品吗?

国家彩票助你实现梦想!

只需要在表格里打上六个对钩,你和你家人的梦想就可能成真!只要花几个硬币就可以为你的银行账户带来成千上万马克的存款!

国家彩票可以顷刻间改变你的命运。不久之后,你的邻居就会嫉妒你,你的妻子会更爱你,它还将带来孩子的玩具,新潮的衣服,以及医疗保障!

国家彩票——值得芬兰人信赖。

万娜 / 薇拉

2016 年 11 月

门铃响了。

是亚雷。

我给他开了门,但是我们今天并没有约好一起去"放烟幕弹"。每周三和周六,我们都会一起手牵手地出现在众人面前,去那些同龄的情侣都会去的地方。其他的时间,我们的会面都是谈正事。我不知道亚雷怎么解决自己的生理需求,肯定是去国有妓院,享受他的"单身汉折扣"。

我的秘密储备里只剩下六罐墨西哥辣椒。亚雷从来没有过问,也从来没有任何要卖掉它们的意思。

我想去爱洛伊的身体改造室,但是在那里能做的运动很有限,产生的内啡肽少得可怜,仿佛用一颗豌豆来喂饱一头饥饿的大象一般无济于事。现在我也不愿意去约会。密室里的黑水一整天都在翻腾着。我几乎没有力气把头发上的、脸上的爱洛伊的伪装卸下来。我本来希望在做完身体改造练习之后能疲惫到倒头就睡。此刻我虚弱地倚在门廊的墙上,等着他说明来意,但他一言不发。我皱起了眉。

"怎么了?"

我看到了亚雷脸上的表情,眼神中的喜悦。我闻到了紧张与期待的味道,我的脉搏也逐渐加快。我拽着亚雷的手走进厨房,像一只宠物看到主人的手里拿着零食那样,几乎原地跳起来。我甚至差点忘记打开收音机,给屋子里制造一些噪声来做掩护。

"有多少?从哪儿弄到的?是罐装的?是酱汁、粉末还是碎块?"

"都不是。"

我的肩膀沉了下去,这是一个很无趣的玩笑。市面上所有的货或者是罐装腌制的,或者是瓶装的酱汁,再或者是调味粉,品质最好的也不过是风干的辣椒粒。

亚雷从口袋里掏出一个小包裹。"新鲜货"。

我的下巴合不上了。

新鲜的辣椒。我从来没有见到过新鲜的辣椒。

而且是哈瓦那辣椒。虽然它和那些最辣的品种还有很大差距,但是仍然有超过二十万的斯科维尔指数。

一袋小小的、形似青椒的、亮橘色的新鲜哈瓦那辣椒。

我想到了三件事,重要性依次升高。

第一,我马上就可以吃到辣椒了。

第二,市面上又有货了。

第三,有人在种辣椒,而且就在附近。

我准备了饭菜。现在我有辣椒了,而且是特别、特别、特别好的辣椒,我当然可以再忍耐半小时,这样我就可以最大程度地享受它。家里有足够的材料去做一锅炖菜：西红柿、葱、蒜、胡萝卜、青豆、盐、胡椒。我把切好的蔬菜扔进小锅，熬成一锅炖菜，然后把其中的一半倒在了另一个锅里。这一份是亚雷的。最好的商贩不会碰自己的商品。

我戴上了做家务时用的塑胶手套，把哈瓦那辣椒从中间切开。我从来没有处理过新鲜的辣椒，但我猜测，光着手处理任何新鲜的辣椒都会有很大的风险。即便过后仔仔细细地洗手，也还是会有辣椒素残留。之前处理辣椒粉的时候我就明白了，用接触过辣椒的手不小心揉一下眼睛或是擤一下鼻涕，都会疼得要命，特别猛烈的辣椒甚至会直接对手部皮肤造成损伤。人们所说的"辣椒和手不可兼得"可不是空穴来风。

虽然我很想很想结结实实地吃一次辣椒，好好地过一把瘾，但我也知道这辣椒的厉害，所以我沉下心来，告诉自己，一整颗辣椒已经足够了。剁碎的哈瓦那辣椒散发着一股独一无二的香气，透着一丝沁人心脾的果香，浓烈、诱人。我的唾液腺在疯狂地运转，让我不停地吞着口水。我端起切菜板，用菜刀把辣椒碎倒进其中一口锅里，这一锅是为我自己准备的。从现在起倒计时十分钟。

我没有问他这辣椒是怎么弄来的。至少不该在这里问，至少不是现在。我把这个想法搁在一旁，现在有更重要的事情。

亚雷

2016 年 11 月

我又去看了一眼公告牌。和我猜的一样,没有任何新东西。但我还是去看了,这至少比守株待兔强。

两天前我发现了一个小惊喜。在基塔拉那几座待拆除的老房子的墙上,在那一大片老旧的涂鸦中间,我发现了一个新的图案。但这个图案毫无章法,既没有日期,也没有关键词,只有一个图形:一个狭长的、稍稍扭曲的心形,心形中间的线条组合成一束火苗。这个图案一定是辣椒,没有别的可能。有人故意将图案做得模棱两可,这样即便是来往的行人中有人恰巧瞥见了,也只会觉得画的是一个心形,心与火,一个坠入爱河的小年轻表达爱意而随手画的涂鸦而已。当然,我首先在脑海里搜寻,坦佩雷有没有什么茶点吧,或是什么别的公共场所的名字同"心"或者"火"有关,我一个都想不起来。但这个图案还是让我拾起了希望:有人以涂鸦暗喻辣椒,那么一定有人有货。

第二天我又去查看了其他的公告牌。铁路地下通道的墙上,在那些老旧的涂鸦上面,出现了几乎一模一样的图案，很小，不起眼，但真真切切地印在那里，而且颜料还很新，像是最近画上去的。

在我回办公室的路上，我的脑子里不同的想法与念头横冲直撞、嗡嗡作响。我该怎么跟踪这条线索？这是一条线索吗？我思考着这些问题，路过了中央广场。广场上站着一群马斯科，约莫同我一个年纪，有些人或许比我年长些。他们的头发比普通人长一些，衣服也更花哨。他们同每一个路过的人交谈，送一份传单，还有灿烂的笑容，但有一点很奇怪：他们并不会理睬那些独自路过的爱洛伊。有几位长相十分出众的单身爱洛伊经过他们，但是没有人吹口哨，没有人叫嚷，也没有人试着去抓爱洛伊的手腕，或是拍她们的臀部。人们接过传单，多半带着些不情愿，然后顺手就扔到了最近的废纸回收箱。我也拿了一份，拿的时候十分礼貌，但也一眼没看就塞进了口袋里，直到午餐时间在口袋里找硬币的时候我才想起它来。这份传单用的纸张很常见，来自某个廉价的印刷厂，和独立日庆典时中央广场上派发的日程单和唱词的材质差不多。我扫了几行，就明白了那些马斯科为什么穿着特别的衣服：他们来自一个我不知道的宗教组织，这样的人一般来讲都会有一些奇怪的穿着习惯。传单上净是一些古怪的言论、生僻的词语，以及一些诸如"超越"和"盖亚"的内容，也提到了一些别的，比如"联结自然"出现了两次，还有"泥土的呼吸"和"生长的智慧"等等。我想卫生部应该不会拿他们怎么样，因为这个宗教组织很明显是素食主义的拥护者。正当我准备把传单扔到办公室墙边的废纸回收箱时,一束阳光从窗外照进来,映在了纸上。我瞥到传单上出现了一团类似于油渍一样的图案,仔细一看,那团油渍是一个火苗,同公告栏上出现的标记一模一样。

我的心脏开始剧烈地跳动。我迅速地把传单塞回到口袋里。那个设计好的心形——心与火焰,正是那些人的暗号。虔诚的信徒或许会用这个标记告诉世人:我们为世界奉献爱与温暖。但对于我来说,这一群人很显然同供货圈子有些联系。不然这个标记不会平白无故地出现在两个不同的公告牌上。

这有可能是一个圈套,但我细细琢磨,这样的逻辑太过曲折、精妙,不可能是卫生部的诡计。这是一个诱饵,一个号令,它只会出现在那些知道如何寻找的人面前。

下班之后,我口袋里揣着传单,又回到了中央广场。那群人弄来了各式各样的弦乐器,大大小小的鼓,一个人拿着一根不知是何种类的笛子。有些乐器看上去像是自制的,有些看上去像是用旧乐器修理或者拼接而成的。我站在那里,听了一阵他们的音乐。曲目很简单,唱的是"植物""树木""太阳",还有"盖亚的皮肤为什么是绿色的"。我逗留了一会儿,每一个曲目结束的时候都礼貌地鼓掌。他们面前的南瓜壳里面躺着几枚硬币,看上去最多不会超过十便士。

我走到一个穿着手工条纹毛衣,顶着暗色头发长着鹰钩鼻的马斯科身边,向他讨教了一些同其他乐器合音的技巧,他很热情地对我解释,脸上带着微笑,十分友善。我把传单掏出来给他看。我说自己想多了解一下他们的宗教，可以请他喝一点什么。马斯科立即抓紧了我的手，告诉我，他的名字是米尔科，他很愿意为我介绍他们的宗教。我们一起走进了广场边的一家饮品店，点了两杯胡萝卜汁。米尔科滔滔不绝地对我讲了许多关于"生物气场"的东西，但实际上我并没有认真听，一只手把玩着那片传单，然后装作意外一般"发现"上面的图案。我一脸惊讶的表情，问他那是什么。米尔科突然抓住我的手，却又松开了，然后猛地拍了拍手问我小的时候有没有玩过"找钥匙"的游戏。我点了点头，说当然玩过。他笑了笑说，那我应该记得，寻找钥匙的人在接近"钥匙"的时候应该说什么。正当我张开嘴要说话的时候，米尔科突然眯了眯眼睛。

好烫呀，好烫呀。这是正确答案。

我回了一个微笑。"这是游戏最重要的部分，不是吗？"我应道。

"正是。寻找的，就找到；叩门的，就给他开门。这是《圣经》的教诲，即便那并不是我们的圣言。"

米尔科用手指点了点传单，似乎巧合一般正好按在那记号的上面。

"如果你想来参加我们的祷告，我们欢迎你。"

"荣幸之至。"我答道。虽然我很明白，这是一着险棋。

米尔科拿起一支笔，在纸上写了些什么。"我们今天也会进行祷告，地址在这里。"

我一眼都没看，直接把它折起来放进口袋，然后对他表示感谢。

米尔科站起身,同我握了手,然后便离开了。我到了家之后才掏出那张纸,那地址在城市外围考皮区的木头房子街区。

傍晚时候我到了那里。那是一幢老旧、破烂的房子,周围是一片果园,看上去料理得不错,已经做好了过冬准备。我敲了敲门,一个马斯科为我开了门。我认了出来,他是广场上那群马斯科的其中之一。他对我点了点头,然后领着我走了进去。我才刚刚跨过门槛,一个人突然从我身后抓住了我,用小臂紧紧地锁着我的喉咙,我的手也被掰到了身后。

"检查一下,他身上干不干净。"

三个马斯科走了过来,仔仔细细从上到下把我浑身搜查了个遍。"他是干净的。"

他们放开了我。米尔科走到我面前,手里抓着一把又大又吓人的匕首。"对你这么粗鲁,真是抱歉。都是迫不得已。"

我点了点头。

"我们热爱和平,不希望伤害任何人。但如果你愿意帮助我们,日后必有重谢。"

他这句话听上去特别浮夸,让我差点笑出声来,但我还是明智地藏住了自己的笑脸。

"我们的任务是让火种重新回到人间。"

经过短暂的讨论之后,一切都变得清晰起来。米尔科去了另一个房子里,过了很长一段时间才回来,手里拿着一个塑料袋。"一点薄礼,以表歉意。"

他递给我一塑料袋新鲜的哈瓦那辣椒。

"很长时间以来,我们都在寻找一个聪明、有志向的中间人。我觉得你看上去两点兼备。我们需要钱,但我们不能冒着风险自己去售卖。现在风险只能由你来承担。如果你被抓了,我们有的是方法让你在接受审讯之前闭上嘴。如果你干得好,那么这些就是你的报酬。"

我甚至没有去思考他那句威胁的话究竟意味着什么。我知道,和辣椒牵扯上关系的人最后一个个都消失了。之前有传言说,一些高级别的嗜辣者会通过自己的渠道"除掉"那些存在风险的中间人。有人说这些人在被带进"小黑屋"之前就已经被解决了。那些一定只是些传奇故事,但那透着一抹红色的塑料袋却真真切切地摆在我的眼前。它是真实存在的。新鲜的辣椒不可能造假。

这些人也真真切切站在我的面前。他们也是真实存在的。

万娜 / 薇拉

2016 年 11 月

  我在桌边坐下，面前的平底锅里盛着圣餐。

  我舀了一勺炖菜，倒在盘中，搅拌了一下让它稍稍冷却些，但又不能太凉。辣椒放在热腾腾的饭菜里才是无与伦比的：初入口时，你甚至很难分辨那灼烧口腔的是滚烫的食物，还是珍贵的辣椒素。

  哈瓦那辣椒的第一波攻击来得很慢。在我吃了三四口之后，那辣意方才涌了上来。最初泛到岸边的是一道微弱的海潮，然而就在我毫无防备时，一股巨浪突然怒吼而来。

  我全身上下所有的汗腺瞬间被激活，同时向外喷吐着汗液。一缕灼热的汗水顺着我的背脊淌了下来。额头、眼角、腋下、腹股沟还有内裤都是湿漉漉的一片，看上去像是刚刚尿了裤子。当然，此刻就算真的尿了也不会有任何感觉，因为那辣椒的火团正在沿着我的食管向下蠕动，像是有一把斧头劈在了我的胸腔之上。

  "啊啊啊啊啊！"我蜷缩下来，抱住自己的膝盖。手里的叉子当啷一声掉在了盘子上。

我的耳朵里像是钻进了一群蜜蜂,嗡嗡地响个不停。亚雷一脸关心地问了我些什么,但是我一个字都听不清,于是他又提高了嗓门。

"你没事吧?"

我抬了目光,看着亚雷。隔着睫毛上挂着的一层汗珠和泪水,亚雷的身影看上去在微微地摇晃。

"没事?这太疯了吧。"

我拿起叉子,叉起一块发红的食物,送到了嘴里。我甚至可以用叉子扎透我的舌头,也不会察觉到有什么异样。那爆炸般的绝妙痛苦再一次冲击着我的口腔,仿佛有人拎着一把大锤,抡圆了砸在我的牙齿上。

那灼烧感像是一株即将熄灭的火苗,需要小心呵护,给予它生命,不能用面包、牛奶或者冷饮扑灭它。只要口腔和脾胃还能感受到那神圣的痛苦,我的身体就可以将那迷人的鸦片剂填满五脏六腑。如果还能剩下些辣椒,那么最好用它来催生新的烈火;每吃下一小口,口腔里的神经纤维都会迅速反应,像是往柴堆里填了一根浸满汽油的柴火。哈瓦那辣椒里蕴藏着一段绝妙的迪斯康特,它的灼烧感尖锐而高亢,如一把电钻狠狠地冲击着牙齿上每一处神经。哈瓦那辣椒的味道是淡淡的黄色,已近乎白色,它的眩光挑动着视觉神经。这是最最美妙的感受,前所未有、无与伦比。

盘子里还剩下很多炖菜,而我已经站起身,伴着收音机里流行乐的节奏跳着舞。我其实并不需要音乐,那辣椒在我的五脏六腑里跳动，吟唱，那名为恐惧的高音似乎穿透了穹顶，应和着那名为痛苦的贝斯，低沉、深邃，蕴藏着无以言说的秘密。

身体似乎随时会进入应激反应阶段，但是不停运动时会延缓这一阶段的到来。

我，确实活着。

才华横溢的贝利亚耶夫先生

选自《女性驯化简史》

国家出版社（1997）

季米特里·贝利亚耶夫，一位来自俄罗斯的天才遗传学家。如果没有他，我们当今的社会体系将不复存在。

贝利亚耶夫出生于1917年，就在同年，芬兰正式独立，这证明历史不是巧合，真是美丽的同步！季米特里·贝利亚耶夫和他的毕生事业同芬兰民族的命运藤蔓交错，紧紧相连。

1959年，贝利亚耶夫开始了著名的驯化系列实验。他选择了银狐作为实验对象。一直以来，人们饲养银狐只关注它们皮毛的颜色和厚度。贝利亚耶夫决定做一个实验：如果作为自然选择之代表的人类，尝试将狐狸培养成像它们的犬类表亲那样，遵循人类指令，更温顺、更友善，会得到什么样的结果。

贝利亚耶夫的实验思路非常简单：只对那些展现出对人类友善行为（不躲避或不表现敌意）的个体进行培育。狐狸还是幼崽的时候就要开始接受测试：如果在用手投喂时狐狸幼崽不撕咬，或者愿意接受抚摸，那么这样的狐狸幼崽就可以进行繁殖。在实验的最初阶段，只有大约十分之一的幼崽能作为种狐接受贝利亚耶夫的繁育。

很快，实验就有了重大发现：在第三代狐狸中，最明显的对人类紧张、逃避以及敌意的举动已经被完全抹除。过了几代之后，大部分狐狸幼崽会向人类摇晃尾巴，仿佛它们神奇地掌握了被驯服的犬类的行为习惯。一部分幼崽会直接走到人类身边等待抚摸，不再躲避人类。这些幼崽还出现了十分热情的行为，如舔舐人类的脸颊，以及在人类离开时发出悲伤的呜咽声。

在几代的筛选、驯化与犬类化过程中，贝利亚耶夫发现，在幼崽的成长过程中，它们对人类指令的敏感度逐渐增加。它们明显地学会了感知人类期望它们做出何种行为，并积极地做出相应的行动。同时它们学会迅速理解人类的行为、手势、眼神和肢体接触。它们也展现出了和祖先完全相反的对于人类强烈的吸引力；换句话说，它们在生物学意义上适应了人类的关注。

特别有趣的是，实验个体开始展现出犬类的特征，如卷曲的尾巴、下垂的耳朵以及更短小的四肢。它们的皮毛上开始出现浅色或者白色的斑块。尤其值得注意的是，它们的吻部缩短、变宽，这本是哺乳动物在幼年时期的特征，但在成年时通常会消失。贝利亚耶夫的狐狸幼崽却把这些特征一直保留到了性成熟时期。虽然贝利亚耶夫和他的助手并没有关注它们展现出的家畜外表特征，只关注它们的行为习惯和偏好，但是在经过几代的繁殖之后，狐狸们的外表形成了一种特定的表型，即保留幼崽时期外表特征。一些追随贝利亚耶夫的理论学者认为，控制生物行为表现的基因可以通过改变大脑的化学结构，对生物体产生作用。而这些大脑中化学物质的变化也会影响生物体的肢体语言。

这种在成年时期仍保留部分幼体时期外表特征的现象，称为幼态延续。我们知道，女性人身上的那些能够唤起怜爱和保护欲的外表及行为特征，如今也会保留到性成熟时期，甚至一直到性成熟之后还会存在，例如：对取悦他人的渴望、开放的社交性格、从男性身上获取安全与保护的欲望，以及我们如今熟知的、女性与生俱来的顽皮与天真。在驯化女性人之前，这些特征在对自然选择的扭曲（即所谓的女性解放）中逐渐被削弱甚至消失。

现如今，幼态延续的特征在女性人群体中世代延续、逐渐发展。在这一过程中，社会让女性重新回归她们最原始、最具性别特征的行为方式。无论从任何角度来看，这都是正确且合理的。历史证明，年轻女性一直是男性的最佳婚配对象；在部分情况下甚至可以说越年轻越理想。创造女性人的行为是一石二鸟：为男性创造行为与外表皆为上佳的理想伴侣。

一些卢德主义分子质疑贝利亚耶夫的理论对人类的应用。他们宣称，培育女性人是"侵犯人权"的行为。但是这样的事在人类历史中屡见不鲜。在古代，部分女性会限制自己的性欲,并将其作为有限的商品,甚至是敲诈勒索的工具,来挑选外表最令其心仪的、肌肉最壮硕的、举止最"浪漫"的或者最富有的男性,只允许他们进行生殖繁衍。贝利亚耶夫主义进行的是完全相同的行为,但它并不追求个人私利,而是追求最伟大的目标:社会和平。

在整个人类历史当中,我们不正是一直在通过道德教育、天赋偏好、体育爱好培养等方式,努力地控制后代的成长,让他们朝着更优秀、更卓越的方向发展吗?这并不是什么"侵犯人权"。正如有些动物会杀掉那些没有生存能力的、拖累整个兽群的幼崽,这只是一个符合自然规律的行为。驯化女性人是人类社会的进步。芬兰在其中是耀眼的先驱者,领航人。其他民族追随我们的脚步只是时间问题。

有人对驯化女性人的真实性产生过怀疑。人类的世代间隔是十五年,而不是像贝利亚耶夫的狐狸那样以一年或者两年为尺度。十五年从进化论的角度来讲是一个极短的时间,一个种族是否真的能在这样短暂的时间内发生如此显著的基因变化。况且在驯化过程产生结果并且将生育年龄降低之前,世代间隔会比十五年更长。

当然,在驯化女性人的过程中,除了简单地选择繁衍个体之外,还有其他的驯化方法。在驯化过程中,影响物种变化的因素有两种:生物因素和文化因素。例如,对于女性人来说,除了基因之外,温顺的性格与对取悦他人的渴望也可以推动个体性格变化的发展。通过奖励符合期待的行为,惩罚相反的行为，可以促进发展朝着预期的方向进行。拥有群居动物背景的人类更喜欢这一方式，因为人类有着与生俱来的对社会暗示的敏感，并容易受到它的影响。

各种激素与神经化学方法也有效地加速了驯化进程。人们发现，在特定的成长阶段中使用适量的甲状腺素，可以促进个体的性成熟，并促进驯化相关的理想外表与行为特征的出现。此外，在食物中添加褪黑素也有助于个体提前进入青春期。

然而这一事业中最重要的因素是，在我们的遗传学家接纳并采用贝利亚耶夫的实验结果和理论之前，我们的政府就已经制定了许多有利于驯化的社会政策。

万娜 / 薇拉

2016 年 11 月

"V，我们必须结婚。"

我本来很开心，浑身充满了活力和能量，密室的地板没有一丝水渍，干净得反光。终于，密室里再次充满了光明！而他却从嘴里蹦出这句话。

"结婚？"

"我们自从对外宣称交往已经过去多久了？几乎一年？"

他说得没错。照常来说，我现在应该已经开始渴望婚礼，孩子，以及那些其他爱洛伊都渴望的东西。特别是亚雷现在和那些"盖亚主义"的人扯上了关系，所以在舞台之上，一切表演都必须无可挑剔。

我尴尬地揉了揉额头。"我觉得目前这样就挺好。"

亚雷扑哧一下笑出了声。也难怪，毕竟任何一个真正的爱洛伊在这种情况下，都会先哭得泪眼婆娑，然后边哭边笑，接着给所有的女性朋友打电话告诉她们这件大喜事——不，首先是打给母亲，紧接着就会一起跑去选婚纱。

"但是我们没有钱。我没有父母，所以没有人帮我应付这些开支。单是一枚像样的戒指就要花费不少。"

亚雷当然有钱,但那些钱他有自己的用处。他也不可能会想在逃离芬兰的时候带上自己的老婆。那样的话他就需要准备两倍的费用,攒这些钱又需要花很长的时间。

况且我也不会跟他一起离开。不会的,在弄清楚曼娜发生了什么之前我是不会离开的。

"我妈那里有家族代代传下来的戒指,我可以同她谈一谈,让她把戒指给我。她只会觉得这是一件既浪漫又值得感动的事。"

"办婚礼需要的不只是戒指。"

"但如果我们结了婚……我们就可以搬到内乌拉帕。"

内乌拉帕。

突然间,我又开始渴望辣椒。距离上一次吃还不到六个小时,但密室里已经顷刻间涌起一米高的黑水。它从四面八方涌来,咆哮着、肆虐着,淹没所有的挣扎与呻吟。

曼娜,曼娜,曼娜。

之前那些添加了哈瓦那辣椒的炖菜,我把它冷冻之后,均匀地分成了汤匙大小的几个小方块。每一份都足够我过一次瘾。一共剩下 12 块。那些剩下的哈瓦那辣椒,亚雷把它们风干之后,分装在一个个小塑料袋里。经过漫长的"旱季"之后,亚雷终于可以开始做一些像样的生意了。

我猛地打开冰箱门,取出一粒冰冻的汤块,"当啷"一声扔在灶台上。随手抓来一口小锅,把汤块放进去,拿到水龙头下边接了一些热水,然后把锅放在了桌上。现在,我全身上下都在止不住地颤抖着。那冻得结结实实的该死的汤块过了好一会儿才开始稍稍融化。对现在的我来说像是过了几生几世。我用叉子把它分成指尖大小的几块，一股脑地塞进了嘴里。那些小碎块还没有融化，夹杂着些许冰块。我用力地吞咽着被口腔的温度融化出的汤汁，脸颊深深地向中间陷了进去。哈瓦那辣椒带来的灼痛与冰块带来的麻木交织在一起，组成了一曲令人瞠目结舌的交响乐。

"我一直想要试一试亲手种植辣椒。在内乌拉帕我会有这样的机会。"

我终于明白了他话里的深意。汤块里的胡萝卜块有的已经被热水浸得滚烫，有的依旧冰凉，满满当当地塞满了我的嘴巴。"内乌拉帕？"我嘟囔了一声。此刻我嘴巴里的黏膜正在被狂欢舞弄的火苗燎烧着。我开始全身冒汗。

"那里很完美。"

当然。一个鸟不拉屎的地方。

"自……自从几个月前曼娜出事以来，内乌拉帕还没有完全荒废。现在国家一定在征募佃农到那里去，因为你作为一个爱洛伊没有权利继承那片地，哈里·尼西莱也无权得到它。"

我点了点头。就算是优生主义政府也不会编织如此极端的冤假错案。

"建立婚姻关系之后，内乌拉帕就会流转到我的名下，也就是我们的名下。如果在这之前有佃农到了那里，那么他就保有收割和出售他所播种的所有农作物的权利。在最坏的情况下这可能会耽搁一年时间。一年可不短。"

"一个在食品局有正经工作的马斯科突然转行当农夫,这难道不会让人觉得奇怪吗?"

"我可以继续每天在城市里兼职。"

同时在城市里做点"小生意"。一定是这样。

"而你又是在内乌拉帕长大,在家庭的培养下你本就可以成为一个熟谙农活的……"

"帮工?"

"正是。一个有农业知识背景的爱洛伊妻子。十分完美。"

这听起来的确很符合逻辑,不置可否。

"你是一个彻彻底底的城市男孩,你还有很多东西要学。"

亚雷沉沉地吐了一口气。"有件事我早就想告诉你了。我经历了盖亚主义的深刻觉醒。"

亚雷咧嘴笑了,圆滚滚的眼球在眼眶里转动着。

啊,亚雷又开始思考了。作为一个马斯科,有的时候亚雷的头脑敏捷得让人害怕。他现在正在数着手指,兴致勃勃地向我解释着。

"第一步,结婚,这样按照惯例,内乌拉帕就会作为爱洛伊妻子的冻结继承遗产转移到其配偶的名下。第二步,搬到内乌拉帕。第三步,我的教友们来教导我,帮助我的生物气场农业起步。到时候会有两三个盖亚主义的人过来,他们可以住在内乌拉帕,桑拿房和篱笆边都有地方,完全住得下。他们本来就过着游牧式的生活，既不需要，也不想要什么奢华的享受或是特殊的待遇。"

并不难猜测那些藏在这计划字里行间的弦外之音。亚雷告诉我，眼下，盖亚主义者的辣椒农场附近正在策划一个新的建筑项目。那些闹哄哄的规划师和其他官员迟早会出现在农场附近。内乌拉帕是新农场的理想地址。只要我们小心行事，那么不会有官员在意这样一群幻想狂选择去和大自然和谐地生活。就算有检察员上门，他们通常也只关注那些常见的违禁行为，比如私种违禁菌类，私酿酒精，还有私种烟草。自主培植辣椒能让亚雷在一年，最多两年内赚到大量的钱财。

"想想那宁静的乡村，那些有机的、充满各种维生素的食物。"

亚雷的每一句话都透露着谨慎。有人在公寓楼里安装窃听器的传言甚嚣尘上，连我们也学会了在家里如何小心地说话，或者用别的声音掩盖一些容易引起怀疑的对话。在内乌拉帕则不需要有这样的担忧。在一片荒郊野岭有人发现我的真实身份是莫洛克的风险，和在城市里的比起来几乎小到可以忽略不计。但是亚雷很清楚，最诱惑我的是那些"有机食物"。V，想一想，在这样的生活里，你每天都可以吃到那些你一直以来梦寐以求的辣椒。

虽然我正在享受着辣椒的美妙冲击，黑水仍在用它细长的舌尖舔舐着密室的地板。"内乌拉帕……会让我想起所有的事情。"

亚雷坚定地看着我。"你必须忍受。你一定可以承受得住，V。"

我想起那家刺猬茶点吧，在那里的惊魂一幕。

亚雷并不知道，我当时距离被当场拘捕只差毫厘。

内乌拉帕或许可以消解困在我心中的恐惧。但我不能立刻转变想法，因为我不想告诉他这件事。

"我想一想。"

亲爱的曼娜：

我现在还记得你的愿望清单。我几乎能背得出来。当那个婚庆公司的马斯科计算支出的时候，他手里的计算器吐出来的账单肯定有一米长。印着立体字母的请柬，四层的蛋糕，现场乐队，婚礼饼干（里面有写着爱情相关话语的字条）。饭菜里的动物蛋白和白糖足够普通人吃上一个星期。你还想要玫瑰色的气球，上面要写着你们两个人的名字，字母绚丽地交织在一起。你还想要鲜花布景，淡红色的蜡烛，当然最重要的是婚纱。你想要的婚纱要有大量的蕾丝，要有珍珠饰边，要有瀑布一般的头纱，还要有银河坠地似的拖尾。

我给奥利基写下的号码拨了电话，在劳孔广场边上一个热闹的茶点吧同亚雷见了面。我按照爱洛伊在同马斯科约会时的穿着习惯打扮了自己。我发现，最初亚雷并没能在其他爱洛伊中间认出我来。她们努力地想让自己在人群中脱颖而出，却都按照着时兴的方式打扮得一模一样。

我们简单地打了招呼。我问他现在是不是模范公民，如果是，那这次谈话就没有意义了。

亚雷笑了。

我没有心情开玩笑。我告诉他，自己在一些模范公民所不知道的事情上需要他的建议和帮助。我想了解更多城市的生存之道，特别是那些"不好"的东西。被明令禁止的东西通常供不应求。我们生活在一个奇怪的时代。过去曾有段时间我们需要为性行为花钱，因为卖淫是违法的。我直截了当地说："我想知道怎么赚大钱。"

亚雷的周身飘浮着柠檬似的香气。他向后靠在椅背上，打量着我，两手的指尖轻轻地叩着，似乎在思考着什么。

他建议我们一起出去走走。

我们肩并着肩，沿着海梅公园一路向北，朝着奈西丘走去。我同他讲了你的事情，还有你的婚礼计划。亚雷一边听，一边点着头，他一定还记得你。我还告诉了他，你当时在他身上倾注了多少对于爱洛伊来说再寻常不过的情感，以及当你以为我和他之间有恋情时，你是多么伤心。

当然，我紧接着便解释说，这完全是你的误会，一个天真的错误。但是亚雷还是变了脸色，他的身边飘浮着松节油的味道。

亚雷停了下来，坐在旁边的长椅上，伸手把我拉了过来，坐在他身边，另一只手搭在我的肩膀上。他把脸颊贴在我的脸边说，这种典型的误解是误导别人的绝佳方法。

如此近距离地坐在一个马斯科的旁边让我觉得十分不自在。亚雷的嘴唇几乎碰到了我的耳朵，他悄声问我有没有听说过辣椒的事情。

  曼娜,一切就这样开始了。亚雷悄声讲了很多我闻所未闻的事。
  酒精、尼古丁、大麻,还有如何走私、制作或者培育它们。在政府的监控下,这些产品的市场都很小,十分有限。但辣椒素的禁令最近才制定生效,还有很多的辣椒从边境渗透进来。还没有有效的鉴别方式,没有能分辨辣椒素的警犬,也没有办法从血液或者尿液里检测是否食用过辣椒。我从亚雷那里了解到,食用辣椒首先会导致肾上腺素飙升,因为摄入辣椒带来的体感太过强烈,以至于身体会觉得受到了威胁。接着体内会产生大量的内啡肽。除非食用的辣椒过于强烈,让口腔内的黏膜产生了可视的变化,否则很难将食用辣椒的痕迹同剧烈运动产生的效果区分开。
  在坦佩雷的某天夜里,或许只是巧合,亚雷遇到了一些服兵役时认识的熟人。那一行人里有两个既疯狂又大胆的马斯科,他们通过自己的渠道得到了不少辣椒制品。亚雷自己对食用辣椒并不感兴趣,但当那些马斯科在旁边起着哄,吹嘘着在那属于违禁品的未知地下世界,在那个有着同光天化日截然不同的法规的世界里一窥究竟,是多么美妙的体验,需要多么冷静又机敏的头脑,亚雷便开始有了兴趣。
  亚雷主动提出当那几个马斯科搞到下一批货时,请他一起去。起初,那些老手天黑之后在内卡拉的一个院子里研磨辣椒的时候,亚雷只是在外面站岗。有一次,他注意到了两个穿着便衣的身影逐渐靠近，很可能是卫生部的人，于是他便假装迷了路，走在他们面前吸引他们的注意力，问他们到哈丹帕该怎么走。而卖家和买家就趁机逃之夭夭。事后亚雷因为他的勇敢事迹获得了不少感谢，他的名声也在供货圈子里传开了。亚雷从站岗放哨的走卒转变为生意场的助手，不久便赢得了几个分销商的信任，逐渐学到了不少辣椒黑市的生意经。

我不知道哪一个原因对亚雷更重要：辣椒市场对于亚雷来说，是他的游戏，是让他血脉偾张、让他心脏如同钢丝上跳舞般搏动、惊险刺激的马斯科式的风险博弈；还是说他当时立刻意识到了辣椒交易中潜藏的巨大商机。

无论是哪种原因，最终亚雷决定铤而走险，去进行这个前所未有的疯狂实验。

在一件事上我的想法是正确的。只要有禁令，就会有买家。他在当局抓到他的踪迹之前弄到越多的辣椒，他就越有机会实现他大胆的商业计划。

现在亚雷有一个主意。

一个沉着冷静、聪明能干的莫洛克，外表看上去像一个笨拙的爱洛伊，这就是他最完美的生意伙伴。除了用伎俩勾引马斯科，根本不会有人去怀疑一个爱洛伊会参与什么巨大的阴谋。她可以在舞厅的阴暗角落里同任何一个马斯科跳舞，她可以和任何一个马斯科出现在公园的树丛里，马斯科可以把手伸进爱洛伊的衣服里（反之亦然），他们可以交换小包裹，交换成捆的纸币，不会有任何一个外人起疑心。这样的行为在他们眼里再正常不过。

在我们讨论婚礼细节的两天之后，我便开始了第一次工作。

一周之后，我就告诉你（我还清楚地记得你当时有多么高兴）我从奥利基那里拿到了一笔钱，数目相当可观。如果你和哈里能够再等一阵子，或许等奥利基把她抽屉里的票据拿去兑现之后，她能送来更多的钱。

又一周过后，我对你说，钱已经凑齐了。

你举办了婚礼。那时我开心极了：因为你终于拥有了片刻的快乐。

那时我并不知道，我埋下了一颗什么样的种子。

原谅我。

晚安，亲爱的曼娜。

你的万娜（薇拉）

哦，为何我生来是一个莫洛克，
　为何我不是一个爱洛伊，
　我的至爱不喜欢莫洛克，
　　他只喜欢爱洛伊。
　　　——新版本芬兰民歌（于1955年修改）

万娜 / 薇拉

2016 年 11 月

　　她们一个个地出现在家门口。每个人都没有空着手，要么带着一束花，要么是某种陶瓷做的装饰品，要么一盒梅子，要么是在商店里发现的"看上去很适合我的"发饰。她们风风火火地走进门来，身上混着香水、发蜡和面霜的味道，脚下的高跟鞋在地板上随着步伐咚咚作响，嘴唇亮晶晶的，睫毛上粘着黏糊糊的睫毛膏，乳房垫得高高的，像是两只摇摇晃晃的架子，似乎差一点就会碰到下巴。她们尖叫，她们咯咯笑，她们说悄悄话，她们在距离几寸的位置隔空亲吻对方浓妆艳抹的脸颊。

　　她们夹着嗓子尖声细语地说话，"天哪""太棒了""不会吧""太可怕了""真糟糕""哦咦"这样的词语像是潮水一般，一浪接着一浪，啼叫声此起彼伏，互相呼应。她们的名字是汉娜、亚娜、桑娜还有列娜，每一个人都打心底里想做我的伴娘。

　　我计划了一个爱洛伊单身派对。我准备了一些低卡气泡甜梅子汁，一口大小的三明治，还有自己烘焙的心形苹果酱曲奇饼干，上面撒了一些贵得吓人的黑巧克力。在药店买黑巧克力不需要处方，因为它被算作保健产品，但是它的价格足够在爱洛伊的婚配市场补助金里面凿个大洞。

女生们攥着玫瑰色的餐巾，端着印着花瓣的盘子和五颜六色的杯子，簇拥在餐桌周围，欣赏着我把坐垫绑在椅子腿上打的玫瑰绳结。她们蹿进了卧室，"爱上了"我的粉色床罩，并且很有分寸地对我如此阔气地"浪费"巧克力表示惊讶。

汉娜、亚娜、桑娜还有列娜嘟着嘴，瞪大她们画得花里胡哨的眼睛，仔细地盘问关于我即将到来的婚姻的所有细节。

"他是怎么求婚的？"

"求婚还是比较浪漫的。他问我，我上过几年的家务课程，我回答说两年。"

"差不多呀！你在大学里学习了一年多呢。"

"烹饪，购物预算管理，家居清洁，儿童护理，身材管理，当然还有那些性柔韧性的课程。"

"你有选修额外的课程吗？"

"纺织，请柬编撰，还有家居装修计划。我把这些都告诉他之后，亚雷说，我很快就会成为一位称职贤惠的妻子。"

所有人都叹了一口气，这个男人果真是一个极好的马斯科。

"那个时候你一定意识到了接下来要发生什么！"

"然后他说,在他的心中,我是一个非常美丽的女孩,别人一定也注意到了。因为保险起见,我也接触过他的几个朋友。"

"那是当然的,这是聪明的做法!"

"然后他说,他一定得赶在别人之前把我抢到手。我低着头,没有吭声。然后他说,万娜,嫁给我吧。"

"哦哦哦哦哦!"

"天哪万娜,你当时一定很惊讶吧?"

"我可以问一下你的婚纱是什么样子的吗?无肩带的还是桃心领的?别人都说桃心领是现在最流行的样式!"

"什么颜色的?那种纯白的还是奶油色的?"

"你会不会有拖地头纱?"

我不耐烦地同她们周旋着,又尽力显出一副陶醉的样子,似乎每一个毛孔都在贪婪地汲取着花蜜和露水。"哎呀,我应该会穿我的成年礼服,那也是件白色的长裙。你们有人肯定也记得,就是我在舞会上穿的,有些像银白色的那一件。"

"成年礼服?谁会穿着成年礼服结婚啊!"

"嗯……因为我们是……私订婚约的。"

正如我预想的一样,爱洛伊们齐齐地发出一声深深的叹息。她们接下来要听到的,要么是个小小的丑闻,要么是个浪漫至极的爱情故事。无论是哪种,都会为她们带来美妙的骚动。我故意停顿了一下。

"因为……亚雷有一个前任,在亚雷同她分手的时候,她的反应很激烈，像是发疯了一样。所以我们决定一切从简，低调为主，以防她在婚礼上大哭大闹。"

话音一落，爱洛伊中间就爆发出一阵骚动。我甚至分不清这些问题是从哪一个抹得通红的嘴巴里扔出来的。这件事杂糅着丑闻与浪漫，实在让人难以抗拒。

"天哪，真是太糟糕了！"

"那么意思是说你们要举办民间婚礼？我的天哪！"

"有的时候前任就是这样让人为难！"

我看着他们，咬着嘴唇，歪着脑袋，一脸乞求的样子。

"姐妹们，姐妹们，姐妹们。嘿！我们现在必须商量好，这些事情只有我们自己知道，不会传到别人的耳朵里。"

所有人都点了点头，她们都准备好永远地保守这个天大的秘密。我向她们鞠了一躬，压低声音说："的确，这件事不能让任何人知道。希望你们保守秘密，可以吗？"

所有人都发了誓，要把这件事烂在肚子里，带到坟墓里。我很清楚，现在这件事会比流感传得还快。这样的话，没有人会奇怪自己为什么没有收到请柬，也没有人会好奇，为什么一个爱洛伊没有像其他人那样渴望一个奢华的婚礼。

培训爱洛伊

选自《家中的爱洛伊——和谐家庭生活指南》

国家出版社（2008）

当你同爱洛伊住在同一屋檐下，最好从爱洛伊的思想世界入手，依此制定家庭规则，让爱洛伊熟悉规则，遵守规则。

你需要清楚地认知你伴侣的本质：她是被本能驱使，被性激素引导的生物。重复、奖励与强调是培养爱洛伊理解能力的基石。对你怀有感激的妻子将会顺从，忠诚，会给予你无尽的爱意和奉献。

爱洛伊伴侣角色培训的关键，在于系统性、一致性，以及清晰和耐心。

顺从是爱洛伊的天性，但不同个体间可能会存在较大差异。

爱洛伊的行为建立在联想与直觉之上，而非辨别是非之上。这单纯地意味着，如果某一行为得到了使其愉悦的结果，那么爱洛伊就会重复这一行为。而如果某一行为使其获得了不愉快的体验，那么爱洛伊就会规避这一行为。因此，在训练爱洛伊的过程中不应仅仅使用惩罚手段，更重要的是奖励措施，奖惩结合，以此来强化你期望中的行为。

此外，奖励应适度。如果爱洛伊喜欢美食，便需要用其所喜好的零食进行奖励，同时自然需谨记适量。若爱洛伊对奖励与称赞呈现出积极的反应，需对其表示感谢。爱抚肢体也可以作为奖励的一种。许多爱洛伊喜欢梳头发、被拍打臀部，以及与性行为无关的亲吻。如果看到了爱洛伊的微笑，那么这意味着你走在正确的道路上。对于特别优秀的行为，可以使用鲜花、珠宝、衣服等进行奖励，但这些奖励措施需要严格控制使用频率，适量使用，以保持其有效性。

当爱洛伊被特定目标所激励，此时训练最为事半功倍。当爱洛伊十分饥饿，或者很长时间没有得到喜爱的甜点或是烘焙点心时，她们会认为该阶段获得的相应奖励最为美妙。同样的，当你的伴侣在一段时间内没有在家里见到你，那么此时称赞与关注最为有效。

对于不期望的行为可以通过限制奖励量来修正，这通常比惩罚更加有效。但是如果需要重塑规矩纪律，通常来说，直接的责备与轻微的体罚便足够了。

时机非常重要。对爱洛伊给出指令后等待她的反应，如果她做出与期望的方式相符的行为，便立即给予奖赏。若没有立刻采取奖励措施，她将无法在自己的行为与奖励之间建立联系。一致性与连贯性同样重要。需要使用相同的、简短的指令。

在不同的场景下训练爱洛伊，以培养其服从性，并给予充足的口头反馈。这样在不久之后,即使是面对中性词语,爱洛伊也将学会精准地辨认其中的语气。如果拒绝或否定没有足够的效果,那么通常情况下转移注意力是一个很好的选择(例如当爱洛伊想在商店里为自己买东西时)。

保证爱洛伊拥有充足的日间活动,以确保她不会因为无聊与闲暇而导致破坏性行为。

万娜 / 薇拉

2016 年 12 月

很难用语言去描述米尔科现在的表情。他的情绪闻起来混杂着极端的惊讶与狂乱的愤怒。他盯着我,然后把目光扯开,甩到亚雷的脸上,眼窝里的火舌向外张牙舞爪地刺探着,这眼神足够让瞥到他的米努斯夹着尾巴落荒而逃。

"瓦尔基宁,你把爱洛伊带到了这儿?你是不是脑子里哪根弦搭错了?"

噢,亚雷并没有把我的事全抖落给米尔科。

"我们确实需要一个农场,但这不是过家家,就算她有一座农场也不可以。你凭什么能确信这个爱洛伊不会给我们带来麻烦?"

亚雷大笑着,并不着急解释,但是现在我忍不住了。

我径直朝着米尔科走去,迈着稳当的步伐,胯部没有丝毫的扭动,身体没有任何的摇晃。我站在他面前,双手撑在腰上,直勾勾地盯着他的眼睛。米尔科张着嘴看着我。

"看样子你并不会区分爱洛伊和莫洛克?"

米尔科上下打量着我,困惑环绕在他周围,包裹着他。

他盯着我浅色的卷发,我的妆容,脚下的高跟鞋,还有那一对垫得高高的胸脯,然后看向咧着笑脸的亚雷。

"需要我做一个心算吗?还是解一下爱因斯坦的经典逻辑题?"我故意夹着嗓子尖声细语地说话,口齿清晰,发音标准。我戏谑地拍了拍米尔科的脸——他仍然一言不发地盯着我,走回到亚雷身边。"另外还需要告诉你,虽然我们订婚了,但是我们两个并不是一对儿。我们是合伙人,一起做生意。我们两个,你要么打包带走,要么空手离开。"我说。

"你一定能明白,万娜的外表能为我们的生意带来多少好处。"亚雷赶忙补充道。

米尔科摇了摇头。"我信,我相信。但是,这怎么可能呢?"

我提了提嗓门说:"如果有人以娇小、友善为目标来培养小狗,那么在乖巧的狗群中间注定会时不时地出现一些叛逆分子。外表一模一样,但内里大不相同。"

"一个叛逆的小莫洛克。"米尔科说,他看上去若有所思。"是的,一个必要时可以非常暴躁的小莫洛克。"我说。

嗨，曼娜！

你能想象，当你邀请我做你的伴娘时，我有多么高兴吗？

在我的眼里，这是你我之间关系修复的迹象，是原谅，是姐妹情谊的重建。

我们六个伴娘穿着艳丽的粉色褶边短裙，遵守着传统的规矩：伴娘必须尽可能不引人注目，来突显新娘的美丽。裁缝在这一点上做得很不错；我们看上去像一群长得结结实实、可爱友善、从高高的淡红色树叶堆里爬出来的粉色猪仔。

其他人做得也很不错：婚礼蛋糕、饭菜、音乐、装饰、婚纱、鲜花———一切都进行得十分顺利，染着一层奢华又浪漫的光晕。

而你真的在发光。

你获得了属于你的合法"辣椒"，爱洛伊最好的药剂。

你的亲友只有寥寥几个：奥利基，我，还有你的两个朋友。婚礼定在了你的生日。或许你的新郎在决定日期这件事情上帮了一些忙。虽然许多爱洛伊会认为，选择自己的生日作为自己生命中最重要的日子,是一个极其浪漫的行为,但或许这样的选择也有一些从实际出发的考量:这样就可以只准备一份礼物、筹划一个派对,一次性庆祝两个重要的节日。

然而,这一选择的象征意义却同原本的期待相去甚远。你并没有开启一段新的生活,而是开始了生命的倒计时。

奥利基坐在礼堂的长椅上,羸弱、头发灰白、身体僵直。我在寄出请柬之前给她打了电话,告诉她哈里的父母承担了婚礼的花销,但是同任何人谈这件事可能都是不礼貌的——奥利基也很清楚,你对传统习俗十分敏感。奥利基笑着说她明白。

两天后,当你成了尼西莱夫人,奥利基却离开了。

在这世上对我来说最重要的三件东西——奥利基、内乌拉帕和你,顷刻间我失去了其中两件。

而且几乎是在同一瞬间。

奥利基死于头骨骨折。或许你还记得,官方解释她在内乌拉帕门口的台阶上摔倒了。即便没有那个意外,奥利基一定也不会活太久。但是不知为何,我总是会不禁去想,奥利基的去世给哈里·尼西莱和他的伴侣带来了多少便利。

奥利基有两个继承人,我和你。但是因为我们两人都是爱洛伊,依照法律内乌拉帕将由最近的具有继承权利的家属,也就是你的丈夫哈里继承,而你也将因此受益。

不,千万不要误会。我不相信你会希望在奥利基身上发生什么可怕的事情。有时你难以捉摸，有时你敏感脆弱，有时你也会有些小气刻薄，但是你的心里没有一丝一毫的残忍。

如果是哈里造访了内乌拉帕呢？仅仅是这个念头就让我觉得惭愧、羞耻，觉得自己似乎得了被害妄想症。他出现在内乌拉帕是多么容易啊！邻居们都住在几千米外。如果他来看望老夫人，同他妻子的奶奶熟络熟络，也是再寻常不过的事了。他亲眼看到了内乌拉帕，看到了那里的房屋和田产，在心里偷偷估计了价格，产生了一个想法。

奥利基去世后，我第一次经历了密室。

头顶的太阳渐渐变小，坍缩成一个漆黑的空洞。顷刻间我的大脑被一团灰色的物质吞没，像是困在一个不知通往何处的房间里。房间里是虚无，像一个混响着鬼魅之音的洞穴，而那洞穴里，是比夜幕中两颗星星之间的虚空更加深邃的黑暗。

密室的黑暗是有生命的。它的力量来自死亡。

密室的地板上涌动着黑色的水。那水涨上来了。

亚雷忧虑着我的境况。我再也没有开心过，再也没有过片刻的微笑。他鼓励我去大哭一场，把不好的情绪哭出来，但是我做不到。似乎脑中所有的水分都被用来填满那阴暗的密室，只有如此水面上那一道道墨黑的浪涛才能从脑袋内部冲击我的头颅，在我的脑海里低语那毫无意义的邪恶词语：有罪！有罪！

他不只担心我的精神。我几乎已经没有力气每天到学校上课，更没有力气去工作。亚雷因此错过了两个大商机，中间商的名声也受到了影响。

我必须工作。亚雷建议我去和婚庆公司签订分期付款协议，因为只有这样爱洛伊才能在不引起怀疑的情况下花一大笔钱。当然分期付款的利息也不是个小数目。

那天，大概是凌晨。我昏昏沉沉地躺在床上，像是有一只鬣狗闯进了我的身体，撕扯着我的五脏六腑。我睡不着。我甚至不知道自己是不是想睡着。睡眠带来的依旧是甩不掉的疲惫。于是我忍不住睁开干枯的眼睛盯着黑暗的房间。一切都已没有意义。我想到了厨房里的刀。

特别是那一把。在爱洛伊的厨房技能课上，我学会了如何磨刀，尤其学会了当刀刃和磨刀石形成什么样的角度时，能最省力地磨出最锋利的刀。我最好的那柄菜刀打磨得相当好，只要把它轻轻搭在西红柿上面，西红柿就会被听话地切成两半，整个过程是那么丝滑流畅，受害者甚至还没有注意到身上可怕的伤口，它的两瓣躯体就已经浸在一摊红色的液体当中。

刀是我解脱的方式。此时我脑海里最重要的不是你，不是亚雷，不是你们或许会给我的任何建议。最重要的是逃离密室，排干那密室里的黑水，不管用哪种方式。即使那黑水是从我喉咙上的切口喷洒出去的也好。

我打开了厨房的灯。我想起来了，那时是秋天。

我的眼睛四下搜寻着那把刀。这时我注意到，在厨房灶台上面立着一个小瓶子，里面盛着五颜六色的酱汁，瓶身上写着："痛即美好。"

亚雷从美国走私了一瓶辣椒酱，在找到买家之前，暂时把它藏在我家里。我向他保证会把它藏好。亚雷一走，我便完全忘了这件事。

在找到那把刀之前，我先得把瓶子处理好。我已经没有什么可以失去的东西，但是如果在我死后，有人在我的家里发现了辣椒酱，那么卫生部就会盯上亚雷。

我思索着该如何处理掉这只瓶子。最妥当的办法应当是把它放在袋子里，装上几块石头，一起扔到奈西湖里。湖水很快就会结冰。当有人找到这瓶子时（就算它被人发现），所有的证据也会像那湖水一样，冻结成冰。

那么我为什么不和瓶子一起跳湖呢？那样的话我脑袋里的和我身外的世界将一模一样，尽是那令人安心的黑暗和令人麻木的冰水。

我拿起瓶子，但是我的指尖几乎已失去知觉，手指不经意间微微颤抖，瓶子从我的手中滑落下来。惊恐让我的躯体瞬间僵直，眼睁睁地看着瓶子在空中翻滚了一圈，径直摔在爱洛伊的厨房里都会铺着的、耐用且易于护理的瓷砖地板上。

瓶颈"咔嗒"一声摔碎了。暗红棕色的液体淌在地板上，有一些溅在了我的脚上。在直觉的驱使下，我蹲了下来，从地板上捡起一块碎片，用手指在那碎片上的液体中蘸了蘸。同样没有任何思考，我把手指伸进嘴里，用舌头将手指上的酱汁舔个精光。

那疼痛是如此猛烈，从四面八方杀来。它宛如炽热的辐射波，穿透我的嘴巴、喉咙和躯体。它始于舌尖，然后爬向舌苔，用高亢的迪斯康特拨开我的牙龈和味蕾，将暗红色的浑浊光芒推向体内深处。光芒中裹挟着阵阵鼓声，有力，低沉，几乎低于人耳可以感知的频率。

仿佛密室里正喷吐着炙热的火焰。

仿佛密室的大门被拉开一丝缝隙。沿着缝隙，一道来自旷野的光束闯了进来，无情、残酷、坚决，但那是真实的光。我的心脏开始搏动，近乎疯狂地搏动，狂欢般地搏动。一秒、两秒，很快，我的思维也明晰起来，除了嘴里的疼痛，我又可以思考别的事情了。

我看着地板上扩散开的暗红棕色的小水洼。

我想到了那把刀。

我想到了它锋利的刃。

我想，用那把完美又尖锐的小刀，我可以把地板上的酱汁仔仔细细地刮起来。

收集在瓶子里。

那个写着"痛即美好"的瓶子一定值好几千马克。但是亚雷并没有因为我打碎了瓶子而生气或伤心。亚雷看到我的情况有所好转，真真切切地放了心。他身上的味道闻起来像干枯的树叶,还有岸边的海风。

我起初并没有想过告诉他。我把辣椒酱都收集起来,存到一个小杯子里,一共有好几勺的量。脚上的皮肤变得十分敏感,仿佛在太阳下暴晒过一般。现在我知道,每一滴"痛即美好"辣椒酱,就是后来我学到的说法:"一剂量"。

我明白,我必须告诉他。

我告诉亚雷,我只会偶尔摄取辣椒素,只有在我需要的时候,而且任何时候都可以停止。听说我们的很多客人都是这样做的:他们称呼自己为"辣椒的主人",强调自己使用辣椒的娱乐属性和偶然性。

亚雷展现的情绪十分复杂,我甚至无法清楚地区分出其中夹杂的味道。有恐惧或者忧虑的、近乎柠檬般的酸味,还有惊讶的烟熏味,以及时不时冒出来的,我已经很熟悉的薰衣草、苹果和迷迭香的味道。

"就像你总说的那样,V,一个好商贩不会碰自己的商品。"

我说,这只是暂时的。

但是我不能对你撒谎。

它并未结束。或许你也猜到了吧。

我爱你,我的妹妹。

万娜(薇拉)

亚雷

2016 年 12 月

在内乌拉帕转到我名下的同时，生意也真正踏上了正轨。

盖亚主义者送的免费"货物"开始见底了，这一方面是因为他们在一步步地整理他们的温室，为搬迁做准备；另一方面，随着冬季的来临，天气一天天变冷，种植也变得越来越困难。但是只要我想要，随时都能从他们那里拿到"口粮"。每个月我都会从盖亚主义者那里拿两次"货物"。我不需要付钱，这些都是他们为内乌拉帕预支的租金。

我们赚了很多钱，多到令人咋舌。

我们放弃了公告牌，和 V 一起研究出一个新方法，能简捷但更有效地寻找顾客：征婚启事。这样的告示几乎总是出自某个爱洛伊之手。我们用它来寻找马斯科。告示的内容各不相同，但最重要的是，其中会使用这样的一些词语："火一般的"、"燃烧的"或者"燥热的"，比如："肤白貌美的爱洛伊寻觅佳侣，共享火焰般的爱情，非诚勿扰。"每一次我们都会更换署名，以及投币使用的租赁邮箱，由 V 亲自提取邮件，这样就完成了一个完美的"爱洛伊寻求爱情"的演出，不会引起当局的怀疑。我没有把监控摄像头放在心上——脸上化着俗气的、黏糊糊的、爱洛伊式的浓妆，脑袋上别着发饰，身上戴满珠宝，穿着暴露的低胸装的 V，看上去活像个爱洛伊们小时候玩的、用模具压出来的瓷娃娃。她总是会从国家真女孩制衣局漫长的产品线里挑一件裙子穿在身上。有同样特征的嫌疑人会有几千个，甚至几万个。

当然，我们也会收到一些完全没有领会到告示深意的回复，但是那些知情人都加入了这个"游戏"。他们写信的语气仿佛在规规矩矩地相亲，但会在字里行间撒上几个和温度、热度相关的词语。他们会提到一些特殊的话题，比如火一样的情感，或者捉迷藏的藏身处，还有一些特定的暗语。这些暗语是我从米尔科那里获得的："我能这样找到你吗？你是我的宝藏吗？你是否可以小声地说'在燃烧了，已经在燃烧了'？"客户们就这样给我们写信。即便这些信落到了别人的手里，它们看上去也只不过是寻常的相亲信。但是有的信里会使用同公告牌相同的方式，藏着交易的地点、标志和暗语。当潜在顾客出现在茶点吧，那么只需要几句话就可以确定生意是否能谈成。在这之后才会约定好第一次交货的时间和地点。通常来讲，这也标志着稳定的客户关系的开始。

没有人会好奇，为什么一个有婚约在身的，甚至已婚的爱洛伊会发征婚启事。建立、维护一个自由的、不受监管的婚配市场是优生主义的重要内容。当然，如果爱洛伊寻求婚姻关系外的交往行为,这的确是极其不道德的,但如果交往行为能够同另一位独身马斯科达成互利,这不会对社会产生不良影响,最多只会导致马斯科之间的小冲突。一个已婚的马斯科开始寻找更年轻的伴侣,这样的行为更是司空见惯。

品质保证是我们的卖点。在之前,特别是在 V 加入这"游戏"之前,有的供货商会卖给我一些掺了甲酸或者其他刺痛、灼烧口腔的物质的假辣椒粉,一些没有经验的买家会把它们当成辣椒素。当 V 的辣椒耐受度增加时,她意识到了阴道测试的可能性。辣椒素的含量和味道没有任何关联,但是真正的辣椒素只会以一种特定的方式对人体黏膜产生作用。但盖亚主义者的货,可以直接相信它是货真价实的,不需要任何测试。

我的"逃离资金"在稳步增长,其中有很大部分是 V 的功劳。虽然它距离我所需要的数目还相差很远,但是现在已经可以看到,我的目标是有可能实现的。在过去的两年里,在我的熟人中,只有两个人经过曲折坎坷,最终获得了当局的批准,离开食品局到达国外。一个去了东京,监管芳香无孢菇的进口,另一个去了德国的一家用芬兰产的蓝莓制作健康果汁的工厂。

外人看不到我们蒸蒸日上的事业。有时我会给 V 买一本书,有时我们一起去看电影。的确,V 对为爱洛伊制作的爱情片和剧情片不感兴趣,但她逐渐对那些针对马斯科观众的、讲述宏图伟业与家国情怀的战争片有了兴致。但最重要的是，我们在公共场合出双入对，看上去是一对恩爱的夫妻。我听说，在享乐主义国家，走私犯们都开着豪华的进口车，戴着成堆的首饰，喝着昂贵的酒水，穿得像尊贵的王室。

我不会和他们交换身份。此刻对我来说最重要的，是 V 一切安好。

亲爱的曼娜：

你还记得十月的那个周末吗？那时我正帮你摘芜菁甘蓝，把它们搬到地下室里。

那时，哈里出现在内乌拉帕的客厅里，手里拿着一个木制玩具。

即使是现在，当我一想到那时发生的事，我都会止不住颤抖。

起初我并不能理解，为什么哈里和你想要得到内乌拉帕。我以为哈里会马上把它转手卖掉。但内乌拉帕当初毕竟是哈里和曼娜·尼西莱的农庄，是你们重要的身份象征。它是别墅，是庄园，是一处坐拥大自然的房产。在炎炎夏日，你们可以像男主人、女主人那样手挽手端庄地站在院子里，站在屋前的小路上，迎接那些从城市远道而来的客人，同他们一起欣赏绿野，聆听鸟啼，嗅紫丁花香，在苹果树下乘凉。

或许在你的想象中，内乌拉帕的生活就是这个样子。做内乌拉帕的女主人简直就是在《真女孩》杂志上连载的小说情节。小说里这样一座夏日豪宅的女主人会同她的朋友们坐在凉亭里，一边喝着清凉的薄荷饮料，一边纳凉聊天。《真女孩》杂志告诉它的读者，成为一位夫人，意味着你的生活也会变成小说里的故事；当一个马斯科进入了爱洛伊的生活，当生活管理外化，迷乱、混沌与疯狂的世界很快就会变得清晰、有序。

但这一切并没有发生。

婚礼之后，你常给我打电话，甚至可以说过于频繁。虽然听到你的声音总是会让我特别高兴。很多时候你打电话来，是因为被内乌拉帕夏秋之际烦琐的农活冲蒙了头脑。你不记得奥利基种下的农作物在什么时候需要修剪，你忘记了它们要如何保存——是放进地下室还是冷冻起来。腌卷心菜又是怎么做的来着？

哎，你可真像一只小猫一样，软乎乎的身子，大大的眼睛，执着得令人怜爱。当然，在空闲的周末，我会到内乌拉帕去帮助你。我的妹夫哈里像一个雕塑一样杵在田地里，俨然一个城里来的马斯科，除了通下水道、电路走线和换电灯泡，他无法学会任何别的东西。他更乐意把田地的活计全部交给我们爱洛伊打理。

我们俩一起除草、修枝、采摘、取果、榨汁。我给了你很多建议，告诉你很多小诀窍，总是小心翼翼地不让自己在哈里的眼里看上去太有知识。我时刻记得尖声细语地说话，在恰当的位置进行语调的起伏。我像一只猩猩，把同一套绝活一遍又一遍地展示给观众看。但是，当哈里手里拿着玩具火车走进房间，所有的表演在那一瞬间都失去了意义。

恐惧从我的身体里散发出来,闻起来像苦涩的蔓越莓。

哈里拿着玩具火车头在我们的面前晃荡着,像是拎着一只滴着鲜血的断手。他一脸严肃地问我,他的奥利基奶奶是不是抚养过马斯科小男孩。

你摇了摇你那顶着铂金色卷发的脑袋。又一次,你又一次出现在了错误的地方。"没有啊!肯定没有!这里只有我们几个爱洛伊。"你说。

哈里眯起了眼睛,沙黄色的眼角皱了起来。他从柴房的阁楼里找到了好几个马斯科的玩具。有学认字的字母块,甚至还有一把玩具手枪。

我的脑袋开始眩晕。我们和奥利基犯了一个多么愚蠢的错误啊!

爱洛伊不擅长撒谎。你瞄了我一眼,说:"万娜一定知道是怎么回事。"

我直直地看向哈里,扑闪着我那双大大的、蓝色的爱洛伊眼睛。"那些可能是奥利基奶奶的未婚夫留下来的。他们本来要结婚,但是那个马斯科变心了。在他离开之后,他的老物件留在了这儿。奥利基奶奶把它们都保存了下来,大概就是这样的事。就像那些裙子一样。"

这是一个不错的小花招。哈里·尼西莱从来不喜欢和裙子相关的话题。我一直认为把那些舞裙拿去当掉不会是你的主意。哈里眯着眼睛看着我,他的周身散发着十分厚重的泥巴味。他一定已经被说服了。但是我也感受到了一股浓烈的柠檬味,因此我知道,到目前为止这些都只是他的猜测与怀疑。

"奥利基奶奶傻傻的,"我说着,咯咯地笑着,虽然我的心已经通体冰凉,"奥利基奶奶有另一个未婚夫,就是,怎么说呢,一个正儿八经的未婚夫,和我们的爷爷不是同一个人。那是几十年前的事情了。奥利基肯定和他有了孩子,但是那个小子还没有出生,她就流产了,所以就一直没能结婚,因为那个马斯科不同意结婚了,因为孩子没了。"我紧张地胡言乱语着,努力地模仿着一个爱洛伊在讲故事时兴致勃勃的样子,"奥利基奶奶被这件事搞乱了脑袋,所以就留下了这些玩具,因为她觉得她的未婚夫可能还会回来,和她一起再生一个孩子。这真的太可悲了,是吧?"

我把目光投向你,近乎绝望地祈祷着你的爱洛伊群体同步性能发挥作用。幸好,它发挥了作用。

"是的,就像万娜说的那样。事情就是这样的。嗯,是的。太可悲了。"

听到这儿,哈里紧绷的肩膀放松下来,空气中飘入几缕晾晒在阳光中的毛巾的味道。他相信了。

"奥利基奶奶真是有些傻傻的!"

我在脸上扭出一个开心的微笑。你像是照镜子一般模仿着我。

"奥利基奶奶的确是傻傻的!"

你看到了我表情中的赞赏,于是抓着哈里的手腕,抬起你的那美得令人心颤的天使面庞看着他,开心地大声笑了笑。"我们俩的奶奶是世界上最傻的奶奶!"

之后你就消失了。

那时,密室已经出现了,而它正在逐渐变得更加黑暗,更加庞大,更加深邃。

它的黑暗是夜空中星星之间的黑暗,冰冷,无情。偶尔其中也会闪过一颗名为愤怒的超新星,震耳欲聋地爆炸,蹿出火苗,然后就此熄灭。然而,即使是我的愤怒绽放出的闪光,也不足以招架那密室里令人窒息的黑暗。

那同黑夜一般的潮水,在密室的地板上不断积累,翻滚,咆哮,起起伏伏。

你的姐姐,

万娜(薇拉)

女性驯化简史（节选）
国家出版社（1997）

19世纪，一股前所未见的暴力与混乱无序的浪潮席卷了芬兰社会。这一现象主要出现在北方地区。引发这一现象的原因在数年之后逐渐清晰。

西部海岸地区经济发展十分迅速。焦油是重要的出口产品，拥有广大的海外市场。而生产焦油需要大量砍伐森林，耕地面积也因而大大增加。耕地面积的增加直接导致了粮食产能严重过剩。粮食的储存期有限，在兼顾其商品价值和延长储存期限的前提下，唯一的解决方法便是将其加工成为供不应求的粮食制品：酒精。

社会福利在提高国民生活质量之外，同样会导致人口的增长。家庭中儿童的数量显著增长，在个别地区，家庭中较为年轻的男性尤其难以从家庭中获得财产分配或者生计支持。这一年轻人群体也没有房产，很难寻找伴侣。而在北方地区情况越发复杂：北方地区国民的思想传统中有着通过积累房产、田产与其他资产来彰显自身社会地位的强烈倾向。

独身导致的无所事事，随处可得的酒精，加上年轻男性的竞争性，如同硫黄、煤炭和硝石一般，混合在一起就会成为火药——只需一点火星就会造成巨大的爆炸。

当火星出现，人们口中的"恶棍时代"，也就是"小刀流氓时代"开始了。这是一个前所未有的恐怖与可怕的时代，最糟糕的时候，平均每10万居民中就发生了20起命案。19世纪20年代至19世纪80年代之间的这段时期，对于全体芬兰国民以及社会秩序来说，是一段羞耻可怖的过去，也是一个严厉的警告。这一年代向人们展现了，一个普普通通、貌端体健的年轻人，当他失去自己的基本权益时就会彻底失控。婚姻及其与生俱来的、对于男性的精神福利重要的主导地位，以及婚姻带来的规律的性行为是他们的基本权利。在那时人们就该意识到，为了社会稳定，应该以一切方式对这些权利进行关照与保护，而不是任由混乱升级为破坏社会秩序的行为，甚至是谋杀。

值得庆幸的是，国家，也就是芬兰参议院，并没有对此情况放任不管。一些具有真知灼见的政治家，例如J. V. 斯内尔曼，寻求针对小刀流氓制定更加严厉的惩治措施。但是那位因采取许多社会措施遏制年轻人鲁莽行为而闻名，因此也颇受尊重的参议员约翰·毛里茨·努登斯坦提出，应该从根源上解决问题。他认为，与其试图通过暴力手段给躁动不安的年轻男性套上辔头，不如在监护人法中加入一条针对年轻女性的处罚条款："没必要的一次性皮手套"（现该法定罪名已更名为"婚配市场上不可取的行为"，但随着社会的发展，这一条款逐渐失去了意义，成为一纸废文）。因为有许多证据与数据表明，多数的躁动与混乱，是由于年轻男性在被追求对象拒绝之后变得沮丧、颓废，因此国家决定对那些纯粹因为顽固、势利、自私与愚蠢的自负而拒绝婚约的女性予以罚款。追求者存在严重的肢体缺陷或者有证据证明其有违法犯罪背景，是唯二合法的拒绝婚约的理由。

在此政策下，那些原本资质平庸的年轻人，很快就明显地获得了更多的机会寻找伴侣，组建家庭，并因此找到了生活的意义和方向。

自然，那些家底殷实的爱洛伊也可以轻松地支付罚金，因此富裕人家就不会因为任何一个追求者上门求婚，自己就非得把女儿嫁给他。这在当时是很合理的，因为那时在双方达成婚姻之前许多人会把对方拥有的田产和其他资产纳入考量范围。而那些资质平庸的、原本被排挤在婚配市场边缘的年轻人，他们的处境在同龄人群体中得到了显著的提升。后来，人们就把这项政策的实施看作社会秩序逐步恢复稳定的开始。

那时人们还为未来做了一项重要的观察。观察发现，在那些顺从遵循监护人法的女性中，有很大一部分拥有着善良温顺的性格，也就是清楚地认知自身价值与主观意愿的局限性，尤其对自然法则有着充分的理解：被求爱是女性的荣誉。另外，值得注意的是，这些特征会随着时间推移，在女性后代中间逐渐增加———部分源自遗传，但更多的是内化了这些价值观的母亲在抚养其成长过程中的教育成果。而那些顽固、势利、自私与愚蠢的自负的女性，尤其是当她们没有足够的家产时，也常常因为无法支付罚金而被迫入狱，或者通过不正当的渠道、方式筹措罚金，这又会导致她们过早地衰老以及其他的后果，进而造成她们作为配偶的吸引力明显下降。很快，为了避免牢狱之灾而咬牙支付罚金的女性，人们渐渐把她们叫作"罚金女"。这一称呼通常包含着许多含义，诸如脾气暴躁、冷酷无情，或者"可能会去卖淫"。她们通常因此而被迫孤独终老，也因此无从将那些对社会有害的个人品质传给她们的女性后代。

因为此项发现对于社会有着极其重要的价值，国家决定全力支持这一趋势的进一步发展，也即筛选生性温顺的女性进行婚配。

依据这一目标，国家联合坚信礼学校共同制定了针对女孩的性格测试。测试当中，神父会问女孩一系列不同的问题，了解她们的偏好与观点。如果在女孩的回答中体现出足够的顺从性，那么女孩就可以接受坚信礼，获得结婚许可。性格测试也会体现受试者作为家庭主妇的各项次要价值与能力中的缺陷，比如理解教义的能力，还有阅读能力。在实践过程中，这项测试对于提升适婚年龄男性的满足感、维持社会秩序稳定有着明显的助推作用，因此这项测试逐渐被推广到整个芬兰。

该措施最终发展成为芬兰优生主义体系的支柱。弗朗西斯·高尔顿在19世纪上半叶提出的优生学理论很好地解释了芬兰民族的优生主义追求。优生学的理论为看待人类社会、看待芬兰民族的未来，提供了一个崭新的绝妙视野。积极的种族优生,即通过教育与启蒙,需结合消极的种族优生去理解,即通过不同的规则与限制,阻止较弱个体的诞生。后来孟德尔与贝利亚耶夫的研究成果,加上对遗传机制更深层次的理解,共同秉持着优生主义明亮的火炬,一路向前。

芬兰优生主义的另一根支柱,便是禁酒令。禁酒令自1919年开始实施,如今除酒水外,同时涵盖了其他威胁人体健康与福祉的"享受性物品"。我们时常可以听到在那些随意获取这些物品的享乐主义国家里发生的可怕事件。这些事件时刻为我们敲着警钟。

禁酒令看似同驯化女性并没有关联,是一个独立的行为,但其实这两根重要的支柱互为支撑,无法分离。如果需要通过限制有害物质的摄取来保护国民的健康,那么同时需要强调,不同的快乐源泉和人类幸福与和谐的生活息息相关。可以有不同的方式促进大脑分泌这些化学物质,例如体育锻炼,满意且规律的性生活,做一家之主,以及——对于弱势性别来说——为人母。

优生主义的社会责任,是通过各种方式支持国民实现美好生活愿望,尽可能地降低实现这些愿望的门槛。

禁酒令永久地成为芬兰社会的一部分,这一过程绝非顺利。起初,走私犯们从欧洲各地走私酒水。大规模的突击检查与监控,特别是较以往更为严厉的惩罚措施,让走私行为得到了十分有效的控制。后来事实证明,作为执行禁酒令最重要的一环,也就是为其量身定制的非常彻底的边境监控体系，是对于人民与社会的福祉。优生主义的芬兰不需要颓废民主国家或者享乐主义国家的那些危害公众健康、糟践公民自然福祉的奢靡之物，也不需要那些没有灵魂的人性爬虫，用这些东西把自己变成一个流氓无赖。严格的边境控制同样也保证了那些诋毁、腐朽优生主义体系的文字或者其他的政治宣传不会踏入国门，影响芬兰社会的良好发展。

在战争时期，不管我们勇敢的民族遭受着何等的困难，我们还是创造了一片较之前更加适合实现优生主义追求的天地。前线的战事不可避免地造成了男性数量的减少，因而出现了适龄女性显著多于男性的情况。在这样的情况下，可以更有效地引导天性顺从的女性进行婚配，延续家庭，并招募那些性格过于独立自主的女性去完成维护、支援战争的任务，例如洛塔·什瓦尔达组织。

因此，20 世纪 50 年代，芬兰的女性人口中的大部分已经经过筛选。当贝利亚耶夫的实验在接下来的十年里变得广为人知后，芬兰距离系统化、科学化的驯化体系，只剩下一步之遥。

曼娜：

我发誓我会找到你。我用我珍爱的一切发誓。

整个冬天你都很少给我打电话。你们住在城里，所以你们不需要什么打理花园的建议。但你偶尔会打电话来问我别的问题，比如做菜和去污。因为你提前毕业了，所以我在爱洛伊大学里比你待得久，上的课也比你多一些。

实际上，我从来没有在城里见到过你们，特别是你。我偶尔能在街上认出你的丈夫。有一次他从车上下来时，我正好路过，我们还打了招呼。

我一直在等那个消息。

你怀孕的消息。

但我没能等到。我知道，如果有消息，你一定会立刻告诉我。我有时会想，如果你怀孕了，是不是一切都会变成另一个样子。

春去，夏至。因为哈里在放暑假，所以你和哈里整个夏天都住在内乌拉帕，于是我的电话又开始时不时地响起来。你几乎每一天都会给我打电话。浆果丛里闹蚜虫，十分难缠；西红柿只会开花，不会结果。豌豆苗的支架又该怎么搭？你带着哭腔告诉我，萝卜的收成很不好，都是些又小又细还不能吃的小根茎。"但是哈里特别喜欢萝卜！"

我问你，你有没有给萝卜疏苗，有没有记得浇水，有没有修剪西红柿多余的枝叶，你能不能在浆果丛里培育一些瓢虫。

你从来没有请我来帮你，我在电话里给的这些建议就足够了。"哈里认为我需要学会自己料理这些事。"

七月，所有的通话戛然而止。

我起初以为，你终于开始用心学习这些田园小技巧了。

然后，我渐渐开始紧张起来。我决定打给你，以你八月初的生日为借口。和其他爱洛伊一样，你也很重视你的生日。在那一天，被生育与家务吞没的爱洛伊，哪怕只有一天时间，她们也可以再一次扮演起公主的角色，成为所有人注意力的焦点，穿上华丽的衣裙，收获精美的礼物。我想要问你，你想在哪里庆祝你的生日，是在你和哈里在坦佩雷的公寓里，还是我的小公寓里，又或者我们是不是要在内乌拉帕举办派对。毕竟那一天也是你们的结婚纪念日，所以那一天会格外重要。

哈里接了电话。他说你现在不在旁边。

不在？

你能去哪里呢？爱洛伊不会开车，内乌拉帕的公共交通很少，也很不方便。

我问哈里，他能不能喊你过来接电话。

"她来不了。"你的丈夫说。

现在我知道，这是他嘴里为数不多的真话。

爱洛伊不会同别人争辩，更不会盘问别人。我想你或许骑着自行车出门了，说不定是去佳纳村的小商店买牛奶。我拜托哈里告诉你我打了电话，希望你回来之后有时间立刻给我回电话。

两天过去了，你没有打过来。当然有可能你打电话的时候，我恰好在学校里、市场里，又或是在送货。我有些讶异，因为我清楚地知道你想要一个奢华的、精心筹备的派对。寿星不能为自己计划生日派对，它必须是一个惊喜，哪怕寿星实际上已经把自己想要的东西妥帖地安排给了朋友和家人。但你至今都没有把愿望清单给我，真是奇怪。小的时候刚刚过完一个生日，你就会迫不及待地把接下来的几个生日都计划得明明白白。

我担心，即使我们之间的感情已经升温了不少，你还是不愿意见我。你是不是不愿意让我参与你的生日派对？或许你的那群话痨爱洛伊同学已经计划好了派对的所有细节：用什么样的桌面装饰，准备什么样的点心，包装好了堆积成山的小礼物。又或者哈里·尼西莱筹划了一个只属于你们两个人的、隆重又浪漫的第一次结婚纪念日？

最后这个选项我很怀疑。

我又一次打电话到内乌拉帕。哈里听起来还是急匆匆的，很不耐烦。你还是不能接电话。于是我直接进入了正题。

"曼娜是不是说过不想让我参加？"

"很可惜，正是这样。"

哈里挂了电话。

我的心里满是担忧。我明白，有的时候爱洛伊会故意疏远另一个人——这是爱洛伊们典型的竞争行为，她们会同朋友圈里的爱洛伊"生气"，又在任何时间因为任何事情（可能是羡慕、嫉妒，或许单纯地为了搅乱社交圈）同另一个爱洛伊"结盟"。但是毕竟你邀请我参加了你的婚礼，还邀请我做你的伴娘，我还一次次到内乌拉帕为你提供帮助。

就算你我之间还存在嫌隙，这也不能完全解释你的行为。如果一个爱洛伊有一个机会成为众人中间闪耀的焦点，那么她一定确保自己有一个舞台，有一群观众。每一个客人也肯定会有最基本的礼貌去准备一份礼物。你和所有爱洛伊一样，都喜欢美丽的、闪闪发亮的物件。你肯定希望我参加你的生日派对。

亚雷来到我家来做下一次出货计划的时候，我告诉了他我担心的事。亚雷静静地坐在那里认真地听着，不苟言笑，这让我稍微松了一口气。我说我很害怕，毕竟奥利基身上发生了那样可怕的事情。

亚雷提醒我，对于奥利基那个年纪的人来说，绊倒在楼梯上撞伤头部的事故并不算少见。就算哈里想要害死奥利基来更快地获得内乌拉帕，他不应该等待一个更合适的时机吗？如果那时动手的话，作案动机就太明显了。

可我还是担心得要命。那阴暗的水面在密室里晃荡着，我竭力地控制着水面，不让它上升。现在比起辣椒来说，我更需要信息。关于你的信息。

我问亚雷，我们能不能开着他的工作用车去一次内乌拉帕。亚雷思考了一阵子，想了一个可以开走工作用车的借口，但是我不能跟他一起去。

这对我来说就足够了。我只向亚雷提了一个请求，如果他见到了你，一定要弄清楚你冷落我的原因。

亚雷点了点头。

我知道，你们看到亚雷出现一定会感到惊讶，但是这是获取答案最快的方法。

等他回来时，他告诉了我在内乌拉帕发生的事。希望有一天，当我找到了你，我能向你解释亚雷的行为，解释他的所思所想。他做的那些，都是为了我，为了你。

我会再一次给你写信。

你的姐姐，

万娜（薇拉）

亚雷

2016 年 7 月

我开着车到了内乌拉帕,像是回自己家一般径直开进了院子,停在了正房门口的台阶前,夸张地关上了车门。开国家的车会让我有一种低级的满足感。你会发现,人们在看到你时,他们会身体僵直,会困惑,会假装做一些良好的行为,会展现出彻底的恐惧。就连那些遵纪守法的人也会开始变得目光躲闪,思考着自己有没有在无意识间犯了什么罪。

我还没来得及去敲门,哈里·尼西莱就已经站在了台阶上。他的双手不自然地垂在身体两边,神情里混杂着蔑视与紧张。

"什么事?"

我介绍了自己:食品局检查员瓦尔基宁。我给他看了我的工作证,告诉他,因为这块土地最近发生了产权转移,所以我需要对土地进行例行检查,确保土地上没有种植任何违法的含尼古丁或是辣椒素的植物,或者生产制造酒精。检查是我瞎编的,但是尼西莱不会知道实际上根本没有这些所谓的"规定"。

尼西莱的神情稍稍轻松了些，踩上了鞋子。他已经准备好带我参观这片土地，还有那些土地上的建筑。我看了看周围。天气很好，很温暖。如果曼娜在内乌拉帕，她为什么会待在屋子里不出来呢？

在我四处检查的时候，尼西莱一直念叨着，说这只是个夏日度假小屋，还说他种的农作物并不多，都只是为了自家食用，而且一周之后他的暑假就结束了，到那时他就会回到城里去。我注意到这个农庄里只有他一个人，但是我没说什么。

就像我猜的那样，这里没有什么违法的东西，不管是在桑拿房附近、篱笆边，还是在柴房里，都没有什么收获。我告诉他我还想看一眼正房。尼西莱明显地叹了口气，但还是带我进了门。我没有看到曼娜。屋内的装潢和我第一次到这里时相比已经大不一样了，但爱洛伊的痕迹还是很明显。

奥利基夫人的老卧室现在被一张巨大的双人床塞得满满的。曼娜还是不在里面。房间的角落里放着一张小梳妆台，上面杂乱地摆着一些化妆品、护发产品，还有装着面霜的瓶瓶罐罐。梳子上边还挂着几缕铂金色的卷发。仿佛几分钟前曼娜还坐在那里梳头发，然后站起身，伸了伸懒腰，去别的房间做家务去了。

为了做戏做全套，我还去看了一眼厨房，还有万娜和曼娜之前的小房间。其中一个房间被改造成了客房，另一间则像是书房，里面摆着一张写字台，上面散落着几张纸，还有一本介绍室内装潢的大部头工具书。

我放松地靠在餐桌边。"房子的女主人不在吗?"

尼西莱明显不喜欢这个问题,一点都不喜欢。"我的妻子出去买东西了。"

"哦,这样啊。她去哪里买东西了?这个区域好像没有什么商店。"

尼西莱张开了嘴,但是我们两个人都知道,不管这张嘴里吐出任何东西,都没有任何意义。我曾经在这里当过暑期帮工,所以对这附近相当熟悉。而且,那辆老自行车还停在院子里。

"我说的是去浆果丛里。今年的蓝莓长得很不错。每年夏天这个时候去森林里走一走,就像是去商店一样,而且还不需要花钱,嘿嘿。"

我对哈里·尼西莱的机智又增添了几分敬佩。浆果丛。的确,现在的确是浆果成熟的季节。但是不知为何,我觉得,更何况我清楚地知道,曼娜根本不可能蹲在泥巴里,一边摘浆果,一边挥着手赶蚊子。爱洛伊们不喜欢森林。森林在她们脑子里是一片混乱之地,一直在变化。不像在她们自己的院子里,或者城里的街道上,森林没有任何规律和规则,它不会持久不变,没有任何标识可以让她记住回家的路线。

"你不担心她迷路吗?"

"她不会走远的,就在附近。她对这里很熟悉,这是她长大的地方。"

哈里·尼西莱又下一城。我不得不再一次感叹他的机敏。如果你需要别人相信你的谎言,那么就需要在其中混进一些事实。事实可是一个有效的武器。

"我需要再带您去看哪个犄角旮旯吗?还是说这次的检查已经可以结束了?"

尼西莱开始变得烦躁起来。这意味着两件事:其一,很显然他并没有怀疑我在质问他,我只是偶然间触碰了一个尴尬的话题,而他认为自己已经做了完美的应对。其二,他想让我离开,越快越好。

"感谢你的耐心。我会在报告中写上,根据检查结果,无须采取进一步行动。"

当然,我会采取进一步的行动。我总觉得这里有些不对劲,各种意义上的不对劲。我十分了解爱洛伊们对于邀请别人参加生日派对的痴迷。万娜可以给曼娜的其他朋友打电话。如果她们都说没有听曼娜提到生日派对,那么一定发生了很糟糕的事情。我怀疑哈里·尼西莱和这件事有很大的关系。

年轻女性温顺性格测试（节选）
1912年

本问询应于坚信礼学校入学之际进行。

当你的丈夫离开工作岗位或农场田地回到家中时，你应该如何迎接他？以下答案中最为合适的选项是（　　）

1. 请他去洗手吃饭。
2. 提醒他接下来要做的家务。
3. 希望他同你一起做某件家务，如照顾孩子，做饭，打扫房间等。
4. 欢迎他回家，用亲吻表示问候。

如果你的伴侣接近你，并展现出进行亲密行为的意图，你该怎么做？以下答案中最为合适的选项是（　　）

1. 接受他的求爱，只要自己不在生理期，或没有其他身体问题。
2. 请他耐心等待，直到自己哄孩子睡着，并做完其他的家务活。

3. 提醒他，家里的孩子已经够多了，因此禁欲应该是最好的选择。

4. 开心且顺从地接受他的求爱。

在你人生旅途中为你提供指导和方向的最佳人选是（　　）

1. 你的父亲，兄弟，或者教区的神父。
2. 你的母亲，姐妹，或者阿姨。
3. 你相信自己的人生该由自己掌控。
4. 你的伴侣，或者你的新郎。

考官指南：

选项1与4为最佳答案。如果女孩在其他方面展现出优良的性格，则选项2也可接受。不接受选项3。

亲爱的妹妹：

你的棺材乘着灵车来到卡列万坎加墓园时，你的婚礼刚好满一年。

来吊唁的人很少。哈里还在牢里，他的亲戚也没有出现，其中原因当然不难理解。除了亚雷和我，到场的只有几位胆子大一些的朋友，也许她们十分珍视这段友情吧。爱洛伊们一定会避免任何瓜田李下的行为。但是我几乎可以肯定，她们中肯定至少有一个是为了积攒谈资而来的。这样她就可以用犯罪主题舞台剧的口吻向别人描绘你的葬礼，和她们交头接耳，然后被可怕的事实吓得心惊肉跳：曼娜的丈夫，曼娜的伴侣，是一个杀人犯。

她们一定没有意识到，这样的案件多么寻常。一个脾气暴躁，沮丧愤懑，或是对妻子不满的马斯科，在对妻子进行"家教"的时候手段"稍微重了些"。这种案件在人们眼中早已司空见惯，而且这样的行为实际上是被人们接受的，以至于法官们一般只给这些马斯科判几年有期徒刑，而他们之中通常有一半能获得假释。我怀疑哈里也会是其中之一。

在参加葬礼的人中，只有亚雷和我知道，那口棺材里什么都没有。我起初以为墓园不会允许我们下葬一口空棺材。但是墓园办公室的管理员告诉亚雷，因为会出现人口失踪的情况，所以实际上空棺入内的情况并不少见。而且他们十分理解这些亲属的心情，他们只是希望有一个借以凭吊的寄托罢了，即便他们失踪的亲人根本没有躺在墓穴里面。

空棺下葬这件事让我的脑海里不禁产生一个念头。我不自觉地念叨着，他们这样做是不是在企图误导人民：误导人民认为那些从这个国家消失的人就是死了？亚雷摇了摇头。或许也会有这样的情况，但失踪的人一般都是爱洛伊。

我给你所有的女性朋友都打了电话，从每个人那里都得到了同样的答案：你没有联系过她们，她们以为你在跟她们"闹脾气"，所以没有邀请她们来参加你的生日派对。不仅是我，你也从她们的生活中消失了。

我求亚雷，求他做些什么。作为一个爱洛伊，我不能插手任何容易引起人们关注的事情。然而，因为我一直淹没在痛苦、焦虑、失眠、紧张与担忧的泥沼里，我们不得不采取一些极端措施。我不喜欢这个主意，但这是唯一的办法。

我们订婚了。

对不起，曼娜。我必须这样做。

这样，我和亚雷就有了正式的关系。在外人眼里有朝一日我们会成为夫妻。现在亚雷就能够名正言顺地向当局询问未婚妻失踪的妹妹的消息，提出调查申请。因为失踪的只是一个爱洛伊，而且她的失踪由爱洛伊的丈夫负责，所以警察对这个案件并不十分感兴趣。但是他们还是来到了内乌拉帕做了例行调查。

哪儿都找不到你。

警察搜索了内乌拉帕的田地和附近的森林,但是没有找到任何地面被偷偷挖开的痕迹。菜地里长满了杂草,如果在过去的几周里地面上出现了鼓包,那么肯定一眼就会被发现。

警察进行了挖掘。没有发现尸体。

我让亚雷去建议警察去里希沼泽搜索,因为你曾经在那里陷落。警察在沼泽边做了检查,还带来了寻尸犬,但是没有找到任何线索。

接着搜索就有了突破。在你丈夫的汽车后备箱里发现了几根不起眼的铂金色头发。后备箱里还有一些深色液体的痕迹,明显都是擦洗的时候没有注意到的地方。经过检测,那些都是人类的血液。

证据已经足够了。因为寻尸犬没有在那台车上找到尸体,那么案件就再显然不过:哈里·尼西莱将你打晕,然后开着车到了某地,在那里杀害了你,然后处理了尸体。

无论警方如何施压审问,你的丈夫始终不愿意供出藏尸的位置。他弹着手指,面无表情地接受了那场简短得有些荒唐可笑的审判。一年之后,他就可以和其他人一样大摇大摆地走出监狱,和获得自由没什么区别。

但哈里·尼西莱再怎么愚蠢,他也不是个白痴。

他当然发现申请案件调查的人,正是那个来做检查的食品局工作人员。或许他也弄清楚了,食品局从来没有对内乌拉帕安排过任何搜查。

而现在，这个男人成了我的未婚夫。

尼西莱肯定嗅到了什么不对劲的地方。

他的计划堪称完美。通过自己的妻子名正言顺地获得了一片土地，而妻子唯一在世的亲属在他眼里也是一个脑子不灵光的爱洛伊，一个小蠢货，在被你晾在一旁一段时间之后便会识趣地和你断了联系。

如果没人打听你的下落，那么就不会引起任何人的怀疑。你比我更熟悉爱洛伊们的友谊：如果你在一个礼拜没有见到某个朋友，那么她实际上就已经从朋友列表上消失了。而对于世界上的其他人来说，爱洛伊的出现与否并不重要：如果尼西莱夫人没有出现在公司派对上，这对他们来说只是一件再寻常不过的事情。许多马斯科都希望他们的妻子每天乖乖地待在家里，大门不出，二门不迈。

如果警察没有进行调查，在一段时间之后，你的丈夫就会把内乌拉帕挂牌卖掉，然后申请离婚。离婚的程序也很简单，对于你来说只是一张告示而已。整个过程中爱洛伊不需要参与，更没有任何发言权。

到那时，哈里·尼西莱就会正式以一个离异男性的身份重新回到婚配市场。至于曼娜·尼西莱，或者说曼娜·内乌拉帕，则会消失在人们的记忆里。她已没有受教育的义务，没有后代，没有在世的父母或者拥有抚养权的亲属。即便她从始至终都没有申请国家弃妻补助，也不会有人去打扰她。

曼娜·尼西莱社会身份会变得微不足道，和入土为安没有任何区别。

就算她确实早已不在人世，也没有人会在乎。

但，你真的死了吗？

我们一直没有找到你的尸体。

或许你是从哈里身边逃走了？也许是因为他对你家暴，或许是因为他很残忍、毒辣。每次见到你的时候，你的脸上都抹着厚厚的粉底，或许你是在掩饰家暴留下来的伤痕。或许你试着离家出走，随意地搭上了一辆车，去了一个很远的地方。或许在芬兰的某一个角落住着一群友善的人，他们会向那些离家出走的爱洛伊伸出援手，就像在美国那样，有人会为那些逃跑的奴隶提供食物和住所。或许你也藏在了一个这样的地方。或许其他神秘失踪的爱洛伊也是如此吧。

或许我手里正攥着救命稻草。

后备箱里有你的血液和头发？这些是再显然不过的铁证。

但如果你只是在从后备箱搬东西的时候脑袋磕到了行李箱呢？很抱歉，但这确实像是你会做的事情。

我只是一个傻瓜，在这缥缈的希望中苟延残喘。葬礼结束后，我又被困在了密室里。我在密室里挣扎了好几个日夜。我被那黑色的潮水裹挟着，只剩下鼻孔露在水面之上。

如果。如果。如果。

如果在内乌拉帕的时候我没有和亚雷成为朋友，或许你只会把对亚雷的感情当作一个普普通通又毫无理由的情感波动，一段独自心动与沉醉的爱洛伊式的初恋。这段感情将是一个情感练习，为以后的生活中不可避免的挫折做好准备。

如果我没有让你心碎。

如果我没有毁掉你的成年舞会。

你或许根本不会为了证明些什么，而如此仓促地和哈里·尼西莱结婚。

如果我没有为你的婚礼筹钱。

或许你需要等一阵子才会结婚。或许你会改变主意。或许哈里会变心。或许你们永远凑不到足够的钱去办婚礼。

如果……

密室里的深色液体潮水一般咆哮着，冲刷着我的脸颊。

因为我订婚了，所以爱洛伊大学也就对我的持续缺勤睁一只眼，闭一只眼。亚雷给我的负责老师写信请假，有时借口身体不适，有时借口筹备婚礼。多亏了他，不然这样下去我迟早会被送到爱洛伊的管教机构去。

亚雷常常在我的公寓里陪着我。他并不是为了同我说话，让我开心，他也没有劝我出门走走。他只是待在我身边。如果我有心思问他些什么，他也会回答，仅此而已。

我几乎一整个星期都被困在密室里。一天早晨，我从床上起身去上厕所。

客厅的地板上躺着一个小袋子，像是亚雷坐在餐桌旁边时从口袋里掉出来的一样。

袋子里面是一些红色的薄片。袋子很小,正好一份的量,或许刚好两茶匙。

辣椒粉。

我感觉到唾液腺像是被电击一般苏醒过来。这是几天以来我的脑袋里出现的第一个生命的迹象。脑中不再只有密室里如群星之间那虚空的黑暗,不再只有斑斑点点、名为愤怒的超新星,不再只有那汹涌的、名为愧疚的黑色液体。

我记得,自从奥利基去世后,我是如何第一次走出密室。历史总是在循环往复,其中充满了令人满足的对称性。

灶台上放着一小锅汤,那是亚雷给我买来的罐头装蔬菜汤。

我把小锅放在炉灶上。

我打开小袋子,把里面的东西一股脑地倒进锅里。

锅很小,没过多久,汤就开始沸腾冒泡。

当亚雷下班之后来到我的公寓时,我已经刷完了盘子,打扫了厨房,收拾好了床铺,正在努力地擦窗户。

密室里闪烁着耀眼的光芒,地板上干干净净,没有一点水渍。此时的密室几乎有了几分舒适,甚至可以带着毯子和餐篮去里面度假。

我告诉他,我已经做好了新一轮取货卖货的计划。一切如旧,除了一点:我的报酬。

在葬礼之前,我刚好付清了你的婚礼的所有尾款。我不再需要为此筹钱。如果可以把我的酬劳换成货物，那么我不再需要为任何事情筹钱。

亚雷是我获得辣椒的唯一希望，我们是合作伙伴。

如果伙伴开始消耗自己的货物，那么最好还是把事情挑明。

我现在知道了。我知道，只有辣椒带来的那转瞬即逝、闪烁透明、脆弱的平静与希望，才可以将我从痛苦的深渊中拯救出来。

我也知道，这个决定意味着我需要和亚雷紧密地贴合在一起，比寻常的未婚夫妇或者已婚夫妇更加亲密无间，更加不可分离。

仅仅几周之后，一切工作便已步入正轨，如火如荼。

我自己开始规律地品尝辣椒，这给我中间人的工作带来了许多优势。我还学到了一个小技巧：除了口腔，人体内还有许多不同的黏膜。除了放在嘴里品尝，还有许多方法可以检验商品的纯度。但这些方法，我就不再向你介绍了，亲爱的妹妹。

现在我每天都很忙，但也有一部分是因为我总是时不时到卡列万坎加墓园看一看。我会给你带来鲜花，在你的坟墓前和你聊聊天。你的坟墓在很多不同的层面上都对我有重要的意义。毕竟，我有充分的理由出现在那里。

不久之后我们还会再见面，因为我约好了和一个听起来很不错的新经销商在这里见面。他声称自己有风干的娜迦毒蛇，一个辣到极致的品种。到时候就可以当面测试出他有没有说实话。

给你写信帮了我许多，但我不能止步于此。不过这并不意味着我会忘记你，曼娜。

我可能不会继续写下去了。我希望你不会介意。我永远不会忘记你。你永远是我的妹妹。我知道，总有一天我会弄清楚你到底在哪里。

或许我会把给你写的信都烧掉。当信纸在燃烧时，浓烟会飘散到天空。我可以想象你就在那里，一封一封地读着我的信。这个想法很幼稚，很愚蠢，很可悲，但我还是忍不住这样想。我不觉得宗教的世界观离我很近，但我理解宗教的某些小细节可以给人们带来慰藉。

又或者……我可以找一个防水的小盒子，把给你的信放在里面。

我要为你创造一段属于你的历史，曼娜。我可以为你做一颗时间胶囊，在里面放一些剪报、学校里的课本，或者其他的记忆。我会用这样的方式让你永生。

我会把盒子藏好。我或许会把它葬在地下。

如果有一天，沧海桑田，有人找到了它，那么你就会在另一个人的脑海中获得新生。

或许我会这样做。

别了，妹妹。

万娜（薇拉）

另：我和亚雷决定结婚，这安排只是为了能得到内乌拉帕的产权。请相信我。

再另：我终于讲清楚这件事了。

第二部分
太阳核心

万娜 / 薇拉

2017 年 1 月

内乌拉帕。

房子里没有一丝暖意，像是钻入一把冰冷又狭窄的刀鞘。我们的行李箱像孤儿一样可怜巴巴地立在客厅的地板上。的确，当哈里和曼娜是这里的主人的时候，我也来过这里，但是那时我还没有注意到，这里已经和我儿时的记忆之间有了多么令人惊惧的区别。奥利基奶奶当时用的农民式的、朴素的装潢，碎布地毯和格子窗帘早就不见了踪影，取而代之的是厚厚的绒毛地毯，褶边柔光灯罩，还有沙发上堆成山的抱枕，就连书架上也挤满了花里胡哨的陶瓷装饰品。

我看了一眼奥利基以前的老房间，里面塞了一张巨大的双人床，上面铺着绣着玫瑰花的床单，墙上还挂着黄铜壁灯。看样子曼娜真的从哈里的钱包里掏了不少钢镚出来。

我把自己的行李箱放在了我以前的房间里。那个房间现在被改造成了客房。"如果你觉得睡在奥利基或者曼娜原来的房间里边会觉得别扭的话，那么就睡在客厅吧。那张沙发还是很舒服的。"我对亚雷说，"而且又大又宽敞，像一艘大船。"

他傻傻地笑了笑。空气中飘散出一丝熟悉的味道，我仍然无法琢磨出它的含义。那味道很像烤西红柿——酸酸甜甜，混着一股微微的焦煳味。"睡在一个被窝里能省下不少柴火呢。"亚雷说。我停下手中的事情，抬起头盯着他。我以为他是不是脑子出什么问题了。但是他已经打开了炉膛，朝里面看了看，无奈地笑了几声。"你来瞧瞧这个。"

炉膛里被烧焦的纸屑塞得满满当当。

"天哪。"我一时间不知道该说什么，嘴里只能挤出这两个字，"看样子尼西莱肯定把生火取暖的事情都交给曼娜去做了。这是典型的爱洛伊的逻辑：如果说一张纸片可以生火，那么一百张纸片的效果肯定要好一百倍。"

亚雷去柴房拾柴火去了。我找来一把扫炉灰的小铲子，开始一点点地把炉膛里的灰烬和碎纸片铲到一个铁桶里。那些碎纸片的边缘被烧灼成焦黄色，有的没有被完全烧干净，上面还能看得出一些熟悉的图案。

纸片上有一个红色的圆形商标，我在坦佩雷街头的小商店里，还有在商店的收银台边见到过。纸片上印着密密麻麻的格子图形，有的格子上还打着对钩。我找到一块烧掉一半的纸片，上面写着哈里·尼西莱的名字。

国家彩票券。

这样的纸片大概有几百张。每一张彩票上都有十个对钩。一般来说，国家彩票券上面只需要打六个对钩。广告上说，这种需要打十个对钩的彩票叫作"钉耙"。这种彩票的价格很贵,因为它的中奖概率几乎是其他彩票的两倍。

尼西莱是怎么买得起这么多彩票的?从纸片上几乎烧成炭灰的笔记上看,这些都是付过钱的。

而且,为什么他要把这些票券烧掉呢?这并不是为了取暖,也不是为了焚烧垃圾,而是故意销毁。但是买彩票并不是什么见不得人的事。许多人都在买彩票,甚至爱洛伊也会买。

亚雷回来了,怀里抱着满满当当的散发着树脂味道的柴火。

"你看一看这个。"从炉子里扫出来的碎纸片里,我挑了一些较大的出来,把它们摊开在火炉的金属挡板上。亚雷很明显地愣了一下,像是我抓到他做什么违法的事一样,空气中出现了一股羞耻的味道,那种类似于锯末的味道,还夹杂着海风,传递着放松与宽慰的心情。亚雷蹲了下来,捡起一张烧焦的纸片,看了看正反面,皱起了眉头。

"尼西莱在这上面花了几千马克。或许有好几万。"

"你看一看它们的标签,有一些还是能看清楚的。很大一部分都是今年夏天买的,就在曼娜失踪之前。"

"尼西莱不可能拿得出这么多钱。"

"不可能。"

沉默。

亚雷继续研究着那些纸片。"这上面有标准号码。"

"什么意思?"

"所有的彩票上钩的都是同样的十个数字。人买彩票一旦选中了一串数字，那么一辈子都不会改变。这一串数字他会烂熟于心。尼西莱一定认为，如果他改了数字，或者改了顺序，又或是放弃某一轮彩票，那么这一注彩票的中奖号码一定会是他原本的幸运数字，而他就会因此后悔一辈子。"

我并不明白这有什么意义。但是有一点是明确的：曼娜失踪案的调查很明显还是太粗略了。之前的搜查并没有检查炉膛。即使警察们检查过了，他们也会认为那只是一堆炉灰而已。

我浑身抖得厉害。我站起身，揉着肩膀。密室。它现在近在咫尺，那漆黑的门洞已经准备好随时将我一口吞下，用暗淡如夜色的牙龈将我碾成粉末。

"你还好吗？"

这是亚雷的暗号，意思是我需不需要用一剂"药"。亚雷从来不会直接问，但总是以一种无声的方式建议我主动寻求"安慰"，这的确很让人感动。他从来没有支持过我的行为。关于辣椒的事，他总是将决定权放在我自己的手上。

"还有什么？"

"我们去看看。或许我还有别的事情需要告诉你。"

亚雷

2013 年 8 月

在内乌拉帕的这个夏天决定了我未来的人生方向。

我遇到了你，V，我遇到了曼娜、遇到了奥利基。我称呼她"内乌拉帕老夫人"，我心里也是这么称呼她的，刚开始还夹着一些讽刺意味在里面。

奥利基隔周会给我支付一小笔帮工薪酬。我总是很急切地等待那几张皱巴巴的、装在旧信封里的纸币。不知道为什么，奥利基从来不愿意把一沓子钱光秃秃地递给我。或许她是在保护我这个马斯科脆弱的自尊，所以会去掩盖这个事实：一个女性的等级地位在我之上。

整个夏天，我所有的时间和精力都放在了内乌拉帕。其他暑期实习生都在为了某些东西攒钱——有的攒钱买车，有的攒钱买皮大衣，有的买手表，有的人则想尝一尝那些被卫生部赋了重税的美食，比如白糖和肉。而我每次拿到钱之后，我就会跳上栅栏边的那辆老自行车（V，我当然知道那是一辆女式自行车，但在那样的情况下我选择放下我马斯科的自尊，因为它是我唯一的选择，或者我就需要徒步走完往返 20 千米的路程）一路骑到佳纳村。在佳纳村的小交叉路口边的加油站，有一个简陋的小商铺，里面会卖报纸、果汁、矿泉水、浆果果脯，还有一些基本的生活必需品。你一定还记得，那时我总会问奥利基需不需要帮她买些什么，因为反正我都会去那里，不如顺手帮她带点东西回来。有时她会请我带一些面粉或者盐巴。但是我有更重要的事情要去做：那间商铺是国家彩票的官方售卖点。

在来内乌拉帕之前，我用自己的零花钱买过几次彩票。我买的第一注彩票就中了奖。奖金不大，因为我只选对了四个数字，但数额还是相当可观的，差不多是我在买彩票时花的钱的十倍。我一转手就翻了十倍！赚钱原来是这么容易！只需要敢于承担一些小小的风险。那一刻我对优生主义的芬兰产生了深深的感激——在一个良好的社会秩序里，勇敢的、有一技之长的人民当然也应该有机会不工作而致富。

这一想法让我着迷：那塞在瘪瘪的信封里的每一张钞票在国家彩票的熔炉里，会像发情的兔子一样疯狂地繁衍，有时是十倍，有时也可以是百倍，甚至万倍。为什么要攒钱买车呢？我完全可以攥着满手的彩票奖金大摇大摆地走到车行，开走里面最亮闪闪、最先进、最豪华的车，然后顺路买一件最精致漂亮的皮衣，我还要买一幢房子，买一套别墅，在院子里挖一个游泳池。

我现在还记得我买中的第一注彩票。我坐在家里，听着收音机里主播用训练有素的声音念着数字，把它们一个个地写下来。我已经在身边准备好了一个崭新的笔记本，一支趁手的笔。这是个严肃的事情，可不是在报纸边缘的空白处涂鸦。有几个数字刚入耳就觉得很熟悉。当收音机里的声音念出我的数字时，我的后脊传来一阵甜蜜的颤抖。那一个接一个出现的数字，像是一步又一步的阶梯，通向我光明奢华的未来。我的心怦怦直跳，双眼几乎因为激动而失明。我拿起那张彩票，在格子里看见了同样的数字，那一串我烂熟于心的数字，中奖的喜悦像一个攥紧的拳头砸在我的肚子上。那感觉美妙绝伦，独一无二，仿佛在我的面前开启了一扇大门，通往一个拥有无尽可能的国度。在这个游戏里真的可以获胜！而且是首战告捷！我得到了幸运女神的眷顾！虽然奖金并不是很多，但是我知道，这只是一个开始。我要学习更多的窍门，发明一种总能选到正确数字的方法，寻找规律，研究数据。我要成为国家彩票之王。我不能止步于此，我要乘胜追击！

每个隔周的周五我会收到薪水。我会把它分成两份，这样我每周都可以买一次彩票，我认为这样就会将我的机会最大化，但最重要的是，我想要在每个周末听收音机里的国家彩票开奖，感受神经的刺痛、脉搏的跳动，感受肾上腺素在血管里沸腾。如果我一次性花光了所有的工资，那么下一个周末我就会身无分文，而距离下一次发工资还需要煎熬整整一周。

我总是会在栅栏边的小屋里，坐在那张窄窄的床上，手里攥着贴了标签的彩票，打开奥利基送来供我消遣的老式便携收音机，焦急地等待开奖。我的心脏疯狂地搏动着，像是随时会炸裂开来。那近乎神秘的感觉让人痴迷，让人心跳加速。我的未来还没有实现，现在它正藏在幕布后面，天真纯洁地休憩着。等待幕布拉开，可能——完全有可能，甚至几乎触手可及——那散发着圣光的幸运女神就站在那里，正在对我微笑。虽然几乎每一次拉开幕布的时候，只能看到飞扬的灰尘和单调的黑暗，但这并没有侵蚀我的希望，因为我成功说服了自己，每一次失败都能增加有朝一日中奖的概率。

我很快会中奖，我会赢一大笔钱，我很清楚这一点。虽然赢得国家彩票大奖的概率十分渺小，但是每一轮开奖总有人会赢——这个人当然有可能是我。如果我就此放弃，那就是在浪费这送上门的令人为之悸动的机遇。

夏天就要结束了，但我迟迟没有中奖。我并没有因此失去耐心。我觉得，现在正是在检验我的定力和韧性的时候——只有一次次坚定又执着地承受失败，才有机会获得最终的胜利。更何况如果我现在选择放弃，那么到此为止投入的所有资金就都打了水漂。这个夏天我还发现了你的真实身份，我答应奥利基要用我的名字替你订书。邮局的物流车在每周一早晨送信。每次当我去签收订购的书籍的时候，老夫人都会给我钱让我付邮费。但是这天早晨她给我的钱有些不够，她周四的时候才能从银行的流动办公车取现金。奥利基问我能不能先垫付一些邮费，毕竟她两天之前才刚刚给我发了工资。她说一取到现金就会把钱还给我。

我不得不告诉她，我的口袋里早已经空空如也。

奥利基的第一反应是关心我怎么丢了自己的工资，而不是担心下一周才能签收为你订购的书。或许这是让我最愧疚难安的事情。但接着奥利基随口问了一句，内乌拉帕附近没有什么店铺卖年轻马斯科感兴趣的东西，那我是怎么把这些钱花个精光的？她还亲切地问我，是不是把钱都寄给了父母，或许是不是家里有人生病了？我却很骄傲地告诉她，我赢了一次国家彩票，奖金有不少。我还要重现自己的成功。

内乌拉帕老夫人沉默了一会儿，像是在打量着我。从她的神情能看出来，她很想说些什么，肯定是想批评我浪费钱，但这事跟她没有任何关系，钱是我自己的，是在她眼皮子底下用汗水换来的。但是她只是耸了耸肩膀，踱步离开了。

傍晚，我干完了所有的活儿，洗完澡躺在小床上，捧着一份《乡村未来报》。我听到小屋门口传来几声小心翼翼的敲门声。我当时以为是你来责怪我，让你没能按时收到你的书，于是喊了一声"进来！"，或许还带着几分不耐烦。但推开门的是奥利基。

她坐在墙角的板凳上，没有一丝迟疑，似乎她担心自己如果不立即把话都说出来，自己就会改了主意。

"亚雷，我们信任你，而你也一直完全值得我们信任。可我还是不能拿定主意，能不能告诉你另一个秘密。但是我决定，还是应该告诉你，因为我们欠你一个很大的恩情，或许以后更是如此，因为我相信，当你回到城里之后，你还是会守口如瓶。你是一个好孩子,聪明,上进,心地善良,我不希望看到你毁掉自己的生活。"

小床头柜上放着我最重要的东西:记号笔,笔记本,还有国家彩票的复印件。彩票上面圈着周六开奖的号码。而我买的数字则杂乱无章,最好的一串数字也只对了三个。奥利基夫人用手指了指那张彩票。

"你买的第一注彩票就中了奖。奖金不多,或许是彩票价格的五倍或者十倍吧。从那之后你一次都没有中过。"

真该死,奥利基怎么会知道得这么清楚?她注意到了我的表情,无奈地笑了笑。

"我早逝的儿子,万娜和曼娜的父亲,以前混迹在上流社会当中。在他产生那让他无法自拔的念头——去西班牙做木材加工行业的出口生意之前,他经常在内乌拉帕举办夏日派对,邀请政府高官和他们的夫人们来参加。我每次都欣然同意,因为这也会让我的独居生活多一些乐趣。我的儿子那时还没有找到他的意中人,也就是在他去西班牙之前和他结婚的那个新娘,所以他总是独自筹备这些派对。我会去帮他做一些端盘子、清扫桌子之类的不适合体面的马斯科去做的事。就在这样的派对上,我听到了一段对话。那段对话很显然不是我该听到的。事实上也不应该被任何人听到。"

内乌拉帕老夫人深深地叹了一口气。"如果你把这件事说了出去,你会惹上大麻烦。永远无法想象的麻烦。"

奥利基站起身,捏起了放在桌子上的彩票券。"如果你中奖了,奖金该怎么到你手上呢?这上面没有姓名,也没有地址。"

"他们会直接把钱打到我的银行账户上。"

"那么国家彩票公司的人怎么会知道你的银行账户呢?"

"买彩票的时候会留下个人身份号码,用它就能找到银行账户。"

我现在一头雾水。奥利基夫人不可能这么笨,这么基础的常识都不知道。

"国家彩票公司有一台全芬兰独一无二的电脑。那台电脑很大,几乎有一间屋子那么大。"

这我当然知道。国家彩票是一个很受欢迎的游戏,不可能手动检查几百万条数字序列。所以他们从国外买来了电脑。而且放电脑的房间,连墙面都要灌铅,这样机器产生的有害辐射才不会伤害到公司的工作人员。彩票公司买电脑的新闻当时在很多报纸都有报道。报纸上说,虽然颓废民主国家的科技产品,比如电脑、电话之类的电子产品,会有很高的致癌风险,因此在芬兰属于违禁品,但是像这样的经过严格的安全技术保护的电脑同样可以在维护优生主义社会秩序、保护人民福祉的事业中做贡献。

奥利基夫人把彩票放回桌上。与其说放,她的动作更像是把它拍在了桌面上。

"到了深夜,派对接近尾声,房子里几乎已经没有什么客人了。我把客厅里所有的茶水杯和餐盘都收拾起来,准备把它们带回厨房里。这时我听到,我的儿子正在和一个高官在前厅里聊天。这位客人正准备离开,他的夫人已经坐在车里等他。听起来前厅里只有他们两个人。当然还有我,站在一扇半掩着的门后边。"

"这和国家彩票的电脑有什么关系?"我变得紧张起来,开始怀疑内乌拉帕劳夫人是不是已经脑子糊涂了。

"从他们的谈话里我知道了一件重要的事:国家彩票并不是看上去那么简单。"

我盯着奥利基,一时语塞。

"中奖号码其实并不是中奖号码。他们用那台电脑能找到一些特定的中奖号码,能尽可能地让更多的新手玩家赢得一些合适的小奖项,还能让获得大奖的概率变得微乎其微。他们能够通过玩家的个人身份号码看到玩家的彩票购买历史,然后电脑就会计算出,在什么时候再给玩家一次'诱饵奖'——也就是一笔小额奖金,支持他继续购买彩票。特别是当他们发现玩家在购买彩票之前有一段明显空当,这时他们就会安排一个'诱饵奖'。如果他们不想让任何人获得大奖,那么电脑就能计算出一串没有人选中的数字。按照我的理解,只要时机合适,他们就一定会这样做。"

"也就是说如果我继续买彩票,或许在一年之后我还能赢点钱回来?在我已经买了几百张彩票之后?"

"就是这样。"

我揉着脸颊。震惊,或许更多的是愤怒。"他妈的。"我看着桌子上的彩票,回想着当收音机里念出我选择的那串数字时那美妙的感觉:幕布拉开,全身每一个细胞都在颤抖,脉搏逐渐加速,太阳穴不停地跳动。那一瞬间,一切皆有可能。

"所有的游戏都有一个共同点：只有游戏的组织者才是真正的胜利者。"我不由得提高了嗓门，因为我相信这一点，但又希望自己不需要相信这一点。

"当然，国家彩票给国家赚了很多钱，所以国家也支持他们吸引更多的人来买彩票。同时，卫生部也建立了一个完美的数据库，里面囊括了这些寻求刺激与风险的人的所有信息。这些人也是可能违法犯罪的人。进入这个数据库应该不是什么好事情。另外，你并不是因为钱而去买彩票，你是为了彩票为你带来的其他东西。如果在这条路上继续走下去，那么在你的生活里将容不下其他任何事情。你的钱会再次回到国家手里，与此同时你会变得身无分文，毫无威胁。"

奥利基离开了。

我知道，她说的是令人毛骨悚然且无法反驳的事实。

这件事我不能告诉任何人。奥利基告诉我的时候我就明白了，这件事我必须烂在肚子里。

我还意识到了一些其他的事情。或许刚开始时是模糊暗淡的，但它逐渐变得越发清澈透亮。这个世界上有人知道很多我不知道的秘密。他们站在社会的高台上，能看得到许多普通人看不到的东西。不仅仅是看见，他们能在舞台的幕布之后做许多事情，这些事情会以难以想象的方式左右我的生活。

优生主义社会或许从来都不只是一个保护我、照顾我的老大哥。

在颓废民主主义里或许隐藏着一些我翘首以盼的东西。

在内乌拉帕的这个暑假之后,我开始听到更多的流言蜚语,比如,如何离开芬兰。

我戒掉了彩票。现在我知道,它不能让我一步登天。

一年之后,几乎是我刚刚结束兵役时,我便找到了一个赚钱的新方法。这个方法比彩票要更加可靠,更加让人血脉偾张。

我也知道了自己要把赚到的钱用在什么地方。

万娜 / 薇拉

2017 年 2 月

我已经不怎么记得乡下人的生活方式了。当然,住在内乌拉帕附近的邻居都来问候我们两位"内乌拉帕年轻的主人和女主人"。

招待客人既耗神又费力。我得时刻保持容光焕发,戴着亚雷母亲传给我——其实是借给我的婚戒,用爱洛伊的方式谈话,在厨房里忙活,给客人们准备热茶,烘烤用甜菜根糖浆调味、用烘焙面粉和小苏打做的蛋糕和派。我很少做面包或者做其他用酵母面团做的糕点。因为如果频繁地用酵母票在商店里买酵母粉,会让人怀疑我们是不是在私自酿酒。

外面又传来了敲门声。那位曾经从奥利基那里收购蔬菜的特伊斯科的地主来拜访我们,欢迎我们回到内乌拉帕。亚雷请他到客厅休息,然后催促我回到厨房里去。当然家里并没有任何新鲜出炉的糕点,所以我得从冰箱里拿一些耳朵形状的肉桂卷、苹果派出来,再放在平底锅里加热。因为不同的糕点解冻的时间不一样,加热的时间也不一样,再加上炉灶已经过于老旧,很难调整好温度,所以当我把糕点端到客厅里时,苹果派几乎已经烤焦了,而我甚至不能确定肉桂卷有没有加热到位。

我为自己准备的糕点向亚雷和客人道歉。地主温柔地笑了笑,摆出一副宽容善良的样子。"没关系,你会慢慢学会这些的。就像老人们说的那样,要想驯服小马驹,就给它套上车。当然无论如何,自己家里烤的耳朵包肯定会比店里卖的更香。"他捏起一个肉桂卷,"你们有没有听说,在南方靠近海岸的地方,有些人家里能时不时看到塔林[1]的电视节目?他们不建议人们看这些节目,但我猜如果换频道时恰好看到了,那他们也管不着。"

芬兰只有两个电视频道。在两个频道之间切换时,绝不会意外地收到塔林的电视信号。

"那儿确实乱成一团了。"亚雷应和道,"在食品局里,就算没有那些电视节目,我们也了解那些颓废民主主义的人间地狱。商店里面的红肉堆成了山,到处都是精制糖和饱含油脂的糖果和糕点。这样下去整个民族都会灭绝吧。"

地主咬了一大口肉桂卷,我听到了一些细微的沙沙声。肉桂卷的馅里还留着一些碎冰。地主拿着剩下的肉桂卷,脸上满是为难。

"哎,我突然想到,那里有一种叫微波炉的东西。那完全就是一个杀人机器。"

"哪怕整个民族所有人的大脑都像一块西红柿一样腐烂

---

1 爱沙尼亚的首都。

掉，也没有人在乎。"亚雷说。

"小夫人不需要说对不起。"客人说，他又咬了一口夹着冰碴儿的肉桂卷，"这总比那些带着辐射的要好。"

客人就这样一拨又一拨地出现，像是一场不会结束的酷刑。我给客人们倒绿茶，倒果汁，给他们端上来一个个小盘子，上面盛着我准备的拙劣小点心。我总是站在亚雷身后，久久地站着，等所有人都拿到自己的点心和饮品，我才可以坐下来。

如果来做客的是一对夫妇，那么我只能和那位爱洛伊互动，一直到我无聊至死。我们的话题都是关于天气、当地的琐碎流言，以及衣服和化妆品。我们以任何方式听马斯科们的谈话都是不合适的，更不能加入他们。如果是在晚上，电视上正在播出一些适合爱洛伊看的节目，我们的互动内容就会以电视为中心：十分钟的浪漫爱情迷你剧，家务节目，以及最热播的婚礼策划节目。

幸好这些登门拜访眼看着就要结束了，也没有人会在这么短时间内再一次来敲门。在这一场又一场的过家家里最让人厌烦的，就是那些完全陌生的客人谈论我们的新婚。他们会向我表示祝贺。"瓦尔基宁夫人嫁了一个多么优秀的男人。""瓦尔基宁在婚配市场上干得真不错。""瓦尔基宁夫人，您知道吗？您的丈夫是一个多么文质彬彬、知书达理的男人啊！"

我总是点点头，面带微笑，微微屈膝，一脸爱慕地看着亚雷，在送客人离开的时候牵着他的手腕。亚雷几乎有些过于投入自己的角色当中,他会抚摸我的头发,或是拍我的臀部,像他完全占有我一样。

"每一个值得被爱的人都能找到真爱,这可真令人欣慰啊。"一个年纪稍长的马斯科给我们这对年轻夫妇送上祝福的时候这样说道。他现在已经离婚了,但是据他所说,他马上就要进入第三段婚姻了。这位拥有一座乡村别墅的大叔现在六十多岁了,已经让两任妻子不得不去申请国家弃妻补助。她们一个太不守规矩,一个太懒惰。"我当然会承担两个孩子的抚养费,我是一个有责任感的人。"他哼了一声,"我家里养着两个爱洛伊和一个马斯科。等马斯科长大之后,他就会继承我那片土地。但等他长大还需要一些时间,在那之前,我还能去寻找一些年轻的肉体。"

他刚刚踏出那扇门,我就已经拿出了一包辣椒。

那些盖亚主义者到底会不会来?我更喜欢和亚雷之前的相处模式,那时我们很少见面,像是情侣约会一样。而现在内乌拉帕的空气像泥沼一样黏稠厚重,我们像是两只胆小的猫,守在对方身边。

我们的国家
芬兰国歌

作词：约翰·卢德维格·鲁内贝里

作曲：帕沃·卡扬德

在国家庆典场合，奏唱国歌以下小节：

我们的国家是一片贫穷之地，
对于想来此淘金之人，他将永远贫穷。

外面的人们对他不屑一顾，
可世界最美的，是我们自己的土地和铃兰花。
每一寸原野，岛屿和平原，
在我们的心中灿若黄金。

我们将独一无二的深情寄托在这片土地，
还有我们的祝福，我们的希望。
即使有一天幸运女神降临，
这里仍是我们的祖国，仍是我们的山河。

它给我们的慈爱,世界唯一。
我们对它的珍视,世界唯一。

即使我们收获荣耀,
即使我们荣登金云,
即使那里没有泪水,即使那里尽是欢乐,
我仍愿回到这片贫穷的土地,
回到我贫穷的家。

万娜 / 薇拉

2017 年 3 月

柴房里满是新鲜木屑的味道。整个冬天,我和亚雷都在那里加工木料,为搭建温室做准备。我们还在森林里选了几个合适的位置,把温室建在那里,让它们足够隐蔽。地面上的积雪已经消融干净。虽然优生主义芬兰的碳足迹格外地少,但此处依然可以感觉到享乐主义国家低劣的素质和道德造成的全球范围的气候变暖,甚至可以清清楚楚地看到。有的冬天会因为北方海域冰层的加速融化而变得格外漫长、寒冷,伴随着大量的降雪,但是这个冬天属于另一种——几乎没有怎么下雪,温度很早就开始回升,单单从温度计上面的数字来看已经是春天了。

在我们的婚礼之前,亚雷选择了一个合适的时机,正式加入了这个宗教。亚雷公开和教众一同行动,并且告知了他的上司,自己经历了盖亚主义的觉醒。只要不影响他自己的本职工作,那么这件事就对他的工作单位来说没有任何意义——最多只能让同事们惊讶地挑挑眉毛、挠挠头发而已。

盖亚主义者开着两辆老旧的大卡车出现了。

他们一个个从车上下来，我只认出了之前见过的米尔科。他和以前一样，顶着深色的头发，穿着一身古怪又夸张的衣服。另外两个人对我来说都是陌生人。从另一辆车的驾驶座上跳下来的男人叫瓦尔特里，他的长相几乎和米尔科完全相反：头发是沙子一样的金黄色，个头不高，身子有些圆鼓鼓的，脸上总是带着友善的微笑。我不知道自己的推断是不是由于他圆润、没有棱角的外表，但是他的身上一定带着些许米努斯的基因。我一点都不会怀疑他的智商，因为他的双眼是那么炯炯有神。

另一辆车的副驾驶上跳下来的人让我大吃一惊。那个身形第一眼看上去十分柔弱，像一个发育不良、肩膀狭窄的米努斯，但是接着我就注意到了那件厚实的毛衣下面隆起的胸部。

莫洛克。

这是我遇到的第一个莫洛克。

她应该已经四十多岁了。我很难判断她的年龄，因为我不知道该从哪些身体特征判断别人的年龄。在坦佩雷那几年，我学会了如何辨认爱洛伊身体上出现的衰老的特征，特别是那些无法用化妆来掩饰的特征：眼角、额头还有嘴唇上加深的皱纹，松弛的颈部肌肉，手背上突起的血管。没有人比一个爱洛伊更能敏锐地捕捉到另一个爱洛伊身体上的缺陷，把它作为婚配市场上互相竞争的手段；我已经完全掌握了这个技能，几乎成了条件反射。但是眼前的这个人，爱洛伊的年龄计算方式似乎并不适用于她：她的脸上满是时间的痕迹，脸颊上雀斑清晰可见，也没有用任何化妆品来掩饰这些瑕疵。但是她的皮肤看上去仍然十分健康，甚至比我自己的皮肤都要更加水润光滑。更显眼的是，她的衣服下面没有穿任何紧身胸衣。

当然最显眼的区别，是这个莫洛克剪了一头深色的短发——看上去，很有可能是自己剪的。头发的长度仅仅触及耳朵上沿。有些盖亚主义马斯科的头发都要比她的长上许多。她的穿着也特别像一个马斯科，穿着一条硬帆布做的蓝色裤子，身上套着一件宽松的毛衣。她看上去十分悠闲自在，穿着长裤，踩着矮足跟的鞋子，一言一行甚至有些粗俗。她径直走到亚雷身边，伸出她的右手。"你好，我是泰尔希（Terhi）。"

她靠近亚雷的时候，动作十分自然，没有任何犹豫，仿佛她有某种理所当然的权利这样做一样。而且她叫泰尔希！她的名字里有一个 r！在很长的一段时间里，这个字母一直被马斯科们占有着，字母 r 只会出现在他们的名字里。我至今都不明白为什么。

曼娜和我原先的名字是米拉（Mira）和薇拉（Vera）。那是在很久很久以前，在一个遥远的国家。在那里，不会有人对我们的名字说三道四。

泰尔希只是简单地瞟了我一眼，我很理解她为什么会这样。我迈着和她一样的步伐走到她身边，像她一样伸出右手，动作轻快、果断，直直地看着她。

眼神中带着挑衅。

"我是薇拉,但是保险起见,请叫我的爱洛伊名字,万娜。我是内乌拉帕的女主人。"

泰尔希的眼角稍稍睁大了些,她一脸惊讶地看向了身边的马斯科。我看到亚雷和米尔科朝着对方咧嘴笑了笑。泰尔希转过头来看着我,嘴唇扭出一个微笑,用力地攥着我的手。她的手掌粗糙、有力。

"我明白了,万娜。你看上去确实不像一个莫洛克,但我相信你。很高兴认识你。"

当我们从车上卸货的时候,我听到了泰尔希和瓦尔特里的对话。瓦尔特里说:"……一个拥有爱洛伊表现的莫洛克,像那些扁桃树上偶尔也会长出的几个苦巴旦木……"显然米尔科已经提前把关于我的特殊身份告诉了瓦尔特里,但是他们决定为泰尔希准备一个小恶作剧。我为此有些高兴,看来这些盖亚主义者多少也是有些幽默感的。

他们在两辆卡车的货厢里都精心制作了一个隐蔽的空间,单凭肉眼几乎不可能发现。只有仔细对比着丈量货厢内外的空间才能发现其中的猫腻。隐蔽空间里挤着满满当当的培育盒,盒子里面有幼苗,还有一些已经长得郁郁葱葱的成年植株。几个帆布袋里塞着数不清的塑料袋,里面是一个个装着种子的小密封袋。这些种子有十多个不同的品种。仅仅是塑料袋上写着的品种名字就已经让我浑身颤抖不止、口舌生津:地狱火,烈焰之泪,泰国龙,命运,天堂果,娜迦莫里奇,特立尼达·莫鲁加天蝎,重击,地狱天使,哈里斯堡。他们说有一些是自己杂交培育的新品种，由他们自己取了新的名字。

盖亚主义者们甚至还没有进屋歇歇脚，他们就想先去看一看秘密温室的选址。我们带着他们走进了森林，到了距离内乌拉帕的院子差不多一千米的地方。我们已经把加工好的木料都摆在了那浓密的冷杉树丛里。在得到了米尔科的同意后，我们开始一起搭建温室。

正如他们说的那样，我们不能在"森林的肌肤"上架设地基。为了树立结实的角柱，我们在地面上挖了四个深坑，然后将四根角柱结结实实地砸入地面，固定到位；用金属连接件把承重梁和角柱拼起来，再利用绳索和钉子的巧妙结合，把他们带来的橡木固定在承重梁上面。地板是用一块块方形木块拼接而成的。这些木块是我和亚雷在得到他们的指示之后提前准备好的。整个温室就像一个积木游戏，可以在很短的时间里拼装、拆除。墙面与天花板上需要盖一层结实的塑料膜，亚雷已经提前准备好了一大卷。我们用钉枪把塑料膜牢牢固定。

我们在温室里安装了太阳灯，用来给温室供暖，以及为植物提供充足的光照。这些太阳灯是必需品，因为选择在这里搭建温室实在是一个可笑而荒唐的决定。这里过于阴暗，逼仄，潮湿，连空气都是凝重的。但是将温室放在这茂密的树林中间，即便是坐着直升机在上空搜查也很难发现它，而要想在森林里徒步寻找更是海底捞针，非得先走上几千米的弯路不可。瓦尔特里从车上拿来了黑色塑料遮光布，把它安装在温室里面。只要是光线不足的时候，比如说夜晚、黄昏，还有清晨，我们都需要把温室里的灯光遮得严严实实。他说，到了夏天，当太阳几乎一整天都不会落下的时候，我们就可以拆掉遮光布，调暗太阳灯，把它们作为补充光源即可。

接下来，我们需要在育苗盘里铺一些土壤。我们用独轮车运来了一大堆泥土，有的是从内乌拉帕休耕的田地里挖的，有的则是从里希沼泽挖来的。那里的土壤里含有丰富的泥炭腐殖质。

瓦尔特里说，今天刚好是新月，也就是他们认为种植新一批作物的最佳时机。我不知道这一理论的依据是什么，或许是盖亚主义的液体对月球引力的反应理论。这些盖亚主义者很热心：瓦尔特里对自己的专业知识烂熟于心，严谨而博学，他总是会耐心地回答我所有的问题，但接下来就会说一些关于"土壤的智慧"或者"地下的力量"这样的词语，总让我忍不住偷偷发笑。

我们在一部分育苗盘上种了不同品种的辣椒种子，又把他们带来的成年植株小心翼翼地移植在其他的育苗盘上。

我已经觉得有些饿了，但是盖亚主义者们还没有休息、吃饭的念头，他们想先把最重要的事情处理妥当。

我问他们是从哪里得到这些种子的。瓦尔特里告诉我，他之前常常同国外通信，他们会把不同品种的辣椒种子藏在书脊里，或者其他不起眼的地方，随着回信一同寄给他。但是现在他们会亲自进口种子，因为现在政府对享乐主义国家寄来的邮件检查越发严格了。

在种植辣椒的时候，米尔科、瓦尔特里和泰尔希一直在吟诵着嗜辣椒素先验协会的《对抗痛苦之祷文》。像是祈祷，或是咒语，又或是别的什么。但是我只熟悉它的英文版本。这段文字印在某个辣椒酱的瓶身上，我已经把它记在心里。盖亚主义者们一定是将它翻译成了芬兰语。

辣椒，请赐予我火焰般的智慧。
辣椒，请接纳我，带我逃离这个世界。
辣椒，请让我的双目明朗。
吃更多的辣椒吧，朋友们！
我不知痛苦，辣椒指引我的方向。
我不知痛苦，辣椒接管我之凡躯。
我不知痛苦，辣椒赋予我以光明。

有一个莫洛克小姑娘，

想找个马斯科做情郎，

头上套个麻布袋，

求郎一起去上床。

脱下裙子傻了眼，

那里怎么空荡荡！

一二一，一二一，

输了自己哭唧唧。

——流行于20世纪80年代爱洛伊女孩的跳房子游戏儿歌

万娜/薇拉

2017年10月

内乌拉帕的厨房里放着一台白色的搪瓷电炉,上面的每一个磕碰与凹陷,每一处擦不掉的污渍,对我来说都是那么熟悉。翻新厨房内部、添置新厨具,这并不是曼娜和哈里·尼西莱会优先考虑的事情。对于曼娜来说这些都不重要,因为通常没有客人会到厨房里来;而对于哈里·尼西莱来说,他更不会在乎他的妻子做家务时用的是什么样的工具。

或许哈里·尼西莱还是对做家务的工具有些兴趣的。那一套原本放在橱柜里,在重要的日子或者派对上才会拿出来的陶瓷餐具已经消失。那是奥利基的父母留下来的,定是价值不菲。

唉,哈里。你当时肯定迫切需要一笔钱吧。

盖亚主义者不吃动物制品,哪怕是动物的产物也不行。他们拒绝任何用牛奶、鸡蛋,甚至蜂蜜做的食物。我用烤箱烤了一些蔬菜根,还做了土豆炖菜(炖菜里没有添加一丝的黄油和牛奶，味道十分寡淡），用干豌豆和洋葱熬了一锅浓浓的菜汤。亚雷和我当然可以吃任何东西，但是准备两种不同的饭菜实在太耗费精力了，而且，这样的饮食习惯能为亚雷多积攒一些盘缠。

只有我在爱洛伊大学读过书，所以总是由我来为大家准备饭菜。当然那些盖亚主义者自己也能把蔬菜弄熟，但是他们压根不在乎饭菜的味道，所以我总是用心地为大家准备最好的餐食。几位马斯科和泰尔希有时会来帮忙剥菜叶、切菜，也会帮忙洗菜。由我负责做饭也有一个好处，那就是我可以偶尔在没人注意的时候享用一点辣椒。

马斯科们从桑拿房里出来了。每天，在完成了一日的工作之后，他们都会到里面蒸一会儿桑拿。泰尔希正在布置餐桌。初春的温热被关在了门外，夜晚的黑暗也留在了窗外。整个场景像是一首惬意祥和的田园诗，我们仿佛在对着几个隐藏在角落里的摄像机，用平静的举动与放松的交谈，表演着一出精心打磨的生活戏剧。看吧，这几位演技精湛的演员正在准备着美味的菜肴，谈论着明年夏天要用生物气场的方式种一些西葫芦。

正因如此，米尔科的问题显得格外突兀。

"你是个嗜辣者，对吧。"

仿佛一个正站在舞台上滔滔不绝念着台词的演员，突然毫无征兆地问同他搭戏的伙伴，要不要在演出之后一起去茶点吧喝一杯——导演精心营造出的幻想被打破，观众被硬生生地抛回到现实生活中，回到那比眼前熟悉又安逸的戏剧更易变、更复杂、更危险的生活中。

我一时语塞,说不出话来。我很少遇到这样的情况。我回头看了看亚雷,他也正看着我,眼神没有丝毫慌乱。

"是的。你好,我叫万娜,我是一个嗜辣椒者。"

"我都告诉他了,V。"亚雷平静地说。

"你是在怀疑我私吞货物吗?"我努力地让自己的声音听起来冰冷、无情。

瓦尔特里笑了笑,用微笑击碎了我的冷酷。"并不是这样的!我们只是在寻求合作。"

"我们有一位伙计,他也是个嗜辣者。我会请他帮我们测试产品,评估斯科维尔指数。我本打算等夏天有了第一茬收成的时候请他过来。我把这个想法告诉了亚雷,他就把你的事情告诉了我。"

我看着亚雷,抬了抬眉毛,尽管我已经猜到了米尔科的意图。亚雷还是没有丝毫躲闪我的目光。

"每个在内乌拉帕上住的人都需要花钱,外面的建筑也只够三个人过夜。我仅是从现实角度考虑而已。况且我也不知道那个人是不是可以信任。但我可以信任你。"

"好的,那我真该谢谢他。"

"我们永远不会,亚雷更不会,强迫你替我们做这件事。"瓦尔特里连忙解释道,"如果你决定为我们做这件事,那将完全是你自己的选择。如果你不想继续做下去,也不会给我们造成任何麻烦,因为我们还可以继续和之前的那位伙计合作。"

"亚雷跟我说过,你是一个货真价实的辣椒鉴赏家。"米尔科说。我轻描淡写地耸了耸肩,心脏却骤然升温,像是辣椒素在体内吟唱。

"我会考虑一下。"

考虑了一会儿。若是要做个品酒师,一个酗酒者又会考虑多久?

"如果你答应的话我们将非常感激。我知道,你应该有比较强的辣椒耐受度。"

我无奈地笑了笑。"可以这么说。"

"这将为我们带来不可估量的优势。我们培育的新品种,可能会有特别高的斯科维尔指数。"

我皱起了眉头,因为我发现了一个巨大的逻辑漏洞。

"有什么问题吗?"

"是啊,你觉得有什么不对劲吗?"

"你们在研究更辣的辣椒。这个过程可能会持续很多年,会耗费大量的精力。但是现在我们已有的货已经足够占领市场。十几万斯科维尔指数的塞拉诺辣椒已经足够让在街头流窜的嗜辣者尝到世界末日的味道。市场肯定会欢迎新鲜强劲的产品,但考虑到为之付出的精力,最好还是继续使用我们已有的产品。"

米尔科和瓦尔特里交换了一下眼神,米尔科叹了口气。

"除了钱之外,我们还有一些别的目的。钱当然很重要,但这并不是重点。对我们来说最重要的是时间和精力,我们需要把它们用在刀刃上,所以我们才会把销售的业务外包给别人，所以我们才慷慨地付了一大笔钱租下了内乌拉帕。这里对我们来说是最理想的地方，我们十分感激。"

"你们的目标是科学性的吗？"

"差不多。也可以说是意识层面的。"

"你们对这些植物有某种崇拜吗？辣度越高的品种蕴含更多更大的智慧？"

我故意表现得很烦人，追问个不停，因为我想知道答案。

亚雷

2017 年 3 月

　　米尔科挪了挪身子，调整了一下姿势，像一尊亚洲的佛像一样庄严地坐在那里。看着他那黝黑的头发、硕大的鹰钩鼻，我不禁在想，他的长相看起来特别像印第安人，生活在美洲大陆的智慧、勇敢、神秘的民族。就算有人说他之所以能被这些自然灵异的事物如此强烈地吸引，在一定程度上也是由于他的外表，那么我也一点都不会感到奇怪。

　　"在世界上所有的文化里，绝对的理智与生命的终极奥义，都被禁锢、压抑在化学与物理的世界中。辣椒来到欧洲、来到芬兰，这是必然会发生的事情，因为这里自有其使命在召唤着它。"显然这段话他已经讲了无数次，虽然没有讲稿，却十分流畅，"有资料表明，在维京时期人们就已经将辣椒从新大陆带到了这里，在很多古墓里都可以找到当时残留下的辣椒。它曾到达过这块大陆，是因为它的降临是历史之必然。它标志着我们的世界开始转变。尽管北欧大地处在地图的上缘，它却是通往爱丽丝奇境的通道。"

　　对于泰尔希和瓦尔特里来说，米尔科说的这一切他们早已烂熟于心，但他们仍然专注地聆听着米尔科说的每一个字。V脸上的笑容有些僵硬，我看得出来，我把她的小恶习告诉这些盖亚主义者，她并不是很开心。

"早在公元1609年，加西拉索·德拉·维加就向欧洲人民描述了，印加人如何将辣椒供奉为神，尊称其为阿加尔·乌楚，辣椒圣兄。阿加尔·乌楚是印加人的创世神话里的四位神圣兄弟之一。"

"辣椒圣兄与盖亚圣母一定很般配吧。他们两个可以组建一个大家庭。"V的话里满是讽刺。米尔科看上去完全没有在意。

"辣椒圣兄与真正理解辣椒的人类氏族最为般配。万物皆有因。为什么辣椒是辛辣的？"

"生物本能。辣味只是植物的自我保护机制罢了。植物会通过这种手段保证种子的存活率。在种子进入土壤之前，刺激的辛辣味可以让动物不会食用它们的果实。"

"那么为什么鸟类不会排斥辣椒呢？"

V皱了皱眉头。"因为鸟类的身体已经适应了辣椒。"

"是的，但这对辣椒来说也是有利的。鸟类会帮助辣椒传播种子。借助鸟类的身体，辣椒可以将种子扩散到遥远的地方。但是在生物进化的过程中，哪一项机能最先出现呢？是鸟类率先发展出了对辣椒的耐受度，还是辣椒率先借用鸟类的身体传播种子？"

V看上去已经有些不耐烦了。"在你的逻辑里，植物和动物似乎可以自己控制种群的进化。'我们现在决定把果实投喂给鸟类。''我们现在开始学会忍受辣椒素。'这是不可能的。"

"当然,我简化了这一过程。但是人类与辣椒的关系同样也是由自然决定的。当人们开始大量地食用或者药用辣椒的时候,对于辣椒来说,人类就成了新的'鸟类'。人类成为辣椒的食用者,同时也成为辣椒的传播者,不同品种的保存者。对于植物来说,它们的种子是通过鸟类排泄播种,还是由人类在温室中种植,并没有任何区别。结果是相同的:辣椒的品种多样性由此得以保持,辣椒的种子得以扩散。二者皆有其利。例如,印加人在 8 000 年前就开始种植、食用紫花椒。在漫长的历史中,紫花椒一直作为一种有益植物被人类食用,如今所有的野生紫花椒品种都已经彻底消失。"

V 点了点头。"我明白了。所以印加人和你们都和辣椒圣兄达成了协定。这个'合同'里面还有什么别的条款吗?"

"我们把辣椒叫作心火。我们希望驯服它,掌控它,就像我们的祖先掌控火焰那样。"

米尔科故意停顿了一下,瓦尔特里插嘴说:"优生主义芬兰能给我们独一无二的机会,让我们做实验,探寻发展的方向。当那些各式各样的、会影响大脑内神经化学元素与其他中枢神经的致醉产品的供应被切断,我们就拥有了一张干净的试验台。"

"我们完全能够理解他们为什么要给酒精和烟草下禁令,因为它们会对社会造成极其严重的负面影响。尽管享乐主义国家宣称，类似于红酒的含少量酒精的饮料对人体健康有益，但是永远无法避免饮用过量的风险。而烟草则永远对人体有害。过量摄取咖啡因也会导致睡眠困难，心跳过速，消化系统负担过重。所有可能导致内分泌系统失调或是身体机能紊乱的产品，都不难理解它们为什么会被严令禁止，因为它们会同时给食用者与其他人造成危害。"米尔科继续说道。

这些我都知道，但我不得不承认，辣椒的禁令对我来说一直是一个解不开的谜。辣椒应该是一种极其健康的食品，富含几乎所有种类的维生素与抗氧化剂。我遇到过的一个小贩宣称，外国人认为食用辣椒可以降低血压和胆固醇，甚至能预防癌症。喝一碗冬阴功汤能让人排汗、喘气，对心肺功能有很大的益处，同时又能享受浓汤丰富的味道刺激味蕾，这怎么会对社会和人的身体健康有害呢？就算有人对辣椒素成瘾，如果并没有因此造成犯罪或损害健康的后果，这到底又有什么关系呢？享乐主义国家里肯定有很多人对咖啡因成瘾，但是也不会有人为了一杯意式浓缩而去抢劫银行。或许芬兰禁止饮用咖啡，是因为大量进口咖啡会影响进出口贸易平衡，如果是这个理由，那么我也可以理解。但是为什么要对辣椒下禁令呢？哪怕是昂贵的橙子，芬兰每年也会大量地进口，不是吗？

这个国家里除了我还有谁也这么想吗？我如此在意这件事，是因为我已经深陷其中吗？

一定还有一些别的什么原因，只是我不知道罢了。但是看上去米尔科也并不知道什么内幕。

"这里的人民,他们的身体与内心尚未被侵蚀、腐朽,因此他们可以感知心火。通过心火,他们可以感知爱丽丝奇境。"米尔科继续着他的布道,"芬兰也有一段值得我们骄傲的过去。那段历史并没有我们想象的那么遥远。在我们国家的北方,曾经生活着一个民族,如今他们中的大部分已经同主体民族融合在了一起。在这个民族中传承着一段旋律。借助这段旋律,人可以脱离脆弱的躯壳,他的灵魂可以在这世间无拘无束地遨游。"

我不禁挑了挑眉毛。虽然我学了很多盖亚主义所谓的哲学理论和世界观以彰显我的虔诚,但这样扯淡的事情我还是第一次听说。

"拉普兰的萨满会用一系列烦琐的仪式来达到这样的状态,比如长时间击鼓、吟唱,从而进行灵魂的飞升。有时他们会食用致幻蘑菇达到灵魂解脱的效果。根据我们的调查研究,这种手段存在很大的缺陷,因为此类蘑菇通常带有较大的毒性,可能对食用者造成不可逆的损伤。但是辣椒的作用方式截然不同。辣椒能带来最纯粹的痛觉,产生最纯粹的致幻效果。高纯度的辣椒素能引发重要的敏感性,它能在带来极致平静的同时,极度地强化人体所有的感官。'辣椒,请让我的双目明朗'这句祷词称颂的正是这件事。"

"我们的目标就是寻找一种最强烈的辣椒。用这种辣椒,我们就可以根据需要随时随地点燃心火,让它在我们之间传播、扩散。"瓦尔特里应和道。

V扑哧一声笑了出来。她的笑声像一记重拳，捶在米尔科和瓦尔特里身上。米尔科瞪圆了眼睛，皱起了他高高的眉头，但V仍是一副若无其事的样子。

"你说的这些的确很有意思，但是很不幸，你的逻辑漏洞百出。抛开萨满祭司这种荒诞的东西不谈，单论你们理论中辣椒对生理的影响，与其执着地寻找新品种的辣椒，为什么不从辣椒里提炼辣椒素然后直接食用呢？用化学方法提炼的辣椒素结晶，斯科维尔指数大约能达到一千六百万。哪怕是用辣椒果实分离的辣椒油脂也能轻松达到几百万的斯科维尔。你们为什么要大费周章地培育新品种呢？你们直接用技术手段分离生物碱分明会简单很多。"

我等待着米尔科大发雷霆，但是他只是一副慈爱的样子看着V，仿佛在看着一个不懂事的小孩子。"首先，纯辣椒素的效果太强烈，仅仅摄入几克就会使人进入休克状态。我们在动物身上进行过实验。摄取纯辣椒素的实验动物有时甚至会因为呼吸系统瘫痪而死亡。其次，在大地上生根发芽的植物果实中蕴藏着独特的能量，如果试图用化学方法进行提纯，那么果实中的能量就会被破坏、消散。我知道，我说的这些在你听来十分不科学，但是，就算是胡萝卜中的维生素C，也会因为烹饪而损失大量的特性。其中的道理是十分类似的。不适当的加工处理方式会破坏物质的深层特性。用人工的方式分离辣椒中的辣椒素，会摧毁其蕴含的自然天成的心火，破坏植物的生物气场，剩下的只有冰冷的、没有灵魂的、机械的化学反应。"

"我理解你说的与维生素的类似性,但就像你自己说的那样,生物气场的理论听起来并不科学。"

"在几百年前,电也只是一个用猫毛和琥珀做的哗众取宠的魔术把戏而已,而现在,我们从墙上的插孔就可以用电。我们的科学还不能解释所有的自然力量。把辣椒素的分子想成一个铁块,一块没有生命的金属。但是如果将铁块磁化,那么它就可以为人类所用。人类可以用它做指南针,可以用它吸引另一个铁块。鲜活辣椒果实中的辣椒素就像一个磁化的铁块。我们可以用纯粹的化学理论去认识世界,但是世界上还有一些用化学无法解释的能量元素。"

瓦尔特里一直在旁边满脸激动地听着他们的对话,现在他清了清嗓子:"在我的认知里,没有任何其他植物像辣椒这样与不同的传说、宗教有着大量联系。大部分民间传说都是迷信,或是无稽之谈,但是有些宗教却也有着坚实的科学依据。人们会食用荨麻或者动物肝脏来治疗贫血,即使他们压根不知道什么是'贫血',什么是'血红蛋白'。人类的生物本能会直接影响人的某些行为模式,比如,许多在怀孕期间摄入含钙食品的女性会出现大量排汗。几乎在所有的文化里,人类都会产生对辣椒的追求与渴望,因为根据实践经验得知,辣椒拥有着魔法一般的能量,成为人类的助手、伙伴。现在我们知道,辣椒能影响大脑的多巴胺通路,所以在数千年的历史中,人类一直在发挥着辣椒的药用价值。除了治疗人类身体疾病以外,辣椒还被用来解咒、驱邪、除魔。"

这番话让 V 的表情出现了变化。她僵硬地站在那里，咬着嘴唇，像是思考了一阵。"好吧。这事其实跟我没有任何关系，只是因为你们说需要一个人来测试辣椒。为什么你们不自己去测试呢？"

"我们自己还没有食用过辣椒。我们要将第一次的体验一直保留到我们研制出最完美的辣椒品种。我们没有任何理由去提高我们自己的耐受能力——当心火向我们张开怀抱，我们要将处子之身奉献给她。"

"我可以想象。" V 干巴巴地说道。

"我们努力寻找的，是那些被我们遗失、割裂、同自然相联结的纽带。我们追求的境界，是人类可以摆脱那名曰文明的枷锁，到达那些萨满所感知的境界。我们希望完美地融入这个世界，脱离作为人类存在的禁锢。当我们突破身体的边界，亲眼见证那位于身体之外的真实世界，我们才能真正地认知它，感受它，了解它。"

"听起来可真是太可爱了。"

V 的语气里塞着满当当的讽刺。我第一次看到瓦尔特里情绪激动的样子。"那我就用你可以理解的方式解释给你听。这种境界被称作附身超脱，不同的学者对它进行了大量的研究。法基尔和萨满甚至会用划破自己皮肤的方式来追求附身超脱的境界。但是用辣椒他们可以同样高效地激活自己的痛觉神经——辣椒素可以刺激口腔与肠胃的三叉神经。辣椒素会在人体内释放某种神经肽，从而加速多巴胺代谢。正是这些特定的神经肽对大脑中的化学物质产生影响。我们正在尝试对此进行实证研究。"

瓦尔特里和 V 看着对方。在刚刚结束的这一轮决斗中,瓦尔特里用巧妙的一记突刺获得了一分。突然,V 的脸上咧出一个笑容。"你们早该这样解释的。"

瓦尔特里爽朗地笑出了声,但是米尔科还是满脸的严肃。

"辣椒,请接纳我,带我逃离这个世界。我们要寻找的,是一条逃离这个世界的道路。我们和其他的人一起离开。"米尔科说道。泰尔希在一旁补充道:"我们的方向是向心,不是向外。"

后来,V 请我订购了一本关于萨满教的书。我照做了,没有多问一句。当我从邮车领取邮件的时候,我打开了那本书,简单浏览了一番。V 应该会对这本书很失望。在全国所有书店的书架上,只有这唯一一本关于萨满教的书籍。这本书并没有对萨满教进行任何科学的介绍或者解释,只是用记录民歌的方式介绍了一些萨满的咒语和他们吟诵时的唱段。匆匆翻阅的时候,我看到了名叫努瓦特和乌库的人,读了几篇他们的胡言乱语。

唯独有一句,印在了我的脑海里:"吾舟,轻似燕,迅如蜂。"

万娜 / 薇拉

2017 年 4 月

虽然四月才刚刚开始，但田野上已经冰雪消融，随时可以开始春耕。盖亚主义者带来了自己的马铃薯种子，和我们一起在院子外的蔬菜棚里种了一些土豆苗。现在只要在夜里铺上防霜布，我们就可以把它们移栽到田地里。这样，到仲夏节的时候，我们就可以拿第一批土豆去售卖。那时土豆的销量一定会很好，因为那些大农场可没有时间和精力来这样折腾。他们通常会等天气足够温暖的时候，直接把马铃薯种子播种在土地里，所以要等到七月份土豆才会大规模上市。

亚雷用小型犁地机翻好了土地，泰尔希和我挖好了一个个栽苗的小坑，每隔半米种一株土豆苗。盖亚主义者带了很多不同种类的蔬菜，所以最好将土豆种得稀疏一些。泰尔希在我旁边的垄沟里弯着腰认真地工作着，我总是时不时地偷瞄她一眼。她半蹲着，一步一步地移动着身体。她的动作干脆利落，丝毫没有爱洛伊们娇媚的仪态举止。只有在高兴开心的时候她的脸上才会有微笑。爱洛伊们从小到大脸上都带着讨人喜爱的笑容,几乎从不消失。就算没有马斯科在场,她们还是会面带微笑。之前我并没有注意到这些特点。我总是觉得脸上有几块肌肉并不是很情愿地听我的使唤。

泰尔希干活很麻利,总是比我更快更好。她手上的指甲很短,也没有被精心照顾,手心里满是干了大量粗活的痕迹。很快她就干完了分给她的那一垄田,扔下了工具,伸了伸懒腰,将脸颊面向太阳,闭上了眼睛。这时的太阳已经很暖和了。泰尔希很喜欢晒太阳,而我总会戴一顶遮阳帽,这样才能让我的皮肤一直像爱洛伊们那样白皙、细嫩。我做完了我自己的那一垄,伸了伸懒腰。

"莫洛克的生活是什么样子的?"

泰尔希的聊天方式像极了一个马斯科。她总是直奔主题,没有一句客套话。如果我像她一样说话,我总会觉得自己像是做错了什么事情一样。

泰尔希的笑声听上去和愉快没有半点关系。

"我一出生就是一个明显的莫洛克。在我半岁的时候他们就已经做完了性别分类。你知道吗?有的爱洛伊一生下来也会有深色的头发,但是几周之后这些深色头发就会消失,接着就会长出浅色的头发。因此在婴儿刚出生的时候不会立刻确定性别,而是等到几岁的时候才会完成这项工作。"

我对这一无所知。

"我的经历并不是这样。"

泰尔希走到田垄边,弯下腰,从篮子里拿出一株马铃薯苗，愤怒地插在土地里，像是用一把匕首狠狠地插进大地母亲的心脏。我看不到她的表情，但我嗅到了空气中锯木屑一般羞耻的味道，以及类似于蚊子草一般烦躁的味道，两者间还掺着一缕汽油般的苦涩。

"确定了我是一个莫洛克之后，父母立刻就把我送走了。我甚至不知道他们的名字，也不知道他们后来有没有得到理想中的孩子。我从小在莫洛克抚养院长大。"

泰尔希把一株土豆苗栽到挖好的坑里，用手指将周围的泥土聚拢，压实。"那个地方其实没有什么不好。总该给那些无力繁衍但有力工作的人生长空间。再说，其实我也很幸运，因为很多莫洛克小孩会由于各种各样的意外早早地夭折。"

我本不想继续问下去，但是我还是问出了口。

"你说的无力繁衍……"

泰尔希似乎被逗乐了，却满是阴郁和讽刺。"原来你也会好奇，我们莫洛克有没有那些'小玩意儿'？如果我们能找到一个不是很挑剔的米努斯，是不是也能一起生一个丑陋的小孩？"

我没有回答，因为没有任何词汇适合这样尴尬的情况。泰尔希是不是注意到了，当她从桑拿房里出来，站在门口的台阶上纳凉的时候，我其实在偷偷地观察她？泰尔希总是和瓦尔特里一起蒸桑拿，所以我从来没有见过她光着身子的样子。我的脸颊开始发烫。

"当然，尽管全国上下都是这样认为的，但是我们也长着乳房和阴道。我们在抚养院里就已经被彻底绝育，输卵管已经被打了结。他们不需要更多的莫洛克基因污染他们的后代。而且，当我们都在工作的时候，该由谁来照顾我们的孩子？"

"瓦尔特里说，你们是在一家医院认识的。"

"当我们还是青少年的时候，如果我们学得够快，我们就会离开莫洛克抚养院，开始上岗工作。一开始，我负责给病人更换纸尿裤，清洗尿盆，擦拭身子。他们发现我很细心，记忆力也很好，而且能流利地阅读，就让我去做医疗督导员的助手，后来又让我去给某个医生做'私人助理'。那位医生是一个年长的马斯科，他的家里有一位和他年纪相仿的爱洛伊。我猜，她在生了六个孩子之后，下面一定变得松松垮垮的，因为这位医生先生经常和我在门诊的检查床上睡觉。或许其中也有某种感情吧，因为他也会允许我在休息的时候阅读他办公室书架上的书。"

"这种事一定并不少见吧。"

"好事不出门，坏事传千里。很快，我就在这家医院里混不下去了。这时我认识了瓦尔特里。他那时是一个病人，因为在花园市场里农药中毒被送到了医院。我们就这样在机缘巧合下认识了，也相处得来。当瓦尔特里出院的时候，我本来很确定自己再也见不到他了。但是就在几个星期之后的某一天，在我下班回家的时候，我发现瓦尔特里正站在医院门口。我和他短暂地寒暄了几句，他说自己从花园市场辞了职，找到了一个新的人生目标。他皈依了一个新宗教。"

"他也劝你加入了他们？"

"我自己从来没有任何的宗教信仰，当然在莫洛克抚养院的时候，他们也尝试过让我信仰宗教。对于优生主义政府来说，任何宗教信仰都至关重要，因为人民能够轻易地在宗教中找到人生难题的答案、现成的道德准则，最重要的是，皈依宗教的信徒们会自我监督，自我规范，自我管理，督促自己遵守道德与法规。"

"所以他们对你们盖亚主义的小打小闹也一定是睁一只眼，闭一只眼吧。"

"瓦尔特里向我介绍了这种永远在路上的生活方式，他还说，盖亚主义者用生物气场的方式种植蔬菜，然后拿到市场上去售卖；他们还为芬兰各地的人们提供教育。他告诉我，在他们的队伍里，我可以用自己的头脑、双手和知识做出贡献，而不仅仅是给别人更换内衣。后来我逐渐意识到，他们在某些事情上正走在正确的道路上。"

"是瓦尔特里先爱上你的吗？"

泰尔希笑了笑。那是一道细微的、一闪而逝的笑容。"这是个关乎我整个人生的问题。我已经受够了整天盯着那些头发花白、满身疲惫的莫洛克女人在医院的楼道里推着拖把走来走去。那便是我的未来，如果没有瓦尔特里的话，如果没有你的话。当我抬起头看着我的周围，我能看到绿树、青草，嗅着树脂、春风和泥土。内乌拉帕是我唯一可以称之为家的地方。"

我的眼眶湿润了。我紧紧地抓着她的手腕，却一个字都说不出来。泰尔希蹲下身子,伏在土豆苗旁边。

我们继续栽着土豆苗。太阳在头顶照耀着,我们像是两台种植机器,不知疲惫地工作着。我的脑子里出现一个念头:如果我有一个真正的姐妹,那么大概就是这个样子吧。

绝育与《绝育法》简介（节选）

《家与炉》杂志第 7 期（1935 年 4 月第 2 刊）

1926 年，国家政府决定组建特别委员会，以求对一个重要问题彻底地研究与调查：我国是否应当颁布一项法律，依据该法律，将基于对社会与大多数人民的人道主义保护，对危害社会群体质量的个人进行强制绝育。自 1926 年起，这一问题在全国上下引起了广泛讨论。3 月 5 日，议会以绝大多数赞成票通过《绝育法》，使得这个问题就像其他已经解决的问题那样，被遗忘在角落，无人问津。

因此，我们在这里首先有必要对这个问题进行一定的探讨。特别是这部已经由多方接受、批准、正式颁布实行的法律，如今被认为对于特定的社会阶层有着明显的针对性；同时，绝育的概念与其必要性常常被指摘过于含混不明。这一点，早在该法律经过议会投票之前，就已有许多议员在议会讨论环节对其进行了阐述。大多数发言人都对上述"社会阶层"的人民群体进行了描述，并宣称该法律违反人类伦理与自然法则。然而这些议员并没有注意到，整个现代人类文明早已因过度发展的社会照拂、社会福利而与人类群体内部的自然法则与"自然选择"背道而驰。人类社会失去了凭借自我保护的本能摆脱弱个体的能力。自我保护的本能可以促使弱个体为强个体让路。因此，为保证强个体生活资源的充足供应就必须诉诸其他手段，防止弱个体的出生便是最有效的方式之一。

广义的绝育措施包括所有剥夺人体生育能力的医疗手段。因为不同的医疗手段具有不同的绝育效力，因此在这里，绝育措施特指阉割，即通过摘除、摧毁性腺，以达到不孕不育的效果；绝育的狭义概念，指通过阻止生殖细胞的自然流动，在不损害正常性交能力的情况下达到不孕不育的效果。

接下来，我们来进一步探讨绝育人类这一举措的原因。我们需要了解，在世界上的许多国家，比如我们的芬兰，在过去的几十年间一直运营着不同类型的动物饲养协会。不同协会间达成一项共识：有些濒危动物个体，因其较弱或不良的遗传基因，并不适合生殖繁衍。因此需要重点关注生物个体不同的遗传特征，精准选择适宜进行生殖繁衍的个体。这项事业伟大、长远，其成果在我国也是显而易见的。

当人类世代更替的恶化特征肉眼可见，我们才听到了第一声呼救，希望从人类的角度出台相关的规章与制度。然而，若不是随着人类文明的发展，社会福利与照拂的水平日渐上升，其成本水涨船高，关系到人们的切身利益，这样的问题根本不会引起广泛的关注。

在检测人口的出生率时，我们关注了父母的生理与心理健康状况。我们发现，那些心理遗传状况较差的婴儿仍有较高的出生率。同样的，当社会中的弱个体数量增加，那么强个体的社会责任也会增加。这也是颁布《绝育法》的出发点之一。

因此，这些所谓的种族优生的因素便成为推动制定、颁布《绝育法》的中坚力量。其中也有一些所谓的社会原因，即新生儿可能因其父母的失职而存在无人照顾的可能性。例如，中性人不适合结婚、组建家庭，但是这一群体仍经常出现未婚怀孕生子的情况。她们的孩子没有合法的监护人，因此成为不受欢迎的社会弱个体，任凭社会的摆布。

诚然，还存在另一条积极路线可以实现群体质量的优化，也就是《绝育法》的目标。通过例如教育活动和立法支持等方式促进具有繁衍资格的个体进行生殖繁衍。然而这些手段的效果有限，且具有较强的不确定性，因此需要辅之以消极措施，即限制不具有繁衍资格的个体出生。两种手段结合使用，双管齐下，以求最大程度地实现社会群体质量的优化。

万娜 / 薇拉

2017 年 5 月

在一天晚上，我出门去小解。内乌拉帕的厕所在院子里，在其他屋子的后面。当我路过栅栏边的小屋时，我听到了瓦尔特里和泰尔希的声音。屋里传来轻微的呜咽声、低沉的喘息声以及有节奏的撞击声，像是有人在用某件家具敲打墙面。我本来想去敲门，看是不是发生了什么要紧的事需要帮忙，但接着我就明白了。

瓦尔特里和泰尔希正在发生性行为。

我听到了一阵大声的呻吟声，不难辨认，声音的主人是泰尔希。在爱洛伊的性行为指南里多次强调了呜咽和喘息的重要性。这两种声音对马斯科的自尊心有着某种影响。我并不理解为什么泰尔希会遵守爱洛伊的行为规则，但这毕竟是她自己的选择。我在屋外站了一会儿，因为这些声音实在很有趣。不得不承认，我的心情出现了一阵与理智无关的波动。这样的行为一定有什么特殊的地方，不然泰尔希为什么会去做呢？泰尔希是一个坚韧、自强的莫洛克。我实在无法相信瓦尔特里能够强迫泰尔希去做任何她自己不情愿的事情。

　　当然,我知道该如何达到性高潮。它并不像量子力学那样复杂。但与另一个人一起抵达高潮,又意味着什么呢?爱洛伊的指南里并没有解答我的疑惑,只有在婚姻之中才能寻找答案。

　　我发现自己像一个好奇的爱洛伊。

　　像一只好奇的小猴子。

　　好奇、焦灼,仿佛小小的猴屁股上爬满了蚂蚁。

亚雷

2017 年 5 月

我睁开了眼睛。

起初我并不知道为什么 V 站在我的床边。我揉了揉眼角，从床上坐起身。"出了什么事吗？"

她嘀咕了些什么，然后将脑袋扭向一侧，躲开了我的目光。在这一瞬间，她像极了一个爱洛伊。她似乎很想说些什么，却难以启齿。我很少见她这副模样。

而且，V 的身上穿着一套睡衣。

V 从不穿着睡衣睡觉，这我知道。她不理解为什么人们睡在被子里却还要穿着衣服，忍受那布料粗糙的接缝处接触身体，像是能把皮肤擦出火来。现在她却穿着睡衣，一定是从曼娜的衣柜里找出来的。那是一件典型的爱洛伊式的睡衣：鲜红色半透明的合成纤维布料，上边还有黑色的蕾丝镶边。

V 脱下了身上的睡衣，扔在了地板上。似乎她穿上这件衣服就是为了将它脱下来。这是一个再明显不过的信号。若非我的心脏正在剧烈跳动，那它一定会感到万分疼痛。

当然，我想象过她一丝不挂的样子。但是不得不承认，对此我没有任何心理准备。

她撩起被子的边缘，朝里面看了一眼。我不知道我该骄傲还是该为此羞耻，但是或许只有一块石头疙瘩才会在这样的情形下毫无反应吧。

此刻我的下半身滚烫得像一根燃烧的木桩。

"我们来庆祝新婚之夜吧。"

万娜 / 薇拉

2017 年 6 月

  我像一个得到了新玩具的小孩。

  只要有机会，我们就会做爱，会性交，会翻云覆雨。这样的机会总是一个接一个出现。但我们仍然没有搬进同一个房间，我们更喜欢各自入睡。况且，这间屋子里唯一的一张双人床让我直犯恶心，那厌恶像是马蜂一般在我的体内嗡嗡躁动。

  性爱有很多类似游戏的特质：由一方占据主导位置，决定两个人的行动，有时也会采用不同的游戏策略，把主导权交给另一方。有的时候，双方争夺主导权也会十分有趣。观察亚雷的不同反应，也是一件特别有意思的事情。我也会留心观察我自己的感受与反应。对我来说，通过手淫能让我极其迅速地达到性高潮，但是对于双方的性交过程来说，这最后的高潮其实只是一个点缀，到达终点之前的这段旅程才是最重要、最有趣的部分。我也学习到，喘息和呻吟并非只是为了维护马斯科的自尊心。

  当我自己为自己的身体创造性快感的时候，我总是知道每一个行为所带来的结果,总是知道接下来将要发生的事情,另一个人的触摸却无法预测,总会带来从未体会过的新鲜与惊喜。毫无预兆的轻抚,似一道蓝色闪电般明亮;新颖的动作和姿势,宛如一抹深邃的红晕;不断上涌的热潮,泛着霓虹的金灿;贴紧的肌肤,衬着心脏般跳动的赭黄。我在这情欲的山海里漫游,被这美景淹没;我打滚、旋转、肆意咆哮,像一只挣脱锁链的动物般满心欢愉。有时在白天工作的时候,我会走到亚雷身边,偷偷地舔舐他的脖颈。我能嗅到他的惊讶,似乎这样的行为他从未体会过,但很快就发现他也开始主动回应。一段意乱情迷之后,我们就会发现自己躺在床上、沙发上、桑拿房里的长椅上,或者是在温室外的森林里一处别人听不到的地方,躺在松软的草坪上。

幸好亚雷有不少避孕套——最开始他只能找到几只,但是他又去买了一些。而我作为一个已婚的爱洛伊,如果没有医生处方以及充分的关于个人生理健康的理由,我是不可以去购买避孕套的,因为只有马斯科才可以决定是否给家庭添丁。我不想要孩子。因为那可能是个女孩。

我开始理解为什么会有这么多人享受性爱,为什么它在成年人的生活中占据中心位置,为什么禁止性行为会被视作侵犯人权。

我近乎饥渴地阅读了所有我能接触到的相关书籍。性行为能够促使大脑释放大量的神经化学物质,例如多巴胺和催产素——它有时会促使我倚靠在亚雷身上,即使我们并没有打算做什么激发性欲的事情。性行为可以唤醒身体与大脑的活力，也可以提高睡眠质量。

我已经不怎么会想到辣椒了，也已有些时日不见密室的踪影。

说实话，人对性爱也会上瘾。

现在我也能够更容易地站在管理者的角度理解优生主义。当然有许多其他的合法方式促进体内的肾上腺素和内啡肽的大量分泌，例如体育运动、蒸桑拿，或是赌博，但与这些活动相比，性行为是最基础、最有效的一剂药剂。

我同米尔科聊了这件事。米尔科思索了一阵。

"不，并不是所有的马斯科都接受现在的社会秩序。这些人甚至不在少数。"

"那政府为什么还是这样做了呢？"

"因为他们并没有听取所有人的意见。"

"你是说民调吗？就像在颓废民主国家那样？"

他耐心地给我解释了他的理论。

"这项决策甚至不需要多数人的同意。有时只需要说话的时候嗓门足够大，那么掌握话语权的群体就可以依据他们自己的意志改变这个世界。这个群体的规模甚至也不需要很大。只要有人能将自己的个人意志建设成为唯一真理，然后用自己响亮的嗓门让人们以为，有一个被遗忘、被忽视的庞大群体站在他的身后。甚至那些对现实生活十分满意的人，也会支持那些对自己有利的新思想。对于许多人来说，即使他们没有属于自己的汽车，他们也会安于现状，或者已经充分认识到购入汽车的决定需要经过仔细的斟酌与思考，并且会对其他事情带来影响。但是如果有一个足够强大的群体，持续性地将这样的想法灌输到他们的大脑中——没有汽车就没有办法生活，没有汽车是侵犯人权的行为，那么到时候又会有多少人反对国家免费为民众发放汽车呢？"

女性解放运动与男性性生活
国家出版社（1956）

早在 1885 年，库奥皮奥省主教古斯塔夫·约翰松致信其教区神职人员，表示女性解放运动是违抗上帝的世界秩序，会给女性乃至整个社会都带来毁灭性的灾难。

同时期的瑞典作家古斯塔夫·阿夫·耶耶尔斯坦在他的笔下向读者展示了女性是如何难以理解禁欲会对男性造成什么样的难题与困境，从而进一步阐释了我们理解中的真正符合客观条件的和谐社会。

处于繁衍、生育阶段的男性是主动的一方，是发起者，女性是被动的一方，是接受者。在家族与民族延续的进程中，我们可以轻松地区分男性与女性在生物学层面上的区别，而不同性别在社会层面也有着明确的分工。生理学教授马克斯·奥凯尔-布罗姆的研究也证明了这一点。早在 1906 年，奥凯尔-布罗姆教授就在其文章中指出，男性与女性在引起性交欲望的因素方面具有明显区别。男性的性欲主要由射精的欲望组成，而女性的性欲则主要来自对性行为对象的爱慕与服从的欲望。

许多与奥凯尔－布罗姆同时期的学者强调，女性的性欲本质上是对于婚姻与家庭的渴望——女性的性满足事实上是向往母性所带来的愉悦感。而女性心中顺从于男性的渴望，与这种愉悦感紧密相关，进而促使其在社会中寻找到合适且满意的位置。在整个优生主义的历史中，女性人口的这一基本特征一直受到保护与支持，因为它能为整个社会带来巨大的福祉，能创造稳定、和谐的家庭环境。

1904年，尊敬的奥凯尔－布罗姆教授在其讲话中谈道："我们的大自然赋予了女性一个伟大的角色，那就是母亲——儿童的养育者。她们不仅仅要对自己负责，她们的肩膀上更承担着家庭、社会，乃至全人类的未来。"

万娜 / 薇拉

2017 年 6 月

  我们的温室像是科学读物里面描写的热带丛林，茂密、青翠，满是各式各样的叶片。空气里是浓郁的香甜味，混着绿叶和泥土的芳香。温室里特别闷热，在里面没待一会儿就会浑身冒汗，因为太阳挂在高高的天空上，阳光渗过大树的枝丫、穿过透明的天花板，直直地照射进来。有些植株已经长到一人多高，树枝上挂着白色、紫色或是棕色的鲜花。我跟在瓦尔特里身后，走在一排排的植物中间，直到他在一棵枝繁叶茂的植物旁边停了下来。

  "在自然环境里会有蜜蜂或者其他的昆虫来为它们授粉。但是这些昆虫并不会在乎自己是不是混淆了不同品种的花粉，所以在自然条件下也会诞生新的杂交品种。如果没有获得新的花粉，那么辣椒的花卉就会自我授粉，由此产生的后代植株的特征就会与亲本植物相同。但是因为我们在尝试培育新的辣椒品种，所以需要控制植物的繁殖。因此我们没有选择在开阔地培育植物，虽然说在芬兰也可以为它们提供良好的生长环境，但在野外环境下，任何一只毛茸茸的小虫子都会将我们长久以来的计划毁于一旦。我们也不希望这些植株自我授粉,因此我们需要及时进行人工干预。"

瓦尔特里的工装背心的口袋里装着各式各样的工具:一个小巧的棕色玻璃瓶,一把窄头的镊子,一个放大镜,几支笔,一捆橡皮筋,一沓从空食品包装上切下的用来做标签的纸片,还有一个蓝色封皮的笔记本。

"首先我要找出一朵还没来得及做什么'坏事情'的花。就像一个想讨个处女做老婆的马斯科,因为这样就能保证生下来的孩子能完整地继承他的基因。"接着,瓦尔特里给我指了指一个棉花糖似的白色花骨朵。"这样的花就是最合适的,如果没有我的干预,它也会在接下来的一两天开花。"

瓦尔特里拿起小镊子,小心翼翼地揭开了萼片和花瓣,把它们摘了下来。他时不时地拿起放大镜看一看,让自己的操作尽可能地细致、精准。接着,他摘下了雄蕊。在我看来,整个过程像是对一朵花的强奸。我把这个想法说了出来。瓦尔特里一阵哈哈大笑。

"与其说是强奸,不如说是阉割。现在花朵上只剩下一个性器官——雌蕊。接下来让我们给孩子找一个爸爸。"瓦尔特里看了看另一株辣椒上用橡皮筋绑着的标签,检查了一下它的品种信息。他挑了一朵已经盛开的花,用镊子摘掉了雄蕊,接着回到那朵被阉割了的花旁边,用手里的雄蕊轻轻碰了碰雌蕊,将这个动作重复了几次。"我们可以用棉签进行授粉,但是我不想浪费自然资源,也不想产生任何废品,所以我更愿意采取这样的操作方式。当然,每一次进行杂交授粉操作的时候都需要首先对镊子进行消毒。"

"是用这个东西吗?"我指了指他装在口袋里的小瓶子。

瓦尔特里咧了咧嘴。"是的。这个瓶子里是酒精。"

"我没想到居然还可以买得到酒精。"

"当然可以了,酒精可以用来清洗仪器,也可以用来做其他的清洁工作。这种酒精十分强烈,只消闻上一闻就能把一匹马撂倒。"

瓦尔特里又给几朵花授了粉,在标签上注明了父本的编号、授粉日期,然后把标签绑在了植株的茎上。"如果杂交失败了,那么花朵就会在一周内枯萎、凋谢。如果成功了就会结出果实,我们用它的种子就可以培育出新的植株。到时候就可以观察到,我们所期待的特征能在子代植物中得到多大程度的体现。"

"但是如果永远不会成功呢?"

"当然难免会遇到一些挫折、死胡同。但是只要我们坚持不懈,这样,在培育第四代和第五代植株的时候,我们就能接近理想目标。第八代植株中或许会出现辣度相对较强的品种。我们想要的那些特征迟早能在子代植物中百分之百地出现,这只是时间问题而已。"

女性驯化简史（节选）
国家出版社（1997）

从自然科学的角度来看，女性驯化中离不开幼化，或者幼态化，这一过程几乎可以说是不可避免。幼化是以自然的方式化解人类进化所带来的，即女性过度独立、过度自决所导致的困境。

在我们坚定地推动女性幼态延续特征发展之前，人类之间的两性异形性正在逐渐消失。与男性竞争成为女性的任务，但是人类文化的特性并不会支持这些仅仅将男性视为授精者的女性生存发展。在智力与体力方面较弱的女性需要为自己寻找一位供给者，而此时，儿童化的、容易引起保护欲的特征用来吸引男性最为有效。这个公式是成立的：当女性争夺男性时，性满足与安全感的需求和供给的巧妙结合，会成为最理想的竞争手段。

万娜/薇拉

2017 年 7 月

瓦尔特里戴着塑胶手套，小心翼翼地切下一块刚摘下来的新鲜辣椒。切下来的辣椒片只有薄薄的一层。用不了多久，那根辣椒就会在同样的位置上重新长出果肉，回到完整的状态，像是在给一个小婴儿剪指甲一样。这根辣椒名为"核泄漏"，它是瓦尔特里用哈里斯堡的杂交品种与娜迦乔洛基亚杂交产生的子代辣椒。瓦尔特里看上去既紧张又兴奋，说话都有些磕巴："让我们来看一看这次的结果如何……除了这个，我还培植了另外一个全新的杂交品种，也是我亲手培育的第四个品种。有时候会很难找到理想的性状组合序列，因为并不是所有的品种都可以获得高产的杂交结果，有的组合甚至只能得到不会结果实的'骡子'。"

他在一旁继续兴致勃勃地介绍着，一年生辣椒会更愿意同含有高浓度辣椒素的中华辣椒进行杂交。我感到很惊讶，因为我以为辣椒的原产地是南美洲，于是我向他问了这个问题。

"中华辣椒这一品种名称实际上是一个谬误，在很多年前已经有植物学家进行了研究和证伪。"瓦尔特里笑着说道,"它其实是来自亚马孙河流域。"他接着又说,有人也嘲笑过"一年生"这个词语,因为实际上辣椒是多年生植物。

"有人认为,辣椒属的学名 Capsicum 来自希腊语单词 kapto,意为'我咀嚼'。而我却认为,辣椒属的学名是根据其果实的形态而命名的,而词语本身则来自拉丁语中用来形容钱包或者口袋的 capsa 一词。"

瓦尔特里用小刀的刀尖将切下的辣椒片挑了起来,向我递过来。"让我们来看一看这个小淘气尝起来如何。"

我伸出舌尖将辣椒片送到嘴里。

我将辣椒在舌苔上铺平,停留了片刻。接着我开始咀嚼,让辣椒素填满口腔的每一个角落。我用鼻子呼气,因为舌头上的味蕾功能十分有限,只能感知一些基础的味道。相比之下,嗅觉受体的感知要更加敏锐、准确。然而现在我并不是要品尝味道,而是要去感受辣度。辣椒素本身没有任何的味道,但是它会让口腔内部变得十分敏感,从而将辣椒本身的味道无限放大。如果他们要把辣椒拿去售卖,那么它的味道也会是一大卖点。

我的舌尖已经麻了,这是一个好兆头。接着我开始咳嗽。呼吸道里像是填满了第二次世界大战时用来作战的毒气。

"你需要水吗?还是酸奶?面包?"是亚雷,他一脸担心的样子。我没有回应他,或者说我压根没有听到他说的话,两只耳朵像是被上了锁。

心脏的搏动像是在疯狂地冲锋,嘴里仿佛灌满了熔化的金属。我用力吞咽了一下,那火山的岩浆沿着食道流入我的身体。

我试着动了动舌头,每一次移动都会释放出一群用显微镜才能看得清的食人鱼,它们用针尖一般的牙齿噬咬着我的口腔黏膜。紧随其后的是核电荷,它已经将我的胸口灼烧成一团细腻的灰烬,而现在它正在对我的下颌骨发起攻击。从太阳穴不断滴下的汗液同鼻腔里流淌出的液体混杂在一起。

"尝起来如何?"

瓦尔特里的声音像是隔着一堵墙。真是个愚蠢、迟钝、痴呆的马斯科,现在我的大脑已经飘在十米开外的上空,嘴里几乎挤不出一个字来。

"它像是,低沉,十分低沉的贝斯——它很低,几乎是黑色的。紫外黑……但是里面也有一缕鲜亮、高昂的高音,像尖锐到不可辨识的笛音。它也有许多紫色,那是一抹强烈的冷色,竟显得灼热!仿佛在熔化金属的时候跨越了整个光谱。"

透过我眼前的泪纱,我看到了瓦尔特里和米尔科困惑的表情。

现在我觉得浑身冰凉。亚雷从客厅的沙发上拿来一条毛毯盖在我的肩头。我身上所有的感官都极度活跃,人与物的样貌像一把尖刀,刺痛着我的视网膜。瓦尔特里坐着的椅子腿与地板摩擦的声音几乎震碎了我的耳鼓膜,哪怕我耳朵上的锁还没有完全打开。

"我一个字都没有听懂。"米尔科失去耐心的声音在我的耳道里回响,"我的问题很简单。如果单纯地用哈瓦那辣椒比较它的辣度,假设哈瓦那的辣度是十分,那么它是几分?"

"V就是这样描述辣椒的。"亚雷说道,他像是在替我道歉,但是我也察觉到了他在试图替我说话,我闻到了他身上的麦芽味,"我认为这是莫洛克的某种特别之处。"

泰尔希缓缓地摇了摇头。

"这个男的只会护着自己的婊子。"米尔科说,"明天给我们自己的检测员打电话。"

我只觉得天旋地转,脑袋嗡嗡作响。我无助地看向其他人,只有在泰尔希的脸上能看得到理解,闻得到她散发出的檀香味。

泰尔希用低沉的声音,神情激动地说了一大串话,但我只听清"联觉者"三个字。

我透过眼前汗泪交织的帘纱看着她。我很少遇到过她这样的人,能说出我不明其意的词语。

"万娜,现在我需要你快速地回答我的问题,不要做任何思考。字母A是什么颜色的?"

"红色。"

"数字5是什么颜色的?"

"浅绿色,有些发黄。"

"哈瓦那辣椒在口腔里的声音是什么样的?"

"高亢的迪斯康特,就像小提琴的上行半音阶。但其中也会有一些低沉的声音……像是装上了弱音器的小号……它的声音出现得迟一些,也就是当味道触碰到舌头后端的时候。然后如果在口腔里活动舌头,那么就会开始新一轮的灼烧感。"

"很怪异,很有趣。但是我们想听的不是这些。样品的辣度如何?"米尔科身边飘浮的情绪已经接近愤怒。

"我这样形容吧。如果卫生部有一个初级的、用基本品种调试的斯科维尔指数测量仪,那么它的辣度会让测量仪爆炸、冒烟,指针和弹簧到处乱飞。"

米尔科盯着我,他的周身散发着一股被压制的愉悦与兴奋。"我们之前的那位检测员只会说'辣'、'还算辣'和'没有之前辣'。"

"叫它'核泄漏'挺好的。"我说道,因为我想要把话题从自己令人羞耻的怪异行为上岔开,不想时刻提醒自己是一个十足的、天生的怪胎或怪物。"但我并不很确定这名字能不能当商品名,毕竟很少有人能真正理解其中的讽刺隐喻。一般的嗜辣椒者可能并不了解颓废民主国家的核电站发生了什么事故。你们为什么不用芬兰味浓一些的名字呢?我们面对的不是芬兰客户吗?"

瓦尔特里抬了抬眉毛,发出几声大笑。

"这是因为我已经习惯了被这样的思维模式牵着鼻子走。现在我的脑海里满是这类风格的命名方式,但我也会在其他语言里找一找灵感。我总是会用那些熟悉的词语，比如娜迦，它与印度神话里的某个蛇神有关。当然了，带芬兰味的名字有时也会很合适，因为我希望在产品的辣度之外强调该杂交品种的抗寒性。如果我的实验成功了，那么也可以开始尝试在开阔的田野里进行大规模的种植。这些植株只需要在冬天最寒冷的时候转入室内。"

米尔科补充道："在印加人的传说里，他们将辣椒与雷电联系在一起，特别是和某些神秘的石质物品相关。有人宣称这些石头是从雷击留下的坑洞中找到的。所以他们会把辣椒命名为'雷霆之箭'。"

危险与有害物质

（卫生部系列文章）

"辣椒素"是由不同辣椒素酯类物质组成的生物碱。1846年，科学家L.T.特莱希将辣椒果实中分离出的晶体命名为辣椒素。

辣椒素无色无味。辣椒素通过刺激口腔与鼻腔的痛觉神经发挥作用。当痛觉信号传递到大脑，会促使大脑在体内释放不同的化学物质。这些化学物质能够促使人体产生虚假的快感，但有些化学物质则会产生十分致命的副作用。特别是大剂量的辣椒素会产生神经毒性，能够使神经细胞陷入瘫痪的状态。食用辣椒素所产生的副作用包括大量出汗、腹痛、疟疾、消化系统瘫痪、唾液腺崩溃、括约肌麻痹、泌尿系统和口腔以及黏膜的严重炎症，还有行为失常，偶尔也会导致出现幻觉。辣椒素具有强烈的成瘾性，尝试极少剂量的高强度辣椒素便会迅速使人沉迷于此。

辣椒属于茄科植物也证明了辣椒素的危险性。茄科植物还包括拥有剧毒的颠茄，也叫毒茄，以及曼陀罗，也就是疯癫草。只需摄入几颗颠茄的果实就足以使一个健康的成年人死亡。这两种植物的毒素都会导致强烈的迷幻与混乱状态。还有另外一种拥有极大危害性的植物，烟草，也属于茄科植物。

一毫克纯辣椒素能使皮肤产生强烈的、类似于接触滚烫的金属一般的灼烧感，并且会造成皮肤损伤。

辣椒果实以及含辣椒的食品中的辣椒素，在经过干燥、封装，或是其他烹饪方式处理过后能够保存很长时间，因此辣椒的追踪和销毁工作存在极大的挑战。尽管如此，卫生部在长久以来坚持不懈的努力之下，已经几乎将辣椒彻底赶出了芬兰。

万娜 / 薇拉

2017 年 8 月

这个夏天像是一根冲破泥土的小草。它一边不慌不忙地生长,一边又火急火燎地壮大,让所有的植物在盛夏时分都可以枝繁叶茂、果实累累。辣椒的生长过程和盖亚主义者们独特的种植手段对我来说都是未曾涉猎的领域,有太多需要我认真学习的新知识。每一天都漫长得像是需要经过一百个小时才能等到夜晚来临,那没有黑暗,只有金黄色晚霞的夏夜。然而即使是这样,我还是会猛然发现,时间竟已悄悄地流逝,像是坠入沙丘的水滴。仿佛那些土里的种子昨天才冒出嫩芽,一转眼我正在篱笆边拔着两拃长的橘黄色胡萝卜。

有时我甚至会忘记曼娜。现在我实际上已经可以无限制地享用全芬兰甚至是全世界最辣的辣椒,我已经很少会感受到对辣椒的急切的渴望。这种渴望一旦出现,我可以在一分钟内尝到最新鲜、最火辣的辣椒。仅仅是这样的念头,就足以让密室的大门关得严严实实,让密室里的水面重回平静。只要辣椒一直触手可及,那么这样的状态甚至可以保持一整天。

而且，我还有亚雷在身边。他的皮肤、他的双手带来的官能刺激，是一个缤纷的、炽热的世界。而我随时可以打开通往这个世界的大门。

那消失在沙丘中的时间并不是没有留下任何的印记。时间和阳光、雨水一起为我们送来了西红柿、莴苣、胡萝卜、香草和西葫芦，洋葱和土豆，韭葱和豌豆。亚雷和我在每个周六都会开着车载着一车厢的蔬菜到坦梅拉的集市上摆摊。我们公开使用"生物气场动力学培植"的标签，对此我是十分紧张的，而且我们还会把价格定得比市场价高，但是仍然卖得不错。这似乎也并不值得惊讶，因为那些盖亚主义者的确是优秀的农民，而且是杰出的农业教师，他们带来的蔬菜苗和种子质量非常高。我们的蔬菜个头很大，外观也很漂亮，而且香气浓郁。西红柿总是从里到外完全熟透。大部分的蔬菜都是我们在当天早晨现摘的，上面甚至还挂着露水。

在七月份的时候我们就听到了集市的客人们的对话："我以后只买内乌拉帕的蔬菜，他们的蔬菜味道真不错。""你尝过他们的土豆吗？完全是另一个档次的。内乌拉帕种出来的土豆都是白白嫩嫩的。"

时间给藏在森林里的温室也留下了痕迹，一些美味的痕迹。温室里的一棵棵植物翠绿的枝叶上挂着黄色的、橘色的、浅绿色、红色、褐色、粉色的，一粒粒像水滴一样圆润饱满、大小不一、形态各异、口味各不相同的辣椒。当我们在集市上卖了一上午蔬菜之后，剩下的时间里我们就会去卖辣椒。

我们的顾客最开始惊讶于我们产品的辣度，接着便开始为之狂热、痴迷。很快我们的名声就传开了，需求量已经超出了我们的供给能力好几倍。因此我们严格地控制送出的样品，谨慎地管理"尝鲜套餐"的分发。肯定也不会有人论斤卖钻石。我们在卖哈里斯堡或者雷霆之箭的时候，像是在兜售某种稀世珍宝。而实际上，这样的品种在我们的眼里只是成堆的废料而已。我们会风干一部分收割下的辣椒，我甚至还学会了为那些真正的瘾君子熏制辣椒。我们会把这些风干的、烟熏的辣椒磨成粉，因为这样要比整只干辣椒、更不用说新鲜的辣椒，更便于贮藏、运输、贩卖和藏匿。我们把辣椒粉藏在老地方——客厅的地板下面。

那里还藏了大量的纸钞。数量太多，以至于我们不得不放弃使用小包裹，转而使用行李箱存放钞票。

亚雷正好有几个行李箱。

我开始思考，在亚雷离开之后，我该做些什么。内乌拉帕已经不属于我，它属于亚雷和我。但是我如果要保留内乌拉帕的所有权而不让国家强制回收土地，唯一方式就是要在亚雷离开之前，由他将内乌拉帕以某种象征性的价格卖给米尔科（没有人会质疑教友之间的"友情价"），然后同米尔科达成协定：在亚雷逃离这个国家之后，米尔科会同我结婚。这样我也可以获得一位稍微可以信任的守护人。这个计划没有什么理由不能成功。盖亚主义者们很喜欢在这里生活，因为这里很安全，而我的农活也干得越来越得心应手。

但是因为我们的辣椒定价高，所以卖起来也会慢一些。我们从不会把自己的货物交给其他的中间商，我们宁愿亲自用更高昂的街头价格出货。生意变得少了些，但是每一笔的成交量都很可观。亚雷小心翼翼地控制着不让别人意识到我们的收入增长。他从不买昂贵的衣服，也不买奢侈品，只有拿到食品局的工资、在集市上卖了一批蔬菜之后，他才会去还一部分购车时申请的分期贷款。

他有时会暗示我，他可以带我一起走。当我们成为性伴侣之后，他的暗示变得越发频繁。

但在我解开曼娜这一谜题之前，我不会考虑这件事。

只要我能留在内乌拉帕，那么或许有一天我能弄清楚，曼娜身上到底发生了什么事。我不知道她在哪里，但是对我来说，只要我没有看到尸体，那么她就一定没有死。

或许这个谜团的答案能够照亮整个密室，或许我能找到逃离那里的路。我现在仍然记得，和泰尔希在土豆田里劳作的时候脑海里出现的那个念头：如果我有一个真正的姐妹，那么大概就是这个样子吧。那羞愧深深地扎在我的心里，撕扯着我的血肉。

曼娜是我真正的姐妹。她身上的味道和我一样，就像同一窝出生的小狗。这味道烙在皮肤上，刻在血管里，永远无法抹去。我是多么丑陋，多么恶毒啊！竟然会产生这样的想法！

还有亚雷。他是曼娜真正渴望过的东西,但我没能满足她的心愿。如果我拒绝和他一起离开,彻底从他的身边消失,那么可以弥补我对曼娜的背叛吗?

我需要辣椒。在经过这样的思考之后,我总是近乎饥渴地需要一些那恶魔一般萦绕在我周围的辣椒。

亚雷因为工作的原因,需要回坦佩雷一趟。虽然我需要和泰尔希一起挖土豆,但我还是"逃"到了森林里的秘密温室去。温室里的清香、温暖、盎然绿意和妖艳的红晕,我总是无法抗拒如此美妙的场景,而且在这里发呆总要胜过在田里挖马铃薯。

我走进了靠里的小温室。瓦尔特里和米尔科正在温室后面的角落里激烈地讨论着什么。他们看到了我,互相交换了个眼神,米尔科的眉毛微微地向上扬了扬。我站在原地。一股怀疑与不信任的焦油味刺破了温室里的热带一般的气息。但是瓦尔特里向米尔科点了点头,然后冲我招了招手,示意我走到他们身边。

他们站在一棵光秃秃的、长着尖叶的植物旁边。植物的枝干上挂着几张标签。这株辣椒上最早结出的几根辣椒已经快要成熟了,或许有几根已经完全熟透了。他们用特殊的模具把这些辣椒塑造成了心形,外皮的颜色是深邃到极致的红,甚至有些位置几乎已经变成了褐色。

瓦尔特里伸手指了指。

"我们两个刚刚讨论的就是它,刚刚培育出的新品种。

需要尽快对它进行测试。但我需要事先提醒你,这些小家伙可不是省油的灯。"

"和雷霆之箭一样辣吗?"

"如果我培育成功了,那么雷霆之箭跟它比起来,完全是小巫见大巫。"

哎呀。

"超过两百万斯科维尔?"

"或许是的。"

米尔科看着那几个辣椒,身上满是希望与热切的水果香,尽管他还是一脸的严肃。

"什么时候品尝呢?"我问道,尽可能地以一种冷漠、专业的态度表达我的关切,掩盖内心的迫不及待。

瓦尔特里犹豫了一下,瞄了一眼米尔科。米尔科摇了摇头。

"或许现在还不是时候。我们现在必须小心谨慎,不能冒进。它或许是一次重大的突破。"

到哪里的突破?

"它有名字吗?"

瓦尔特里的激动已经写在脸上。

"它现在只有一个临时的项目名。我希望在它的名字上体现出芬兰语言的传承,这还是你出的好主意。我起初想按照植物学的惯例给它起名。它属于茄目(Solanales),茄科(Solanaceae),这两个词语的词源来自拉丁语中'太阳'(solis)一词。所以我,不,是我们,希望在这个品种的名称上体现出极致的、在所有生物的认知中最为永恒、最为热烈的东西——太阳。但是如果有某种东西比太阳还要炎热,那一定是太阳辐射的源头,太阳的内核,处在太阳中心位置的,近乎神一样的部分。"

"太阳核心。"我脱口而出。

"正是。"

泰尔希已经挖好了土豆。本应该由我为大家准备晚饭,但我还是像被磁铁吸引着一样,悄悄地回到了温室。他们还在另一间温室里忙着播种、栽苗。隔着温室的玻璃墙,我听到了盖亚主义者们的哼唱。

辣椒,请赐予我火焰般的智慧。
辣椒,请接纳我,带我逃离这个世界。
辣椒,请让我的双目明朗。
吃更多的辣椒吧,朋友们!
我不知痛苦,辣椒指引我的方向。
我不知痛苦,辣椒接管我之凡躯。
我不知痛苦,辣椒赋予我以光明。

我知道,它们之中有几根已经熟透了,随时可以采摘。

为什么所有的事情总是要由瓦尔特里、米尔科还有泰尔希做决定?明明在这些事情上我也是一个无可非议的专家。

虽然他们带来了日光灯，带来了培育盘、辣椒种子和幼苗，但是他们还是得依赖我，依赖我的能力，依赖我的天赋。

我溜进了另一间温室。我走到了温室里面的角落，站在瓦尔特里指给我的那株辣椒旁边。我的心怦怦直跳，仿佛在做什么不好的事情，尽管这完全不是。

我有权利这样做。

我抓住它的枝丫，从太阳核心的辣椒树上摘下了唯一一根成熟的辣椒。

我是一个莫洛克，我想要得到答案。

我的好奇和那些爱洛伊并不一样。在我内心深处，是纯粹、明亮、真诚的对知识的渴求，这是完全不一样的。

我把它装进了围裙的口袋里。

亚雷

2017 年 8 月

有的时候,我独自去发展新顾客,反而会有更好的效果。如果 V 站在我旁边,他们会十分紧张,因为他们当然会以为她会和一般的爱洛伊一样守不住秘密。我努力地让他们适应她的存在。我向他们保证,V 是我的妻子,她十分忠诚,不可能把我们的事情告诉其他人。她总是无时无刻不黏在我身边,是一个彻头彻尾为爱疯狂的爱洛伊,愿意为我赴汤蹈火。我还会同那些客人开玩笑说,操控一个爱洛伊是多么容易,只需要摆出一些浪漫的小动作,她就会屁颠屁颠地听凭指挥,像一个听话的机器人。客人们点点头,他们也了解爱洛伊,我们电波对上了。"有的时候在她们眼前挂一根胡萝卜要比棍棒好使,嘿嘿。"客人们应和道。而站在客人们身后的 V 就会冲我做个鬼脸,翻一个白眼。有一次她用口型说了几个字,让我忍不住捧腹大笑,差点搞黄了生意。

我告诉那些顾客我有一个很特殊的新货。我确实有,新鲜的雷霆之箭的样品。我打算给他们头发丝厚度的辣椒片让他们尝尝鲜,但最好还是能给他们展示一整根辣椒,证明这辣椒是真实存在的，同时还能告诉他，只要价格合适，他们就可以从我这里拿到这样的上等货。

我们约好在海梅街的茶点吧交货。我先走了进去，找了一张桌子，在旁边坐了下来，点了一杯矿泉水。然后看似不经意地将几张征婚启事放在桌子上，从口袋里掏出一本书，装模作样地开始阅读。这本书是这次交易的暗号，关键词是"七"，所以我机智地带了一本《七兄弟》在身上。

我注意到一个有趣的东西：茶点吧的墙上贴着国家宣传海报。海报上画着芬兰的地图，所有芬兰国境以外的国家都在燃烧着，被血红的烈焰覆盖，火苗的尖端张牙舞爪地指向我们的国家。我定睛看了看，那些火苗其实是辣椒，被精心设计成了火苗的样子。在芬兰国境线里画着一些人物剪影，正举着灭火器勇敢地同烈火搏斗。海报下面写着一行大字：坚决与毁灭的烈焰作斗争。下面还有一行小字：

防"火"事业需要大家共同参与——若发现身边有辣椒出现，请及时向有关部门举报！

一瞬间，紧张与忧虑像冒泡泡一样填满了我的血管，连发根也在嗡嗡作响。

过了一会儿，一个拿着棕色公文包的男人走了进来。他点了一杯西红柿汁，打开了公文包，同样拿出几张征婚启事，放在了我对面的桌子上。我们互相看着对方，他注意到了我手里的书，看到了书名。我做出一副思考的样子，扬起了一边的眉毛。男人用同样的小动作回应我。他啜了几口西红柿汁，然后起身走向了男洗手间。

我坐在原地，淡定地喝着矿泉水，装作认真地读着手里的书。过了一会儿，我觉得时机差不多了，于是稍微伸了伸懒腰，站起身，平静地走向了男洗手间。

我的客人正在那里等着我，一脸的不耐烦。我们检查了一下周围，然后走进一个厕所隔间，锁上了门。他伸出右手："我是埃尔基。"

"你可以叫我贝特里。"

"你有什么货？"

"全芬兰最好的货。"我一边挨个报出每个品种的名字，一边享受着埃尔基脸上的表情。"这里面有些辣椒你在别处绝对找不到。它们能轻轻松松地突破一百万斯科维尔。"

男人深深地吸了一口气。

"是粉末吗？"

"是的。但也有新鲜的。塞拉诺，哈瓦那，娜迦。"

接下来的事情总是相同的：顾客们会愣在原地，像是被电击一样，大口大口地喘着粗气。埃尔基听了我的话之后明显地恍惚了一下，但是并没有像大多数人那样惊讶得失语、失态。

"我身上只有一些样品可以免费给你尝一尝，但如果你看上了这批货，那么我们会另行安排交易的时间和地点。我得提前告诉你，我身上带着的辣椒也和平常不一样。它是全新的杂交品种，一百五十万斯科维尔。名字叫雷霆之箭，在国内培育的新品种。你想尝一尝吗？"

埃尔基点了点头。我掏出一副一次性塑料手套。这个环节总是很美妙。我可以清楚地看到，在见识到我这样的处理手法时，站在对面的嗜辣者的眼睛猛然间睁得圆鼓鼓的，很明显他明白了我用这样的措施的意义。在我外套的内侧缝着一只隐秘的口袋，我从里面掏出一个小塑料包，里面装着一个新鲜的雷霆之箭。我把它拿起来，在他目不转睛的注视下前后转一转，像是一个猎人在给一位买家展示他猎得的猎物身上罕见的、厚实的皮毛。我从裤子的口袋里抽出一把小刀，仔细地从雷霆之箭的尖头切下一小片辣椒，然后用刀尖将辣椒片挑起来，伸手递给那位嗜辣者。"现在你可以品尝了。但你要记住，这仅仅是辣椒尖端的一小片，是整只辣椒辣度最弱的部分。辣椒根部的胎座，也就是结籽的位置，才是辣度最强的部分——"

那一拳几乎让我晕了过去。当时我的注意力完全在辣椒上，男人的动作快得像一条蝰蛇。他的拳头直直地凿在了我脖颈的左侧，我的手瞬间失去了力气，手里的小刀和雷霆之箭掉在了地板上。男人像一道闪电一般踢在了刀背上，小刀在地板上滑到了我够不到的地方。

新一轮的疼痛远远超过了方才的那一击：男人的拳头势大力沉地砸在了我的膈肌上。肺里的空气瞬间被抽空，我差点失去意识。此刻我经受着双重痛觉，竭力地喘息着，想尽力吸入空气。我甚至还没来得及伸出手，埃尔基就打开了隔间的门，一把抓起地板上的雷霆之箭，撒腿跑了出去。我坐在原地，不住地咳嗽，努力地想要呼吸，但是一点都动弹不得。当我终于能抬起自己的腿时，我知道，男人已经跑远了。

我明白，我至少还是需要捡起掉在马桶下的塑料袋。我从卫生间的瓷砖墙边捡起了我的小刀，然后脱下一只鞋子，用鞋底把小刀上的红色辣椒片蹭到了下水道里。

五分钟后，我开着车返回内乌拉帕。我尽力控制自己不要超速，虽然现在我已经急得五内俱焚，但是我最不想要的就是在这种情况下引起巡警的注意。

他只是一个贪心的药罐子，想要财货双得？这样的事也并不是第一次遇见了，之前 V 在卡列万坎加也发生过同样的事。但是这小子知道一些近身格斗的技巧，有些不正常。

接着我意识到了一件让我毛骨悚然的事情，而且已经太晚了。如果那小子只是个头脑发热的嗜辣者，那么他为什么只抢走了新鲜的辣椒呢？他为什么不将我踢到住院，或者直接杀了我呢？为什么不抢走我口袋里的十几克辣椒粉，为什么不抢走我的钱包？

是卫生部。

我们的暗号可能已经被他们掌握了。如果埃尔基真的是卫生部的人，那么他也了解我们使用的征婚启事的暗号。

是我太过贪心不足、粗心大意了。

警察们一定能在第一时间意识到，辣椒的种植地一定就在坦佩雷附近，因为果实还很新鲜，仿佛是早晨刚刚摘下来的，还沾着清晨的露水。它并不是被人塞在行李箱的夹层里从奥兰岛走私来的，更不可能是泰国。而且哪怕卫生部对于辣椒的认识十分粗浅，也不需要由液相色谱仪的检测结果或者某位植物学家来告诉他们，雷霆之箭是一个全新的辣椒品种，而且真他妈辣。

但是为什么卫生部的人只拿走了辣椒然后就溜掉了？

为什么他没有展示他的警官证？为什么没有给我戴上手铐，然后把我带到停在街拐角的警车上？

另一个可怕的想法浮现在我的脑海，而且同样为时太晚。

他们故意放我走，这样才可以跟踪我，或者根据我的路线推算种植地的大概位置。

希望还来得及，希望我还有时间。

我犯了一个可怕的错误。但现在最重要的，是要想办法撇清 V 与这件事的关系。

我的脑子里有个主意一闪而过：或许我应该找一个公共电话，给内乌拉帕发一个警告，但是很快我就打消了这个念头，已经没有时间浪费在寻找电话上了。更何况，现在可能没有人在正房里，他们可能都在温室，压根都不会有人接电话。

当我走上了内乌拉帕的小路，这里距离交易地点已经有十千米。我把油门狠狠地踩到底，这条路上一定没有任何测速仪。现在是真的火烧眉毛了。

万娜 / 薇拉

2017 年 8 月

我锁上了身后的房间门。在之前的这几个月里,我一点点地将我老房间里的内饰改成了更符合我口味的样子,但是把曼娜的粉色褶边窗帘和床单搬到了阁楼里之后,我还是痛苦难过了好久。我,你丑陋的莫洛克姐姐,又一次操控了你的人生。

我从围裙的口袋里掏出那根太阳核心,仔仔细细地观察了一会儿。我用手指甲小心翼翼地捏着辣椒的根茎,这样就不会使自己裸露的手指触碰到辣椒的表皮。通常情况下,处理辣椒的时候,只要不将它的表皮切开,是不需要用到防护用具的。辣椒表皮有一层光滑的蜡质薄膜,能有效地将辣椒素隔绝在内。但是对这根辣椒,我不敢冒任何的风险。在辣椒面前,手指总要退避三舍。

从一颗尚未引爆的地雷上跳过去,大概就是这样的感觉吧?

我面前的书桌上放着一副一次性塑料手套,这是我刚刚从客厅地板下找出来的。我们从来没有把它们当作一次性手套使用，只要它们还没有破，那么我们就会一直用下去。我们会戴着防护口罩，在户外用热水清洗这些用过的手套，因为辣椒素遇到热水会产生辣椒素蒸气，会让人流泪、咳嗽。有的时候仅仅是吸一口这样的蒸气，就能让我心跳加速，激起我对辣椒的渴望。

在我的身边放着一块从厨房里拿来的小切菜板。之前当这个家里还有人愿意吃黄油的时候，我会拿它来切黄油。切菜板旁边放着一把我已经仔细磨利的小刀。

这把小刀相当锋利，我毫不费力地用它从太阳核心上面削下发丝厚度的薄片。它的味道并不是刺鼻的果香，那种类似于柠檬的酸甜味，像哈瓦那辣椒那样。但是它仍然能给我一种热带的感觉，闻起来像某种香辛料，带有一丝烟熏味。我的鼻腔开始发痒，不禁打了个喷嚏，然后站在原地调整了一下呼吸。

这个小家伙的味道简直太浓郁了，估计一米开外就能闻到它。

我真的要这样做吗？看着菜板上那片几乎肉眼不可见的辣椒薄片，我不禁这样问自己。

呼……吸……

我挑起那片辣椒，扔进了嘴里。

咀嚼。

等待。

我的嘴里没有感觉。

但还是有些不一样，因为我察觉到自己的心漏跳了一拍,时间的流淌也慢了下来——

我的脑海里闪过一道白光。那火焰是如此闪耀,我几乎能够想象到,此时自己头颅的骨缝之间也在泄露着光芒。

那纯净的白色没有一丝瑕疵,我甚至找不到词语来形容。同它相比,冬日里刚刚落下的雪花似乎也是灰色的。那白色可以划破穹顶,可以使人失明。那是极致的白色,仿佛吸纳了世界上所有的色彩,却又让所有的色彩相形见绌。我的脑袋里响起一阵尖锐的耳鸣,仿佛我在一瞬间获得了犬类的听觉能力。那些声音频率很高,是远远超出人类可听范围的声音,像是一个遥远的星星散发的光芒,变成了声波传播到地球上,传到我的耳朵里。

那声音的频率逐渐升高,我已经听不到它了。

我直直地立在原地,视觉渐渐开始恢复,时间彻底暂停了。虽然我的口腔里分泌了满满的唾液,全身都已被汗水打湿,但是我的舌头并没有在灼烧,我的喉咙里并没有涌动着岩浆,我的胃里并没有铁棒在翻江倒海。

它已经超出了人体感受器的感知范围。

因为感受器并没有接收到痛觉信息,因此大脑也没有做出相应的反应。感受器察觉不到自己正在经受何种程度的刺激,于是决定不予理会。

终于,大脑无助地投降了。

我的脑袋在嗡嗡作响,身体却十分轻快。此刻我的体内已经注满了内啡肽,似乎我随时会双脚离地,升入空中。我确实飞到了空中,那感觉美妙绝伦。我觉得自己无形无状，轻巧得像一片羽毛，一股微风就会将我吹向远方。我看到衣柜顶上积着厚厚的灰尘，一定是许久无人清理，因为衣柜很高，几乎碰到了天花板。灰尘的上面结着一张蜘蛛网，透过那张蜘蛛网的缝隙，能看到一个爱洛伊一动不动地站在那里，她的身前放着一块小切菜板，一把小刀，还有一根暗红色的辣椒。

我花了好一阵才意识到，那个爱洛伊就是我。

我试着动了动，然后发现如果我愿意的话，我可以顺着窗户的缝隙钻到外面去。我能感受到窗玻璃另一边的勃勃生机，那些桦树和冷杉，小草和玫瑰，蚯蚓、甲虫和蚊子。在森林里的某一个角落，一只小狐狸正在跳来跳去；在另一个角落，一只野兔也在蹦来蹦去。我可以和它们一起奔跑、跳跃，我可以成为它们体内的一部分，成为它们大脑的一部分，陪着它们一起玩耍直到天黑；我可以和它们一起聆听世界的声响，观察自然的美景。

在我的感知世界的边缘，盘旋着一簇幽灵般的沙沙声，像是远方传来的回音。那一定是盖亚主义者们。

窗边飞来一只苍蝇，它的嗡嗡声十分清晰，让人昏昏欲睡。我又动了动，只是极其微小的动作，但我在一秒钟内出现在另一个物体之中。它像一个用发条驱动的小机器，一个不知疲倦的固执鬼，它的动作总是精准到位，没有一点偏差。在它的眼里，世界是一个用数不清的闪烁的小光点组成的图案；然后眨眼间，我就从它的身上离开了。

这就是他们口中的"突破"。

太阳核心真的有效。

联结自然。原来这从来不是什么神秘魔法的陈词滥调,而是一个十分光明、清晰、可以实现的目标。

融入这个世界。摆脱身体的桎梏。

"我们的方向是向心,不是向外。"

亚雷

2017 年 8 月

很久之前，我假扮食品局的检查员来到内乌拉帕。当我开车穿过内乌拉帕大门的时候，我很小心地踩着刹车，尽量表现得像一个有礼貌的公职人员。但这次不一样。轮胎在院子里的石子路上留下了几道深深的痕迹。我从车上跳了下来，努力地四处张望，但是没有看到任何人的身影。他们一定都在森林里的温室那边。我在门口大声地喊她的名字，但是没有任何回应。或许她就在房子里，正在认真地读书。于是我跑到她的房间门口，没有丝毫犹豫地一把拽开了房间门。

V 纹丝不动地站在写字桌边，她的面前放着一张小切菜板，上面有一把小刀，还有一根深红色的辣椒，宛如一块血渍。我立刻便认出了它。

太阳核心。V 啊 V！你拿它做了什么？

我抓住她的肩膀，用力地摇晃着她的身体。"V！V！"

她没有回答。她的双眼像两颗玻璃球，木讷地看着前方的空气，一副痴呆的样子。

万娜 / 薇拉

2017 年 8 月

亚雷冲进了我的房间。看上去有趣极了，像是在看一部慢动作的黑色默片。他的动作特别夸张，宛如一个演技拙劣的演员在表演时用力过猛。现在整个房间被一股刺鼻的，类似于迷迭香的味道填满了。那味道浓郁得让人窒息。

突然间，我的感知回来了，让我措手不及。大量的感知信号齐刷刷地涌入我的大脑，我差点疼得叫出声来。我看着我的脸，端详着脸上那蜡像一般的表情。我的位置距离它很近，像是在照一面镜子，但那并不是镜子。

我在用亚雷的眼睛看我自己。

在这一瞬间，我在这里，也在那里。我能感觉到一些暗淡的颜色，有一抹蓝，一缕红，还有一丝丝绿意。但是它们一转眼就消失了，像是在一个盛满水的盆里滴了几滴水彩。整体的颜色则像初春没有消融尽的，被踩实、结晶的雪一样，是一种明亮的灰色。也正像雪一样，眼前这片景象会反射阳光，但光并不是来自天上，而是从它的内心发散而出的。

我在另一个世界里。或许我在另一个星球上，但是这里并不是一个星球，这里没有方向，没有地心引力。我在空中游动着，飘荡在怪异的群山之间，穿梭在那仿佛植物触须一般的山峰之间。我周遭的一切都是乱糟糟、半透明的。它们诞生于混沌，却似乎被某种深层次的秩序支配着，从上，从下，从左，从右，旺盛地生长着，像是在三月底渐渐温暖的阳光笼罩下的积雪，融化成棱角分明、沟壑纵横的样子，像极了一头沉睡的巨龙身上披着的那一层坚硬的龙鳞。尖锐的山峰，水晶石般的高塔，还有粗糙的钟乳石，这样的景象如雪花一般，看似千篇一律，实则又独一无二：世界上的一切同根同源，但如同附着在一座巨大的珊瑚礁上的小珊瑚一样，各自拥有着独特的外形。

我就这样以一种我无法理解的方式运动着。或许是我的大脑在控制着我游动，或是飞行。像风一般穿行在这雪鳞与水晶高塔之间，我倏然发现一处暗沉的黑点，于是我便向它俯冲过去。一半是因为我想要一探究竟，一半是因为它在吸引着我到它身边。此时我的动作已不是飘动，而是飞快地冲刺，而那黑点则逐渐变大，它像是一个洞穴，又像是一只野兽张开的血盆大口。我坠入那深渊之中，仿佛一名将要溺水的潜水员，拼命地朝着水面的方向挣扎。但那片黑暗似乎并不是黑暗，是友好的黑色，是一个温暖的、满天星斗的夜幕。那里似乎有什么特别的东西。

它很柔顺、坚实、光滑，像蛇一般扭曲着身体。它搏动着，悸动着，身上披着厚厚的甲胄，小心翼翼地观察着世界。它鲜活、灵动、娇柔却又坚强不屈。它的形态不断变化，但仍是相同的。它令人捉摸不透，却又让人觉得安全可靠。而且，它在呼唤着我的名字。我并不是靠耳朵听到的，但我还是感知到了，像是在梦里发生了某件事，但明白那实际上意味着另一件事。它呼唤着V，但是我知道它在呼喊着薇拉。它冲上前来，环抱着我。我已分不清它是人，或者是什么物体。它朝我送来这些像珊瑚又像雪鳞形状的迷迭香、薰衣草、苹果、柠檬、蔓越莓的光芒与颜色，形成了某种熟悉的，我无法感知但是它可以感知的东西，像是曼娜爱上亚雷时，她身边飘浮着的刚刚修剪过的草坪的清香。现在这味道和这像极了，但是多了一股蔓越莓的成熟与哀怨。它填满了亚雷的脑海，其中夹杂着忧虑的酸涩——

现在我知道这股味道是什么了。

天哪，天哪。

我颤抖了一下，又过去一秒我的眼睛才再次聚焦。他就在那里，亚雷，他的脸庞距离我的脸颊只有几寸，他的双手抓着我的肩膀，努力地朝着我封锁着的耳朵呼喊着什么。V，V，V！V！V！你到底怎么了？

又是一阵颤抖。虽然我听不到任何东西，但是我感知到了我阻塞的耳道里气压的变化。有人进来了。我狭窄的视线落到了泰尔希身上，她正在激烈地对亚雷张着嘴，做着手势。他们在说我的事。我猜现在已经到了午餐时间，所以他们从温室回来了。但这没有什么关系，因为现在我还有一半浮在身体之外,这世界上的一切都没有什么关系。亚雷和泰尔希架着我朝着客厅走去,走到了沙发旁边,扶着我坐在上面,在我身上盖上两张毛毯。亚雷给我带来了热糖水,半强迫地让我喝了下去。热水烫得我的嘴巴生疼,像火苗一样滚烫,有一瞬间我以为糖水里面也有辣椒素,但或许只是因为我口腔里的感知神经现在极其脆弱、敏感。当我身上盖着毯子,喝了热水,我身体渐渐平息了下来。

透过汗水、颤抖,与口腔中的灼痛,我感受到亚雷、泰尔希、瓦尔特里和米尔科正围在我身边,像在开会一样。

"你非要试它。"这是泰尔希的声音。

我没有回答。实际上我也没有能力回答,因为此时我所有的牙齿都在不受控制地上下打架。

泰尔希看着亚雷。"你知道她会这样做吗?"

亚雷紧张得要命,很轻易就闻到了他的味道。那味道十分强烈,层层叠叠。为什么,这应该不是什么大的罪过吧?

"万娜不是爱洛伊,她做任何事不需要一个马斯科来为她负责!我不知道!"

"少在这里犯浑。我只是问问。"

泰尔希坐在沙发边上。毛毯和热糖水,再加上太阳核心发挥的作用已经过去很久了,现在我身上的颤抖已经平息了很多。她把我的手从毛毯下面拿了出来,紧紧攥住。

"万娜,你现在冷得像一块冰。"

我点了点头,对于我来说她的手像火一般滚烫。似乎我身体表面血管里所有的血液都被抽回到身体深处，扑灭那熊熊烈火。泰尔希担忧与关切的注视，适才发现的亚雷的感受，辣椒素刺激下高度敏感的所有身体感官，还有嘴里开始肆虐的痛苦，这一切来得太快，我已无法承受。我哭了出来。

泰尔希把我抱进她的怀里，紧紧贴着她的胸膛，一言不发。没有什么别的动作，只是抱着我。当我闭上眼睛，我仿佛回到了奥利基身边。

"恭喜。"我咕哝了一声。

虽然我的脸一半埋在泰尔希的胸口，但我还是察觉到了她肌肉的动作，她看了看其他人，米尔科和瓦尔特里。

"我脱离了我的身体。"

泰尔希抓着我的肩膀将我向后轻轻推开，看着我的脸，观察着我是不是认真的。她的脸颊开始涨红。"发生了什么？"

"我的视野突破了我的身体，所有的边界都消失了。你们可以去看一看，衣柜顶上是不是有一只死蜘蛛。以我的身高是看不到那里的，但是我还是看到了。"

瓦尔特里和米尔科同时张开嘴，像是叹息也像是在低吟，接着突然同时爆发出声，泰尔希也加入了他们。

"附身超脱！"

"但或许这只是某种……自我催眠？"亚雷的声音里有些怀疑。

"不会的。达到这样的境界会伴随着可以用脑电图测量的、真实的神经生理学变化。而且就像万娜现在这样，还会伴随着其他生理症状：痉挛、震颤、抖动。古代萨满认为，附身超脱是失去意识的初步阶段。通过适当的练习，可以逐渐加深这一状态，直到彻底切断同现世的联系。"

瓦尔特里掏出一只随身手电筒，观察着我的口腔。"你的口腔里有脓肿。口唇的内侧有明显的肿胀。这些明显都是辣椒引起的，过几天就会痊愈。"

"我们不能忽视万娜的耐受度。如果这只对她有效……"米尔科像是在自言自语。

"这是一个重大突破。"

"这绝对是一个突破。"

"我们可以把所有精力放在这一品种上——"

"必须尽快巩固这个品种的生长和繁殖——"

"这只是时间问题。"

"我们有的是时间。"

"我们拥有了太阳核心！"

他们又问了我一些别的问题。此刻我仿佛拥有无穷的活力，无尽的知识。我是整个欧洲的王，我是整个世界的统治者。我沉醉地同他们讲述我的经历，告诉他们当我成为蚯蚓、小鸟或者蛰伏在内乌拉帕周围的猞猁的时候，我是什么样的感受，我如何体会它们的感知。我还没来得及告诉他们我进入蛇的大脑，还有亚雷的大脑的时候，我注意到气氛发生了变化。盖亚主义者们互相看了看对方，接着看了看亚雷，然后落到了我身上。空气中散发着焦油和浓烟的味道。

就在这时,亚雷深深地吸了一口气,缓缓地吐了出来。所有人都安静下来。很显然亚雷心里压着一件重要的事。我看着他,他的眼神里满是绝望。虽然我现在已经远远地离开了密室,但恐惧与害怕仍旧让我的胃里一阵翻腾。

"我本该马上告诉你们的,但是 V……既然现在 V 看上去已经好很多了,我不能再拖下去了。我有一个十万火急的事情需要告诉你们。"

亚雷

2017 年 8 月

我们必须马上离开，V，你继续做我的妻子，和我一起离开。我知道你说过，在你弄清楚曼娜的事情之前是不会离开的，但是现在我不想听任何拒绝的话。你已经凿开了我的脑壳，住在了我的脑子里。与其把你撇在这里，我宁可砍掉我的手足，挖出我的心脏。没有我，你当然也可以继续生活。只要你愿意，你可以战胜所有的艰难险阻，但正因为如此，正因为你实际上并不需要我，这才是让我最痛苦的事情。

因为我已沦陷于你。

我向你保证。我会尽我一切所能帮助你找到失踪的妹妹。有几次你也提到过，你很珍爱你的书，你永远不会离开它们。但是我曾听说过，在颓废民主国家，那里的人们有一种可以随身携带的小机器，那里面能保存成千上万的书本，那些最新潮、最先进的书本。我还听说他们有一种知识网络，只需要在按钮上敲几下，就能在上面找到你困惑已久的所有问题的答案。我可以把这个世界送给你。这是你独自一人无法做到的事情。

你是我的肾上腺素,你是我的赌博游戏。

我能看到你内心的动摇。你要和我离开,你必须和我一起离开这里。

万娜 / 薇拉

2017 年 8 月

我们和亚雷一起，满头大汗地把育苗箱和太阳灯从森林里扛了出来。我们的藏匿处放不下所有的成年植株，只能保存几株最珍贵的辣椒，然后从剩下的植株上摘下了所有成熟的辣椒种子。

米尔科、瓦尔特里还有泰尔希拆掉了森林里的温室，把所有的零部件都放在了院子里。我们可以把它们装在卡车的货仓里。我们没有办法完全将那被温室压实的土地还原，但我们还是尽可能地用耙子和铲子破坏了温室地板和承重梁留下的印迹。

我本来认为先静观其变才是最明智的选择，因为卫生部有可能一直在跟踪着亚雷。如果我们按兵不动，那么还是有极小的可能他们会找不到任何证据。如果他们现在找上门来，我们岂不是和站在一具尸体旁边、手上握着一把冒着硝烟的手枪的人没什么两样，证据确凿，人赃并获。但是不知道为什么，盖亚主义者们决定立即做出行动。

好像除了卫生部之外,他们还在躲着其他人。

亚雷为瓦尔特里指了路,让他把摘下的辣椒秆和根茎扔进里希沼泽里。它们会陷入苔藓下的泥塘里,消失得无影无踪。即便有人找到了它们,也很难把它们同沼泽里不同腐烂程度的植物区分开。

"但是为什么卫生部的工作效率会这么低?"我嘀咕着,"如果那真的是一场卫生部策划的袭击,而且你当时立刻离开了现场,那他们就可以跟踪你,到现在早已经布置好了天罗地网。就算他们在路上跟丢了,那他们也该掌握了你的车牌号码。这一切都很不对劲。"

"他们可能想要搜集更多的证据。保险起见。"

米尔科和泰尔希一手提着一个塑料袋,把它们一个个地放在车上。我侧着脑袋看着他们,还有他们手上红色、黄色、绿色的,在太阳下反射着微光的透明塑料袋。"没有什么比这更充分的证据了。"我把木板从地面上抬起来,递给站在车厢里的亚雷,"如果那个所谓的埃尔基从来不是什么头脑发热的嗜辣者,也不是什么探子?如果他是个'白衣探员'呢?"

"白衣探员?"

"私家侦探,或者说是赏金猎人。他们靠搜集、贩卖情报为生。如果他是个'白衣探员',那么对他来说,带走证据然后跑路就已经足够了。虽然他也可以直接去找卫生部,然后把雷霆之箭卖给他们,卖个好价钱,那么卫生部除了能得到一个辣椒之外,手里没有任何其他有用的信息。他们依照这个埃尔基的描述得到你的长相,还可以调取茶点吧附近某个破破烂烂的监控摄像头的监控记录,知道你自称是贝特里,肯定也知道了同你取得联系的方式。他们还需要走很大一步,才能找到那位和盖亚主义者混在一起的,在集市上摆摊的小贩亚雷·瓦尔基宁。"

亚雷紧张的神情稍稍放松了一些。"他们确实要费很多工夫,但是这也只能为我们拖延一些时间。我必须尽快把手头的货卖出去,一共卖到两万五就足够我们离开了。这些货物足够这个价钱。只要我能找到一个可靠的批发买家,如果他能一次性付得清这些钱,我就会把货便宜卖给他。现在不是追求利益最大化的时候。"

"可眼下半个坦佩雷的警探都在抓捕辣椒贩。"

我和亚雷互相看了看对方。亚雷从车上跳了下来,走到了另一辆车旁边。"米尔科,你能再给我们半公斤吗?不管是什么品种的辣椒,只要你们有富裕的幼苗和种子。"

米尔科拿出一个塑料袋,把它扔给了亚雷,甚至眼睛都没抬一下。亚雷在半空中接住了那只袋子。米尔科在生气可能是由于亚雷的粗心大意,也可能是因为事发之后,他先关心我的情况,而不是先向他们发出警报。但是我并不相信他会有这样的想法。米尔科的心里还堵着别的事情。

亚雷走回到我身边,举起那只小袋子给我看。"这些辣椒,加上地板下的辣椒粉,一定足够了。"

"最后一箱!"泰尔希向米尔科喊道。瓦尔特里从沼泽边回来了,满脸通红,气喘吁吁,鞋底沾满了潮湿的苔藓和泥土。

盖亚主义者们不会为个人情感浪费任何时间。当车上的货物已经装载完毕，秘密隔间也安置妥当，每个人都带好了自己为数不多的私人物品，随时可以离开。

"你们接下来会去哪里？"

"东北。到凯努的森林里去。现在那里应该正适合种植作物，只要不会出现少见的寒冬。乡村的人们很了解我们盖亚主义者四处流浪的生活方式，所以没有人会在意我们突然出现在某个村子里。我们会租一片闲置的土地，低调行事。"

我也放轻松了些。如果我们把他们在这里生活过的痕迹都清扫干净，那么当有人询问我们的时候，我们也可以宣称，在上一年播种季开始的时候，我们从几个盖亚主义者那里学到了生物气场农业的种植方法，他们给予了我们一些帮助，仅此而已。我们知道有很多盖亚主义者在种植辣椒，但是幸好他们并不是那样的人。整个夏天我们带到集市上售卖的蔬菜，都是两个勤奋的普通人辛勤劳作的成果。

瓦尔特里和泰尔希上了一辆车，米尔科上了另一辆。米尔科挥了挥手，然后开着车穿过大门离开了。瓦尔特里发动了汽车。车轮已经向前动了动，但是车停了下来，车门猛地打开，泰尔希跳了下来。她跑到我的身边，从她的口袋里掏了什么东西出来，放在了我的手上，然后将我的手指轻轻折了起来，紧紧地攥住它。

"我跟瓦尔特里说，我忘了向你道谢。一定要用好它。"

泰尔希飞快地跑回车边,轻巧地跳上了副驾驶座,砰的一声关上了车门。发动机轰的一声启动了。

两辆车沿着蜿蜒的砂石小路行驶着,消失在了杉树林后面。

我张开了手掌。我的手掌心里躺着一根手指大小、像凝固的血液一般的暗红色果实。一根成熟的太阳核心。

"我在弄清楚曼娜的事之前,我是不会离——"
"闭嘴吧。"

我惊讶得一时说不出话来。亚雷从没有同我说过这样的话。

"听着。有可能,当然可能性并不乐观——我们还能找到曼娜的尸体。但是这会让你开心吗?"

"至少我可以知道真相。"

"我们没有任何时间可以浪费。不管是谁从我身上抢走了雷霆之箭,他不会止步于此。"

我还是摇了摇头。

"你还记得我跟你说过的那两个人吗?他们花了一大笔钱离开了这个国家。其中一个人还带走了他的妻子,而且并没有额外增加太多费用。"

"我不会抛弃曼娜。"

亚雷沉默了,紧紧地捏着他的拳头。

"离开这里,到别的地方——你可以做回薇拉。"

薇拉。这个名字对我来说既沉重又遥远。这个名字属于某个人,而我已不再是那个人。我在书里读到,我的名字来源于某个意为"真相"的拉丁语单词。

那才是我,真正的我。

"万娜·瓦尔基宁可以成为薇拉·内乌拉帕。只要我们一起离开这里……到那时,不管我们身处何处,你都可以做任何你想做的事情。"

我看着亚雷,突然间,一股强烈的疲惫感潮水般吞没我身体每一个角落。我可以脱掉爱洛伊的皮囊吗?脱掉我在身上小心翼翼披了十几年的伪装,像一条蛇蜕去老旧的蛇皮一样吗?

他看到了我脸上的表情,看到了我的同意,看到了我的崩溃。他握住我的另一只手,轻轻地吻了一下。

"现在我们必须马上行动。我们得立刻筹集到所有的钱,必须冒一些险,我们已经没有什么值得失去的了。我还有一个老顾客,他常在我这里进货。我们约好了,只要我有货可以出手,就用路边的公共电话给他的工作单位打电话。我的代号是帕洛黑莫先生。他是一个汽车经销商,所以我们通话的话题总是某个与汽车相关的问题,然后以此为由约一次会面。如果他想要买货,我们就会约定一个时间和地点。他出手很阔绰,也十分了解市场价。如果我给他提供一个折扣价,两万五千马克收走我手上所有的新鲜辣椒和辣椒粉,他一定会接受。或许也可以是三万马克,这样我们就可以留一些钱以备不时之需。这批货足够他用一辈子。只要用几个雷霆之箭,他就能举办全芬兰最疯狂的秘密辣椒派对。"

"如果他们已经开始怀疑你呢?或许并不是直接怀疑到你的头上,但他们已经有了明确的调查范围,而你也是他们的调查对象之一?你会立刻被抓走的。不,这个方法行不通。"

"为什么行不通?"

"这笔生意必须由我来做。"

亚雷静静地看了我许久。有几次他张开了嘴,但是没有说出一个字。

"没有人会怀疑我。你可以自己来打这通'帕洛黑莫先生'的电话,但是约他同'帕洛黑莫小姐'见面。"

亚雷·瓦尔基宁和他美丽动人的妻子,散发着完美的爱洛伊气质的夫人,万娜·瓦尔基宁,正在坦佩雷市中心购物。

他们的汽车后备箱里放着三只行李箱。其中两个箱子里放着一些寻常的生活用品,一些衣服,化妆品,还有其他爱洛伊的化妆品和小玩意儿,够我伪装成爱洛伊,撑到国境线了。第三只行李箱里装着满满的现金。

亚雷从公共电话亭旁边回来,走进车里,坐在我旁边的驾驶座上。

"都问清楚了。如果我今天把钱送到外贸部的那个男人那里,他就会给我们办好身份证件、旅行许可证,还有机票。我弄不到护照,只能在旅行许可证上写上你的名字。所以我们只能前往目的地国家，不能去别的地方。但是现在最重要的是跨过那条国境线，之后我们再去思考其他的细节。我听说在享乐主义国家甚至可以花钱买到护照。"

"我们可以马上离开吗？去哪里？"

"下午我们在哈尔玛拉坐这星期唯一的一班飞机离开。我们坐这班飞机到塔林。我们在那里换乘另一个航班到达最终目的地。我会把车留在机场，它会被国家拖走回收。外贸部的那个人还在努力弄清楚，哪一个国家最需要他迅速安排专家团队前往。他猜测我可能会到西班牙销售一种罕见的在芬兰培育生产的燕麦麸，据说只要吃上一勺就能降低血液胆固醇。"

西班牙！

"那……另一通电话呢？"

"如果它没有成功，我也不会打电话给外贸部。我以帕洛黑莫先生的名义告诉他，想把一个朋友介绍给他认识，而且我很确信这次会面一定会让他十分满意。我暗示他，同这位直言快语的朋友见面，或许能给他带来一个大生意。我希望，我也相信他一定明白了我的暗示，会带着大量现金。但是如果他像我希望的那样接手我所有的货，那他一定会需要去银行走一趟。"

亚雷仔细地向我描述了这个男人的样貌，还有约定的时间和地点。这个马斯科名叫亚尔维，我们必须看上去像是在约会，然后在一个不引人注意的角落互相交换包裹和现金。

"要表现得像我的传话鹦鹉。"

我点了点头。新鲜的辣椒装在透明的塑料袋里，抽干了袋子里的空气，用胶带粘在我的大腿上，盖在裙摆下面。而辣椒粉则装在我的购物袋里面。我和亚雷把辣椒粉分别装在两只事先清空的、用来盛白糖和面粉的纸袋里，然后仔细地把纸袋折好，用胶带纸封口，让它们看上去和超市里买来的白糖和面粉没有什么两样。剩下的 50 克辣椒粉，我们没有办法把它放在食品局的包装袋里，只能单独放在一个小塑料袋里，然后用白色的礼品包装纸把它包裹成在商店的收银台买来的小礼品的模样。像一小块黄油，或是鲱鱼鱼排。为了以假乱真，亚雷还在包装纸上面贴了标签，用记号笔写上了价格。我的购物袋被各式各样的商品塞得满满当当的，普普通通，天衣无缝。如果有人从我身旁经过，瞥到购物袋里的东西，只要没有亲自拆开所有的包裹和袋子，他们只会以为那些东西只是一个爱洛伊买来的生活必需品而已。

我一走进火车站的大堂就认出了那个男人。亚尔维看上去五十多岁，个头不高，挺着一个啤酒肚，面色红润。一眼看上去就经常消费享受性产品。我可以打赌，他一定也在放纵地食用肉类和糖分，甚至酒精对他来说也并不陌生。

亚尔维一副生人勿近的样子，慵懒地倚在候车室的石柱上，手里捧着一份报纸，身边放着一个皮质公文包。我走到他身旁，用爱洛伊的方式同他打了招呼，视线看着地面，微微屈膝。"日安。我是帕洛黑莫小姐。"

亚尔维抬了抬眉毛,先是散发出一股惊讶的味道,接着他记起了这一次特殊的交易安排,于是温柔地笑了笑,加入了这场游戏。"帕洛黑莫小姐,当然。我已经等您很……见到您真让我万分荣幸。"

为了在监控摄像里做戏做全套,我们继续这样傻乎乎地寒暄了几句关于天气、秋凉的话,接着做出一副害羞却又十分执着的样子,询问他,先生知不知道我们可以去哪里坐一坐,更好地了解一下对方。这位先生当然知道。我挽着他的手臂,一起走到了火车站旁边的公园里。我们在一张长椅上坐了下来。长椅边上长着一棵粗大的白柳。藏在那些低垂的柳条之间,其他人几乎看不到我和亚尔维的身影。我直奔主题。

"帕洛黑莫先生请我告诉你,他可以给你提供一批上好的新鲜货,湿重半千克,以及两千克粉末。新鲜货是一种,怎么形容,罕见上等货。有些甚至超过一百万斯……斯科……斯科维尔。粉末也是辣度最强的品种,也都是自己风干、研磨的。帕洛黑莫先生只接受整套出手,也就是说他不愿意只售卖一部分。整套货一口价三万马克。"

他的脑袋发出一些"哒哒哒哒"的声音,仿佛他正在脑子里敲击计算器的键盘。三万马克不是一个小数目。它是一个普通工人一年收入的好几倍。但是亚尔维知道这个价格是什么概念。如果把这批货拿到街头,那么可以在这串数字后面再加上一个零,前面再填上一个一。就算是这样,这也绝对是一笔划算的交易。

"我能先看货吗？"

我点了点头，从长椅上站起身来，在亚尔维注视下走到了白柳层层枝条的深处。我背靠着树干，伸出双手捏着我的裙子，慢慢提起裙摆。此时就算是有路人凑巧看见，或者听到我们的声音，他也会认为这只是一对恋人在树丛里调情罢了。毕竟不止一个爱洛伊会做出在树丛里掀起自己的裙子这样的事。

当亚尔维看到那几只新鲜的辣椒时，他惊讶地吸了一口气，但是很快就恢复了平静。

"辣椒粉呢？"

我把裙摆放了下来，打开了购物袋，给他看了看那两个面粉和白糖的包装袋。

"还有这个？"亚尔维指了指那个礼品纸包。

突然间一股强烈的不安涌上我的心头。现在我正在卖掉所有的辣椒。我完全不知道什么时候才能再一次吃到辣椒。

亲爱的上帝啊，千万不要有人在机场检查我们的行李啊！哪个正常人会想从芬兰走私什么东西到别的地方去呢？

"啊，那个。那个是……是我买的一块黄油。"

"那我怎么才能知道，袋子里装的是辣椒末而不是什么类似于木屑的东西？"

"帕洛黑莫先生让我告诉您，我可以为您提前打开包裹供您验货，也可以让您品尝。但是他请您注意，那个……在您品尝之后，一定要将包装恢复原状。一定要使用食品局的包装携带，这对您来说也更方便、更安全。"

"嗯。帕洛黑莫先生从来不会冒这个险。如果我验货之后发现他在货里做了手脚，那么这笔交易就会功亏一篑。我相信这批货不会有任何问题。他一直以来都是一个特别靠谱的卖家。"

"帕洛黑莫先生还让我告诉您，三万马克只是那些新鲜货的价格，剩下的辣椒粉是他赠送给您的。您可以自行选择把这些新鲜货风干或者冷冻，这样您在接下来的很多年里一直可以享用这些上等的辣椒素。"

我再一次故意在说"辣椒素"这个陌生词语的时候磕巴了一下，我能察觉到这个男人在憋着笑。"我可以问你一个问题吗？为什么帕洛黑莫先生要和我做一笔这么划算的生意？"

"帕洛黑莫先生，他，嗯……他要离开这里。"

"我身上没有带这么多的钱。"

哦，终于到这个环节了。"去一趟银行"。如果他在为卫生部做事，如果他是个诱饵，那么很快他就要收网了。我冷静地点了点头。

"我可以在这里等您。"

我回到长椅边坐了下来，亚尔维站起身朝着银行走去。思绪在脑海里横冲直撞，每一个路过的马斯科在我的眼里都像是便衣警察；同时我回想起来，我把那几十克辣椒粉留给了自己。于是我赶忙站起身，走回到柳枝深处，拆开了礼品纸包，将包装纸叠起来塞进裙子的口袋里，然后把装着辣椒粉的塑料袋塞到了胸罩里面。现在我的胸罩一侧比另一侧要高一些。

哦对了，太阳核心。我也得把它藏起来。

那一根太阳核心足够我吃一百次。但这一次，这不是我考虑的问题。如果我能够妥善地保管好它的种子，那么在到了西班牙之后，或许我可以把它种在我们公寓的阳台上，或是院子里。对于现在的我来说，保存好这根太阳核心要比吃掉它更有价值。辣椒果实本身就是一个很好的种子运输载体，而且我也不能把它切开，况且由于之前的准备太过匆忙，我甚至忘记了带一副塑胶手套。

我必须为它找一个更安全的藏身之处，但不是现在。我坐回到长椅上，接着猛地发现，那个男人敦实的身影已经出现在了公园的小路尽头。他怎么会这么迅速地从银行取到钱？我要不要逃跑？但是我还没来得及思考，亚尔维就已经气喘吁吁地来到了我的面前。

"我们再去那里了解一下彼此吧。"

站在白柳的树荫下，我掀起了裙摆，撕开大腿上的胶带，取下了那几只小塑料袋。我把那几只装着新鲜辣椒的袋子和装着辣椒粉的纸袋放在地上，然后分开双腿跨在上面。如果这个马斯科试图弯下身子把它们捡起来然后逃之夭夭，那我就可以直接跪坐下来，牢牢地压住他的脑袋。

"现在该让我见到钱了。"

男人笑了笑，从胸口的口袋里掏出三沓厚厚的钞票。这些钞票上面捆着芬兰银行的扎钞纸。他把钞票举起来给我看了看，用拇指轻轻搓了一下——里面没有夹报纸。我也没有别的办法检验这些钞票的真伪，所以只能点了点头。

"一手交钱，一手交货。"我说。

亚尔维将三沓纸钞递给了我，我向后撤了一步。他现在可以轻松地从地上捞起所有的包裹，把它们塞进公文包里。我把钞票放进了购物袋的侧兜里，扣上了上面的扣子。

"帕洛黑莫小姐，同您做交易真是让人愉悦。"

"谢谢，您也是。"

"我的口袋里还有几千马克。如果您愿意在这里同我肛交，这些钱就是您的。"

我还是装出一脸困惑的样子，于是他优雅地解释道："实在不好意思，这个词或许太过复杂了。我的意思是，我想操你的屁眼。"

我歇斯底里地爆笑了几声。

"帕洛黑莫先生让我立刻回去。"

我穿过了旁边的灌木丛离开了。男人尴尬地在原地站了十几秒。等到他从树丛里出来，身体擦碰着柳条、发出沙沙声的时候，我已经走远了。

亚雷正坐在车里等着我。车厢里满是汗水和紧张的味道。我打开车门，轻巧地坐在他旁边的副驾驶座上。

"怎么样？"

"他去了银行，就像我们猜的那样。三万马克。我们能剩下五千的富余。"我把那几沓钞票从购物袋里掏了出来，放在他怀里。亚雷从里面抽了一部分塞进了自己的钱包，然后撕开了扎钞纸，把剩下的钱递给了我。那一摞钱多到我一只手抓不住。"我现在就去外贸部。可能会需要一些时间，因为需要填很多的表格，签很多字。然后我们就可以离开这里。"

"如果到时候我不在车上，那么我应该就在附近。我不会一直坐在这里。但我肯定会在你回来之前回到车上。我会把购物袋带在身上，这样人们就会以为我正在购物。"

"我至少得一个小时才能回来，所以不用着急。"

"如果现在我们手里有颓废民主国家那种神奇的移动电话，你就可以随时打电话给我，哪怕走在路上也可以。"

"用不了多久我们就会有这样的电话了。"

亚雷看着我，身边飘浮着迷迭香、薰衣草和苹果的香味，在我的想象中，这些气味像一团厚厚的云一般环绕在他身边。

"早点回来。"

"我会的。"

一个小时。

这是我在芬兰度过的最后一个小时。

有一件事，我一直没有告诉亚雷。实际上在那次事件发生之后，我自己也完全把这件事抛在了脑后。就在我们离开内乌拉帕的时候，我才想起这件事，额头上满是羞愧的汗水。我怎么能忘记这件事？

现在已经是八月了,八月初。

我背叛过曼娜很多次,而这一次我甚至选择在她的生日当天,将她彻底抛弃。

至少,我还可以到卡列万坎加同我的妹妹告别。走上火车站旁边的小山丘,沿着卡列万街再走上一小会儿,就到了卡列万坎加墓园。一个小时之内我一定可以回来。

我给曼娜带了一个礼物。它一直放在购物袋的另一个侧兜里。这件礼物她一定会喜欢。

在墓园里,我也可以试着想清楚,到底应该怎么处理太阳核心和那一小袋辣椒粉。同某个百货商场或者茶点吧的女厕所比起来,在城市边缘的墓园里找一个树丛应该会更安全些。

最应该藏起来的是太阳核心,但是我应该首先处理掉给自己留下的辣椒粉,而且应该妥当地处理:我应该先在墓园的厕所里吃一点辣椒粉,不然待会儿在曼娜的墓碑前,我可能会再次被困在密室里。这或许是我人生中最重要的一段旅程,我不能在这个时候被困入密室。在我取出一部分辣椒粉之后,我可以把剩下的倒进马桶里冲走。完美。

我突然意识到,在遇到那些盖亚主义者之前,我打算冲进厕所里的这一部分辣椒足够我用上半年。想到这儿,我忍不住笑出了声。

我找到了卡列万坎加的卫生间,从胸罩里拿出了那一袋辣椒粉。但是,又该怎么处理太阳核心呢?

出于各种原因，不能让任何人找到它。

只有一个办法。

我掀起裙子，扒下内裤，把太阳核心尖头朝上，塞进了我的阴道。我把辣椒的一小部分根部留在了外面，这样我就可以像抽卫生棉条一样随时把它拔出来。

太阳核心很顺利地滑了进去，要比塞卫生棉条轻松得多。完美。

接下来我麻利地在手心里倒了一些辣椒粉，然后扔进了嘴里。就在我准备把剩下的粉末倒进马桶里的时候，我突然停了下来。如果我在登机之前需要再放松一下该怎么办？

于是我重新把塑料袋塞回胸罩里。这是一个十分明智的决定。到了机场之后，我会在接受安检之前去一次卫生间，最后享用一次辣椒，再处理掉剩余的辣椒粉。

我走出了卫生间，沐浴在温暖的阳光里。口腔里满是幸福的灼烧感，一层薄薄的汗珠在太阳穴附近悄悄地渗透出来。此刻我是多么神清气爽。

这是向妹妹做最后道别的最好状态。

或许我应该带一束内乌拉帕的丁香花，能让我的吊唁看上去自然些。但是这样的话我就必须向亚雷解释我为什么要这么做。我当然也可以从路边的商店里买一捧切花，但是这些钱都是亚雷的，我自己的钱包里只有几枚硬币。

现在，最重要的东西不是鲜花。最重要的是这场仪式：

斩断那连接着我与芬兰的唯一脐带。

最重要的是追忆曼娜。

我从墓园管理员那里借来了一把小铲子。我蹲在墓碑前，拿起铲子开始挖掘。在搬到内乌拉帕之后，我在墓碑前种了几株多年生植物，因为我觉得以后不能随时来墓园看望她。天竺葵和半边莲看上去生长得很不错，但是我必须除掉旁边冒出来的繁缕和蒲公英的嫩芽。

就这样，我挖着墓碑前的泥土。没过一会儿，那些被我连根拔起的杂草已经一旁堆成一座小山。除草的同时，我在地面偷偷地挖了一个小坑。我从购物袋的侧兜里掏出一个扁扁的锡质饼干盒，把它放进了坑洞里。曼娜很喜欢饼干盒上面画着的小猫图案。饼干盒里是我给曼娜写的信，还有一切其他的纸片、剪报，有的是我从某一本书里撕下来的。如果我不能把它们带走，那么不如让它们留在这里。我用一个塑料袋把这些纸片裹得严严实实的，放了饼干盒里。

我用泥土掩埋了曼娜的人生，轻轻地将泥土抚平。

我亲手斩下了我自己的一段人生。

站起身，看着眼前的墓碑。

曼娜·尼西莱
（原姓内乌拉帕）
2001—2016

石碑上曼娜的官方姓氏深深地刺痛了我，然而真正让我震惊到精神恍惚的，是那个从灌木丛边走出来的身影。

哈里·尼西莱。

尼西莱一步跨在我面前。他的手里握着一把手枪，枪口紧紧压住我的腹部。

远远地看上去，只是一个马斯科在和爱洛伊交谈，双方的动作比较亲密而已。

"你和爱洛伊一样，预测你的行动简直太容易了。"哈里·尼西莱笑着说。他那一副开心的模样让我觉得浑身冰冷。"不难猜到，你妹妹的生日这天你会出现在哪里。我甚至敢肯定，你一定不会带着你的男人，那个混账东西。"

他朝着几十米外的男卫生间点了点头。"如果你叫喊，或是用什么方式求救，或者试图逃跑，我一定会开枪崩了你。我已经是一个杀人犯了，再多一具尸体也不会有什么区别。"

我能闻出来，他是认真的。空荡荡的购物袋和小铲子静静地躺在墓地周围的石头围墙旁边。我没有什么办法，只能乖乖地走在他前面。他紧紧地跟在我身后，枪口一直抵着我的脊柱。我有想过突然推他一下，踢他一脚，想办法让他晃神，然后抓住机会逃跑，但是我脚上穿着爱洛伊窄窄的尖头高跟鞋，跑不出多远，就会有一颗子弹打在我的背上，或者会被尼西莱抓到。

男卫生间的门缓缓在我面前打开。此时这座石砖堆砌的卫生间对我来说仿佛是一间墓穴。尼西莱一把将我推了进去，转身关上了身后的门。卫生间里没有什么特别的，只有一个陶瓷的小便池、一个洗手池。他挥了挥枪管，让我站在中间。在卫生间门边的墙角有一个马桶，他自己站在了旁边。哦不，这个卫生间是单人使用的。他可以锁门。

尼西莱的确这样做了。咔嗒。

"我们可不希望有陌生人打扰。"

我沉默着，没有说一个字。我保持着爱洛伊式的被动的肢体语言，眼睛盯着脚下的地板，不让他看到我的表情。我的大脑疯狂地运转着。他知道些什么？尼西莱的身上能闻到怀疑、仇恨，但是也有一丝迟疑、一丝不确定的味道。

"你身上有什么东西很不对劲。"哈里·尼西莱说道，"有什么见不得人的勾当。那个木制火车玩具的故事，几天之后我又问了一次曼娜，她说，她对她奶奶的未婚夫一无所知。或许她压根并不知道这个人的存在。或许爱洛伊就是这么愚笨健忘，但是如果那个时候她对这个故事如此熟悉，过不多久就忘得一干二净。那么这个故事是谁教给她的？更重要的是，为什么？"

尼西莱品味着自己说的话。他并没有在质问我，他在思考。我琢磨着如果我做出什么让他意外的动作，那种根本不会在爱洛伊身上看到的动作，是不是可以把他手里的手枪打掉。但是我必须立刻把手枪抢到手，不然在我打开门之前手枪就会再一次回到他的手上。哈里·尼西莱仿佛读懂了我的想法，他抖了抖枪管，似乎是让我老实地待在原地。

"顺便告诉你，我没有杀她。"

一瞬间的震惊让我全身猛地一颤,尼西莱看到我的反应之后一脸满意的样子。

"我必须弄清楚你的秘密。你明显比其他爱洛伊聪明得多,谁能保证鸡窝里不会出现一只凤凰呢。你一定不想让这件事败露。至于那个亚雷·瓦尔基宁,他应该是被你牢牢地攥在手心里,随意摆布。如果不是这样,他不可能会因为你四处打听曼娜的消息。他不应该这么多管闲事!这可是马斯科们亘古不变的金科玉律:在爱洛伊的问题上,绝对不能干涉其他马斯科。如果一只母鸡不下蛋,那么所有人都会立刻把它弄走,一秒都不会犹豫。但这已经不重要了,我们该处理最后一件事了。"

亚雷

2017 年 8 月

我在外贸部里只待了三刻钟。那人已经事先给我准备好了所有的材料。比起官僚之间的钩心斗角，他明显对我身旁装满钞票的箱子更感兴趣。我回到车里开始等待。现在也并不需要着急地赶到机场，而且哈尔玛拉也并不是很远，几乎就在市中心旁边。

我等了五分钟。没有看到她。

过去了十分钟。

我开始紧张起来，但是我不想离开这里去找她，因为我们很可能会错过彼此。

十五分钟了。二十分钟。二十五分钟。

我们约好的一个小时已经过去了。

手表嗒嗒嗒地响着。

现在真的需要一个颓废民主国家的神奇电话。

万娜 / 薇拉

2017 年 8 月

"我身上带着一个东西,能让你安心地睡着。你一点都不会痛。然后你就可以去你妹妹的身边。这难道不是你一直以来梦寐以求的吗?"

他的声音在狭小的卫生间里回响着。我感觉到了一根像是玻璃针头一样的东西,尖锐得仿佛可以穿透一切。突然我的身体一阵刺痛,一股嗡嗡声仿佛从遥远的地方传来,渗进了我的脑海。我有了一个疯狂的想法。

太阳核心。

此刻它就在我的身体里,闪烁着耀眼的光芒;它那冷酷、无情、极致的力量悄然穿过辣椒果实的那一层薄薄的果皮,像一道火焰一般刺入我的身体。

你的阴唇最了解你。

哈里·尼西莱发现我在走神。"你不感兴趣吗?那么如果你心爱的男人也发生什么不测呢?"

他的这句话成功地让我把目光聚焦在他的脸上,他放肆地笑了笑。"在监狱里我可一刻没有闲着。在那里有最好的人脉网,能了解所有的内幕消息。我打听到了你那个多管闲事的男人的下落,安排了人跟踪他。没过多久我就收到消息说,他参与了一些相当严重的违法活动。所以我设下了陷阱,从他手上拿到了证据。据说,这个证据现在烫手得很。"

虽然我现在头晕目眩,脑袋嗡嗡作响,但是这一切都说得通了。当然了。那个抢走雷霆之箭的人。

"等我解决了你,我就会立刻把证据送到卫生部。亚雷·瓦尔基宁就会做一辈子的强制社会劳动,还会失去他的老婆,连尸首都找不到。或许瓦尔基宁会自杀,卫生部可不会善待他这样的走私犯。他犯下的所有罪都要连本带利地还回来。"

他从口袋里掏了什么东西出来。是一小瓶液体,还有一块棉布。应该是氯仿或是什么类似的东西。尼西莱还真是聪明。他当然不可能在墓园的路上明目张胆地把我迷晕。

但是为什么他要耽搁这么久呢?既然我们已经走到了别人的视线之外,为什么他不立即杀了我呢?

我的脑海中出现了一个令我毛骨悚然的想法。

出于某些原因,让我活着对他来说更有价值。

他可以在这里把我弄晕,然后把我拖到他的车上。他可以把我抱在怀里,让我的脸颊贴着他的肩膀,这样在路人的眼里,我只不过是在墓园里因为鞋子不舒服而走不动路,这个男人只是在帮我而已。路过的马斯科们根本不会多看我们一眼,而爱洛伊们最多只是羡慕一下这样浪漫的行为。

他会用我来勒索亚雷吗？但这似乎并不合理。虽然他在怀疑我的身份，但是他仍然像过去那样把我当作一个随时可以被替换的爱洛伊，一个生物质，如果上一个出现什么问题，随时可以用一个新的来替换。

而且为什么哈里·尼西莱到现在还没有用那块棉布和瓶子？他的确需要一直把枪口对着我，但是他把棉布放在马桶上面，然后用另一只手轻松地拧开瓶盖。在这个过程中他一直盯着我，枪口甚至都没有晃一下。他明显有练习过怎么用一只手开瓶盖。但是为什么他的动作如此犹豫、拖沓，一点都不干脆利落，像慢动作影片一样——

这让我有一种说不清的熟悉感。

似曾相识。

我的脑袋嗡嗡作响，我觉得身体轻快无比，我的体内充满了内啡肽，我觉得我随时会飘到空中。

太阳核心。附身超脱。

有了之前的经验之后，这一过程变得轻松了许多。

这些颜色是浑浊的，那粗糙、褶皱的世界是昏暗的，雪鳞、钟乳石，还有那水晶塔是鹰钩状的，扭曲、蜿蜒。灰蒙蒙的珊瑚礁也是死气沉沉的。整个世界像一条丑陋的、覆盖着黏液的章鱼。我知道，这就是哈里·尼西莱在我心中的样子。接着我就发现了那个开口，里面有一个肿块在翕动、咆哮，费力地喘着粗气。那一定是哈里·尼西莱的灵魂，他的思想。我一头扎了进去，像精子钻进卵子一样，然后四处观察。观察。

那里躁动地闪烁着亮光。接着是一系列的定格画面，这些画面更像是来自直觉而不是视觉。曼娜，曼娜，曼娜。曼娜的头发，曼娜坐在内乌拉帕的桌子前，我看得到一只手，一顶棉帽。接着曼娜的脑袋撞到了汽车后备箱的锁眼，似乎有人正在将她塞进后备箱里。我看到她像一具尸体一样蜷缩在后备箱里，后备箱"咔嗒"一声上了锁。汽车挡风玻璃前面的路无限延展着，哈里·尼西莱的手攥着方向盘，我闻到了贪婪，还有胜利的喜悦。接着到了某个地方，已经是深夜。他把曼娜从后备箱中抱了出来，她眨了眨眼睛，她还活着！另一只手伸了过来，往哈里·尼西莱的手里塞了一沓钞票——

钱。

相当多的钱——

咔嗒。我离开了尼西莱的大脑。周围的声音像是隔着一个玻璃瓶一样模糊不清。尼西莱已经用那液体打湿了棉布，把瓶子放在了马桶盖上，一步步地向我走来。

"我能……我能喝点水吗？"我的声音在颤抖。尼西莱眯了眯眼睛。

"快点去喝，我可不想在这儿跟你耗一整天。"

这是一个错误。

这是一个巨大的错误，哈里·尼西莱。

我走到洗手池边，弯下腰，假装出害怕的样子，用手按着自己怦怦直跳的心脏，但实际上我偷偷地将手伸进了胸罩。我伸出另一只手拧开了水龙头，嘴里念叨着"为什么会发生这样的事，仁慈的主啊，请怜悯我，我一直是您虔诚的信徒啊"。因为他想要听到我说这样的话，他想要看到我对死亡的恐惧，想要体会征服我的快感。我闻得出来，他很享受这一切，所以他一点都不着急，听到这样美味的话语，这样的顺从和乞怜，或许他身上所有的器官都变得僵硬。他贪婪地品味着这些话语，而我在洗手池边弯下腰，身子越来越低，感谢上帝，感谢您赐给爱洛伊尖锐细长的手指甲，我可以用它轻松地在我胸罩下面藏着的塑料袋上划开一个口子。我顺着领口把那只划开的装着辣椒粉的袋子扔进洗手池，然后将水龙头瞬间拧到最大，他没有时间做出反应，根本没有。

水龙头的热水被开到了最大。

我抬起身子，深深地吸了一口气，然后屏住了呼吸。

当尼西莱发现洗手池里有异样，在那从水龙头里喷出的热气腾腾、几乎沸腾的热水下面有一些红色的东西，他吓了一跳，但是他没有开枪，当然没有，因为让我活着更有价值。他小心翼翼地走上前，想要看清楚我扔了什么东西进去，但这时已经太迟了。

辣椒素蒸气已经飘散到空气中，是那么强烈，让人止不住地流泪。就算以我的耐受度，我的眼睛也潮湿了，空气中的辣椒素像硫酸一样刺痛着我的皮肤和眼球。我竭力地屏住呼吸，不能让自己吸哪怕一点到身体里，甚至是用鼻孔呼吸也不行。不能呼吸，不能呼吸。但是正如我料想的那样，哈里·尼西莱由于瞬间的惊讶吸了满满一肺的辣椒素蒸气，此时他的眼睛、口腔和鼻腔都燃起了熊熊大火，然而他的自主神经系统——哦，那亲爱的、可爱的、至爱的自主神经系统，逼迫着他的膈肌和肺部，促使他继续大口大口地呼吸。

哈里·尼西莱蹲在地上，大力地咳嗽着，仿佛要把肺沿着气管咳出来一样。我猛地上前一步，用爱洛伊尖锐的鞋头狠狠地踢他的手背，手枪当啷一声掉在了地板上。我抓起手枪，现在我也得喘口气了。我拿起装着氯仿溶剂的玻璃瓶，一把将它摔在地面上。玻璃瓶的碎片在地面上迸溅开来，落在了刚刚大小便失禁的尼西莱的脸上。我咔嗒一声打开了卫生间的门，钻了出去，然后将门紧紧关上。紧紧地，密不透风。

我贪婪地呼吸着卡列万坎加八月的飘散着椴树清香的空气。

我听到了几声近乎痉挛一样的咳嗽声，接着它就像刀割一样瞬间停止了。一个重物轰的一声撞在了地板上。

现在我必须集中注意力。

太阳核心一直在我的体内发生聚变反应。我放下抵抗，投入其中。

我钻进了哈里·尼西莱神志不清的脑海之中。

雪鳞和冰霜石笋在我的周围缓缓升起，现在它们变了样子，像是被高温烧灼融化了一样。这些形体内部的光芒是模糊的、闪烁的，半梦半醒地蠕动着。我继续向前冲刺，我感受到了一条路，沿着这条路潜入他漆黑的意识世界中。我可以骑在人身上吗？现在我必须可以。

他是一个动物。他是一个动物。他是一个渺小、狡猾、贪婪的动物。

我分开双腿，跨坐在哈里·尼西莱那既像雪貂又像蜥蜴的肩膀上，用小腿紧紧地夹着他，用手抓他的嘴唇。这只动物只是在苟延残喘，我这样做是因为我的仁慈。

我用力一扭。咔嗒。

哈里·尼西莱那漆黑的灵魂被我折断了脖颈。

我从裙子的口袋里找出一张包装纸，从化妆包里掏出一根黑色眉笔。我模仿马斯科的字迹在纸上用大写字体写下了三个字："维修中"，然后把它固定在厕所木门被雨水侵蚀的裂缝里。

这方法看上去很业余，但是至少能拖延一些时间。

如果最终还是有人打开了男卫生间的门，发现了躺在瓷砖地板上的马斯科——或许，我希望，是一个马斯科的尸体，洗手池的水龙头嘶嘶地流着热水，旁边放着一个破掉的塑料袋，地板上有一些违法的辣椒残留物，还有一个摔碎的玻璃瓶，里面有一些催眠的药物，那么这个案件就算是福尔摩斯也得头疼上好一阵子。

现在我只希望，当他们开始调查的时候，我们已经离开了这里。

然后我就离开了。穿着这双鞋子我的确跑不快，但是我还是尽力拿出自己最快的速度。

亚雷

2017 年 8 月

我最终在火车站路看到了她的身影。我长长地叹了一口气,从车上下来,不耐烦地招了招手。V 第一次像一个愚蠢的爱洛伊一样做出这样的事情,还是在这样的关头。她是去试穿裙子了吗?

当她走得近了些,我的宽慰夹杂了些许的气恼。我看到了 V 眼睛周围、嘴唇上,还有发际线边的汗珠。很明显她吃了辣椒,而且吃了不少。她到底去干什么了?真见鬼。她去吃辣椒了?在这个时候?

万娜打开了门,坐在了副驾驶座位上。

"你到底他妈的去哪——"

"就是那里。"

"什么?发生了什么?"

"我遇到了哈里·尼西莱。"

我惊讶地倒吸了一口冷气。"不会吧,天哪,我的天。我已经拿到机票了,我们的飞机一个小时内就会起飞——"

"不用再担心他的事。不需要了。或许吧。但是我们不能离开。或者说,你可以,我不能。"

我震惊得一个字都说不出来。

"我不明白。你说的话我一个字都没有听懂。"

"曼娜还活着。她就在某个地方。我必须找到她。"

"你在搞什么鬼?"

V开始向我讲述刚刚发生的事,言语间满是挣扎,说话也一点都不流畅。

万娜 / 薇拉
2017 年 8 月

"我该走了。"
我看了看他的眼睛,然后转身离开了。
吾舟,轻似燕,迅如蜂。

亚雷

2017 年 8 月

　　她的眼睛四下转动，整个身体尴尬地僵硬着。她几乎没有了呼吸。

　　我们此时应该已经在去机场的路上了。

　　不能这样，绝对不能再这样下去了。

万娜 / 薇拉
2017 年 8 月

曼娜，我来了。

太阳核心在我的体内搏动着，向我释放着永不熄灭的火焰。

正因为这样，正是因为这一点。正因如此他们才会全面禁止辣椒。

正因如此那些盖亚主义者才会那么地慌张。因为他们不想让我们知道他们的最终目的。

脱离躯体只是突破的一部分。他们追求的正是它：灵魂旅行，侵入其他人的意识。

当我想到自己在第一次尝试太阳核心的时候居然没有想到这一点，我差点因为自己的反应迟钝而大笑出声。

或许卫生部已经知道了这一点。或许卫生部从某些渠道得知，足量的辣椒素能够给人某种……超能力。

一种危险的能力。

一种革命性的能力。

一种不利于维护社会秩序的能力。

仿佛把核武器拱手送给恐怖分子。

努瓦特萨满，乌库萨满，我只是在书页上读到您二位的故事。您二位在很久之前就放弃了尘世的形态，但您二位的箴言永远留在了这个世界，我愿用双手紧紧攥着它们，永不放手。

> 吾舟，轻似燕，迅如蜂。
> 太阳核心，
> 请将你的火焰赐予我，陪我踏上漫漫长路。
> 我想走过所有国家，
> 到世界的边缘，
> 在那里，太阳是月。
> 在黄昏悲伤海岸的岸边，
> 是永恒的黑暗的边界。
> 在那里，月光取代了阳光，
> 我的妹妹就在那里，
> 我愿意为她飞跃九霄，横跨五洲。

大地在我的腹下飞过，清风拂过我的翅膀。在我的身体里有一只小鸟，它像一只跳动的小心脏。我扯了扯缰绳，让胯下的坐骑朝着目的地奔腾。我知道，曼娜就在那里，她的思想像微弱的电波信号一样，在遥远的黑暗中闪烁着微光；我不断地催促着我那长着空心羽骨、闪闪发光的羽毛的朋友，直到我的坐骑觉得它可能会耗尽所有的力气，于是我优雅地从它的背上滑下来,像一条欧白鱼。接着,我把自己包裹在一头慢跑着的驯鹿的身体里;没过多久,我就成了一匹狼,在荒原上狂奔。

灰色的猫头鹰在铁轨间振翅寻找着猎物!
我乘着它的翅膀,继续着我寻找之旅。
我在九霄五洲中寻找着我的妹妹。
你在哪儿?你在哪里?
出现吧,快出现,快出现吧我的妹妹!

当我来到曼娜所在的地方,我用尽全身所有的力气让自己不像一根橡皮筋一样弹回原地。

我不知道距离脱离自己身体已经过去了多久,是一分钟、一小时、一星期还是一个月。

我不知道一个没有实体的人会不会呕吐。

哈里·尼西莱做了一笔生意。

哈里·尼西莱找到了一个商机。

哈里·尼西莱赚了很多钱。

哈里·尼西莱赚了很多很多的钱,把钱都砸在国家彩票上。

对于马斯科来说,把爱洛伊仅仅看作一个动物还远远不够。

地位低贱的人，必须地位足够低贱。

她们只是低贱的动物，任人宰割的鱼肉。

她们不会有丝毫的反抗。

用她们的牺牲，满足他们最下流的欲望。

当世界上没有任何东西能填满他贪婪的无底洞，那么也不会有任何东西可以满足他了。

一个群体中被驯化的动物总是会不断出现，数量也会渐渐增加。它们的体形会不断变小，犄角会缩短，鼻子会变平。它们的牙齿会变短变钝，它们的毛发颜色会逐渐变浅，它们的行为举止会变得平和、温顺、平静、柔和。狗，猪，奶牛，山羊，水牛，家兔，还有爱洛伊。

一切对于人类有用的物种。

就算它们反抗，那又如何？

可以让它们闭嘴，刺穿它们的关节，烙上烙印。

拿到市场上售卖。

把它们关在黑暗之中，让它们沉溺在自己的污秽中，无聊、疲惫、无助地等待着被利用、使唤和折磨。

你可以用任何方法使用它们。任何你能想到的方法，一切可能的方法。

被享受百分之百臣服的人享用。

哎，优生主义啊。

你为了哄那些占据话语权的人开心，却给大多数人带来了一个致命的毒药。

你以为你解放了性。

你也释放了其他东西。

力量。

我品尝过它的味道,这只会让我渴望更多。

多到离谱。

多到难以置信。

多到令人作呕。

多到我的大脑已经无法运转。

多到我的脑海里不停地闪烁着白光。

吾舟,轻似燕,迅如蜂。

我越过了世界的边界。

我的双脚在天空之背徘徊。

我的双眼看到了在冥界垂死的太阳。

我隐匿身形行走于世,

我危险地穿过危险之境。

我看到了月亮如何凋零,

我触碰了逐渐丰满的盈月。

以及她如何在死亡之后,

从天空坠落。

我看到了东方和西方的斗争,

谁可以率先越过

那填满了锋利碎骨的裂缝。
在那双脚掌之下的白雪,
闪耀着火焰般的光芒。
我抓着她的头发,
将她从苔藓中拉了出来,
从那比死亡更加深邃的黑色沼泽中
拽了出来。

我安慰着曼娜,哄着曼娜。

哦,我那可爱又温柔的妹妹啊。我的妹妹,她有一颗巧克力做的心,她的双手捧着仁慈,她的脑海里飘荡着浅红色的泡沫。我那浅色头发的妹妹。我那拥有甜美灵魂的妹妹。

那圆圆的脑袋,像是戴着王冠一样顶着铂金色的卷发,翘翘的鼻子,窄窄的肩膀,饱满的双峰,卷曲的腰线,蜜桃一般的臀部。它们都消失了踪影,它们已经不重要了。

我安慰着曼娜,哄着曼娜。嘴上说着"哎,哎"。

我能为她做的只剩下一件事。

轻轻地一扭,几乎没有用丝毫力气,我切断了她同那破碎的躯体之间的联系,那狭窄的、头发丝一般的,闪烁着光芒的纽带。我将她包裹在我周围。

我知道了要把她带到哪里去。

我们将一起生活在密室里。

我们永远都被迫生活在那密室里。

没有人能伤害我们,因为那密室的墙面很坚实,它深深地嵌在地下,我们一起漂浮在那温热的黑水里,漂浮在那永恒的黑夜里。

我不知道我是在行走,飞翔,还是安躺在地上。我乘着太阳核心的翅膀,我安慰着曼娜,哄着曼娜。

不,不是曼娜。

米拉。

薇拉和米拉。我们永远是两姐妹,像是真相和奇迹。

薇拉 / 米拉

现在

我被一些声音和摇晃唤醒了,有人拍了拍我的额头。

我坐在一个像是公交车座椅一样的椅子上,身上扎着一根安全带。但是这安全带和汽车里的安全带不太一样,并不是从肩膀斜着跨过身体,它只绑着我的胯部。

这里有很多人,还有很多圆角窗。

透过窗户可以看到飞速掠过的云朵。

一个穿着制服的女人,深色皮肤、大鼻子、短发,明显是个莫洛克,但不知为何她的脸上化着浓妆。她正弯腰俯在我身前。亚雷坐在我的旁边,握着我的手。他的另一只手捏着一张湿漉漉的纸巾,他在拿纸巾擦拭我的脸颊。他是在擦干我从额头上流下来的汗水。

我仍然浸在辣椒的酵母味后劲中。

与此同时,我感觉到了她。如此清晰,就像是用双眼看到一样。

米拉蜷缩在密室的地板上,蜷缩在我脑海里那柔软、安全、温暖的角落,像是蜷缩在子宫里一样。

任何人都不会进入那里。

安全了,她安全了,她终于安全了。

我已亏欠你太多太多。如果没有你,没有你的榜样,我就会偏离自己的角色,亲手毁掉我的一切。在我们的童年和青年时期,你让我学到了太多东西。你照亮了我的眼睛,让我看到了世间的一切。

你是我的逃生之路。

你曾是我的太阳,现在你是我的核心。

我不知道,从现在开始你是否会永远住在密室里,或者说我只有用心火才能召唤你出现。但是你永远可以随时出现,这是你的权利。虽然你没有主动参与密室的建设,但现在,它就是你的。

我小声说道:"生日快乐,米拉。"

太阳核心在我的血管里躁动着。

吾舟,轻似燕,迅如蜂!
它乘着一只飞鸟翱翔。
飞鸟名叫米拉,
它乘着她,也承载着她。
两个灵魂同声说道。
让我们握紧小船的船舷
让我们一起飞向那无名之地。
我在众人眼中无影无踪地飞翔着,

将所有的知识藏在我的胸膛,
就像那小鸟将食物带回它的鸟巢。

"您还好吗?"女人问道,她像是在问我,也像是在问亚雷。我回答道,米拉在密室里像是回声一般同时回答道:一切都很好。我扎紧了身上的安全带,让自己牢牢地坐在椅子上,然后睡着了。

"是的,她现在舒服多了。"亚雷说道,紧紧攥着我的手,"我老婆刚刚只是太紧张了。她没有怎么坐过飞机。"

瓦伦奎斯特：当代天文学及其世界观（节选）
国家出版社（1954）

　　太阳的光球层，也即人类肉眼可见的太阳表面，其本身薄得惊人。天体外部那一层本质脆弱的光亮让你忘记了其核心深处隐藏着什么黑暗的、熔解一切物质的能量。

后记

本书最初的灵感之一来自蒂娜·雷瓦拉杰出的非虚构作品《当人成为狗》(*Koiraksi ihmiselle*)，我在其中第一次了解到有关贝利亚耶夫驯化实验的相关信息。贝利亚耶夫的实验结果也发表在 2011 年 3 月刊《国家地理》杂志上。非常感谢蒂娜这篇介绍了幼态持续和性别在进化中的重要性的文章。

衷心感谢尤卡·"蘑菇"·基尔皮斯增加了我对于辣椒的知识，并向我提供了参观辣椒农场的机会，以及他对于本书的其他帮助。

本书中万娜的意识流片段很大程度上基于楚科奇萨满努瓦特和乌库的精神之旅歌曲。原始文本可以在安娜－莱纳·西卡拉的《芬兰的萨满》文中找到。摘自《想象的历史》(*Mielikuvien historiaa*) 一书。

有关人类绝育的片段来自《家与炉》杂志 1935 年 4 月第 2 期的原始文章，经过小部分的修改。

《瓦伦奎斯特：当代天文学及其世界观》是一部真实存在的天文学作品。但本书中的摘录内容为虚构。

嗜辣椒素先验协会（Transcendental Capsaicinophilic Society）是一个真实存在的、在互联网上找到的有趣的团体。《对抗痛苦之祷文》是我根据其英文原文翻译、借用。

所有错误、误解和其他不准确之处，为作者本人造成。